W0273586

SUTTON KRiMI

Martin Sudermann

EIN ATOMKRAFT-KRIMI

SUTTON KRiMI

Der Autor

Der Journalist Martin Sudermann ist im Sauerland aufgewachsen. Er war bereits als junger Mensch in der Anti-AKW-Bewegung aktiv und seit Anfang der achtziger Jahre immer wieder im Wendland. Auch in seinem zweiten Krimi beweist der heute in Köln lebende Autor neben großer Sachkenntnis viel Gespür für Spannung und Timing.

Sutton Verlag
Hochheimer Straße 59
99094 Erfurt
www.suttonverlag.de
www.sutton-belletristik.de

Gestaltung und Satz: Sutton Verlag

ISBN: 978-3-95400-258-0

Lektorat: Claudia Bislin
Druck: CPI books GmbH, Leck

Prolog

November 2010

Holger hatte den Strahl nicht kommen sehen. Seine Aufmerksamkeit war abgelenkt, vom Anblick einer jungen Frau in dunkelblauer Uniform, die für einen kurzen Moment das Visier ihres Helms anhob und ihre großen kastanienbraunen Augen zeigte. Dann sah er das knallrote Abzeichen »Police National – CRS« auf ihrer Jacke, das sie eindeutig als französische Polizistin identifizierte, und er hörte, wie sie dem Polizisten, der links neben ihr in der Kette stand, etwas auf Französisch zubrüllte. Der Bulle schlug mit seinem Schlagstock ungerührt weiter wahllos auf alle ein, die in der ersten Reihe vor Holger liefen und die Gleise erklimmen wollten. Die in weiße Overalls gekleideten jungen Aktivisten wichen nicht zurück. Sie wehrten sich vielmehr mit Armen und Strohsäcken gegen die Schläge. Auf der anderen Seite des Bahndamms setzten sich dichte Polizeiketten sowie Wasserwerfer und Räumpanzer in Bewegung. Im Bruchteil einer Sekunde lösten sich die festen Reihen der Demonstranten auf. Alles stob wild auseinander. Tränengas lag in der Luft.

Holger riss die Hände vors Gesicht, presste seine Lider mit aller Kraft zusammen und krümmte sich vor Schmerzen. Seine Augen, sein Gesicht, alles brannte. Er geriet in Panik, taumelte und ging zu Boden. Den Lärm um ihn herum, den Hubschrauber, die Durchsagen der Polizei und die Rufe und Schreie der Aktivisten nahm er nur als fernes Geräusch wahr. Ein bisher unbekanntes Gefühl der Hilflosigkeit und Ohnmacht überkam ihn, bis ihn jemand an die Schulter fasste und ansprach.

»He, kannst du aufstehen?«

»Weiß nicht, hab Tränengas abbekommen«, brachte er undeutlich hervor. »Ich kriege die Augen nicht mehr auf.«

»Komm, wir bringen dich zurück in den Wald und waschen sie dir aus«, vernahm er einen anderen Mann. »Die Wirkung des Pfeffersprays wird eine Weile andauern und nach etwa zwanzig Minuten nachlassen.« Die Bestimmtheit in seinem Ton hatte etwas Beruhigendes, auch wenn der heftig brennende Schmerz in den Augen und auf der Haut nicht nachließ. Die beiden Sanitäter hakten ihn unter und schleppten ihn aus der Kampfzone. Einer der beiden Begleiter telefonierte ununterbrochen.

»Wir müssen so schnell wie möglich wieder nach vorn«, drängte er seinen Gefährten. »Es gibt zahllose Verletzte.«

»Dann geh schon vor. Ich komme nach«, sagte der jüngere der beiden. Holger nutzte die kurze Verschnaufpause, um selbst wieder auf die Beine zu kommen, und richtete sich auf. »Wie heißt du überhaupt?«, fragte der Sani seinen Schützling.

»Holger.«

»Ich bin Thilo. Ich werde dir jetzt die Augen auswaschen, dann sehen wir weiter.«

»Schön wär's«, entgegnete Holger.

»Den Humor haben sie dir aber nicht weggespritzt«, meinte der Sani. »Leg bitte den Kopf in den Nacken, nimm aber zuerst die Brille ab.« Holger gehorchte. Er schrie kurz auf, als Thilo an sein rechtes Auge griff, die Lider zwischen die Finger nahm, sie auseinanderspreizte und mit Wasser bespritzte. »Geht es?«, fragte er und ließ von ihm ab.

»Geht schon«, stieß Holger hervor und blinzelte ihn mit seinem triefenden Auge an.

Thilo grinste. Er hatte ein freundliches Gesicht, war ganz in Schwarz gekleidet, die Dreadlocks notdürftig unter eine schwarze Wollmütze gezwängt und maß mindestens einsachtzig. Das gut sichtbare rote Kreuz auf seiner Brust wies ihn als Demosanitäter aus.

»Wir wollen hier keine Wurzeln schlagen«, meinte er mit Blick auf die Leute, die vor einer Gruppe Behelmter flüchteten und an ihnen vorbeirannten. Holger verstand und legte den Kopf in den Nacken. »Keine Hektik«, sagte Thilo gelassen, nahm sich das linke Auge vor und träufelte Wasser hinein. »So, das muss erst mal reichen«, meinte er und steckte die Spritzflasche wieder in seinen Rucksack. Holgers Augen schmerzten, aber er konnte sie zumindest einen Spaltbreit öffnen. »Wie sieht's aus?«, erkundigte sich der Sani.

»Was soll ich sagen? Gut, nur das Gesicht brennt wie Hölle.«

»Das gibt sich. Ich muss jetzt los. Da oben auf dem Hügel steht unser Zelt.« Thilo deutete mit dem Arm auf die etwas oberhalb im Wald gelegene Lichtung, wohin die meisten Demonstranten strömten. »Da ist immer jemand von uns. Du kannst dich dort eine Weile ausruhen. Es gibt warme Getränke, und wenn du Glück hast, kriegst du sogar Kaffee.«

»Das klingt verlockend. Danke für alles!«

»Du hast dich gut gehalten, Alter«, meinte Thilo lakonisch. Holger schätzte den Demosani auf Ende zwanzig, Anfang dreißig. »Du hattest übrigens Glück, dass du eine Brille auf hattest. Wenn du direkt im Auge getroffen worden wärst oder Kontaktlinsen tragen würdest, hätte es übler ausgehen können. Hornhautverletzungen nach Pfefferspray-Attacken sind leider keine Seltenheit. Oleoresin Capsicum ist ein übler Kampfstoff und müsste verboten werden.«

»Oleo was?«

»Oleoresin Capsicum ist der Fachbegriff für Pfefferspray. Es stammt ursprünglich aus den USA. Und noch ein Tipp: Für heute solltest du jedes weitere Handgemenge meiden, und sieh zu, dass du so schnell wie möglich die Klamotten wechselst. Wie bist du eigentlich unterwegs, mit einer Bezugsgruppe oder alleine?«

»Mein Kumpel ist im Tumult verloren gegangen. Ich werde am Zelt eine Nachricht für ihn hinterlassen und ansonsten deinen Rat befolgen und den Rest des Tages die Beine hochlegen.«

»Sehr gut!«, erwiderte Thilo, drehte sich um und eilte in die Richtung davon, aus der sie eben gekommen waren und wo Holger, der langsam wieder zu Kräften kam, die Gleise vermutete, auf denen der Atommülltransport nach Dannenberg rollen sollte.

Überall im Wald steckten Demonstranten die Köpfe zusammen, verschnauften, behandelten ihre Blessuren, wuschen sich gegenseitig die Augen aus und stärkten sich. Eine junge Frau bot Holger einen Tee an. Er roch den Ingwer, nahm einen Schluck aus dem Becher, bedankte sich und ging weiter. Mit seinen Gedanken war er ganz woanders. Immer wenn er irgendwo auf die CRS traf, spürte er diese unbändige Wut in sich aufsteigen, und er erinnerte sich an den Sommer 1977. Einheiten der CRS hatten in Malville nahe Lyon Zehntausende Atomkraftgegner aus ganz Europa daran gehindert, auf die Baustelle des Schnellen Brüters vorzudringen, und dabei den jungen Lehrer Michel Vitalon getötet. Viele Demonstranten waren durch Sprenggranaten schwer verletzt worden. »SS – CRS – SS – CRS!« hatten sie den Polizisten während der stundenlangen Schlacht unermüdlich entgegengeschleudert. Nach der Demo wurde das Gerücht gestreut, ein Polizist sei tot, verantwortlich dafür die Boches. Die Jagd auf die angeblichen Gewalttäter aus Deutschland war eröffnet. Polizisten der CRS überfielen in derselben Nacht den Bauernhof, wo Holger mit ein paar Dutzend Atomgegnern schlief, misshandelten sie und zerstörten ihre Fahrzeuge. Einer riss Holger die gelbe Antiatomsonne von der Jacke. Früher seien die Deutschen eine stolze Nation gewesen. Du bist der Abschaum, blaffte der Flic ihn an. Nun wusste Holger, woher der Wind wehte. Einen Button trug er nie wieder.

Am Sanitätszelt angelangt, lieh er sich einen Stift, schrieb eine kurze Notiz für seinen Freund, heftete sie an die Plane zwischen zahlreiche andere Schnipsel, nahm am benachbarten Getränkestand einen kräftigen Schluck heißen Tee und machte sich auf den Weg. Er hatte noch eine offene Rechnung zu begleichen.

1

April 2006

»Ein ganz schön merkwürdiger Treffpunkt hier«, meinte Markus. Er brauchte gar nicht erst zu Holger rüberzuschauen, um zu wissen, dass der jetzt verächtlich die Nase rümpfen und jeden Einzelnen in der Runde prüfend ansehen würde, während alle darauf warteten, dass er das Wort ergriff.

Markus hatte den Termin für das Date diesmal persönlich erhalten, über eine gemeinsame Bekannte, mit der sie zusammen studiert hatten. Sie hatte gewartet, bis er den Zettel gelesen, seinen Kalender gezückt und den Termin bestätigt hatte. Holger ging immer auf Nummer sicher, überließ nichts dem Zufall. Er hasste unvorhergesehene Ereignisse. Er war Softwareentwickler, ein Stratege und sah sich als Primus. Die anderen waren in seinen Augen alle Chaoten. Dabei waren sie das perfekte Team. Willy, der Älteste, ging bereits auf die sechzig zu, was man ihm nicht ansah. Er war ein richtiger Kerl, Dreitagebart, immer braun gebrannt, kein Gramm zu viel, ein Läufertyp, obwohl er Laufen hasste. Er war entschlossen und mutig, wenn es darauf ankam. Aber die Kleinarbeit überließ er gern anderen, und Zeit hatte er fast nie. Dabei war er Lehrer und saß, seit er denken konnte, auf einer halben Stelle. Willy war ein Fälscher alter Schule und litt darunter, dass seine mühsam antrainierten Fähigkeiten im digitalen Zeitalter obsolet geworden waren. Lisa war mit Ende vierzig die Jüngste, klug, Fotografin mit Renommee, eine Schönheit, fand Markus, schwarze Locken, braune Augen, sehr weiblich. Sie besaß ein Gedächtnis wie ein Elefant und hinterfragte alle Pläne, bis sie tatsächlich wasserdicht waren. Aber sie kam, wann sie wollte, und das nervte. So hatten sie in diesem unmöglichen Ausflugslokal über dem Fluss, in dem man nur Belanglosigkeiten austauschen konnte, eine geschlagene Stunde auf Lisa warten dürfen. Markus war wie Holger Anfang fünfzig, hatte beruflich eine ähnliche Richtung eingeschlagen und war Systemadministrator, nur ohne Ambitionen. Er war klein und drahtig, hatte kurzes graues Haar, ein unscheinbarer Typ, mit einem untrüglichen Gefühl für gute Aktionen. Seine Schwäche war sein Gedächtnis, es war ein Sieb.

Holger hatte natürlich wieder an alles gedacht. Er hatte den Tisch in der Kneipe so ausgewählt, dass er den Eingang beobachten konnte. So mussten potenzielle Verfolger an ihnen vorbei, konnten sich aber nicht direkt neben sie setzen, um das Gespräch mitzubekommen. Er zog ein dunkelbraunes Lederetui aus seiner Anzugjacke und reichte allen in der Runde einen Plan in der Größe einer Visitenkarte. Er war nicht nur aufgeblasen, er zelebrierte seine Eitelkeit, trug vorzugsweise schwarze Jacketts und feine italienische Schuhe.

»Was soll das? Für Schnitzeljagden bin ich zu alt«, sagte Willy trocken, nachdem er einen flüchtigen Blick auf den Plan geworfen hatte. Er kratzte sich an der Stirn und schob seine Schiebermütze in den Nacken. Er trug die Kappe, seit Markus ihn kannte, und das waren bestimmt zwanzig Jahre.

»Tttt«, schnalzte Lisa. »Verdirb ihm nicht den Spaß.«

Holger genoss die Situation. »Ich bezahle«, verkündete er lauthals und zog alle Blicke auf sich.

»Kommt gar nicht in Frage. Ich bin der Kassenwart«, protestierte Willy und sah den Kellner scharf an. Der kam mit eiligen Schritten an ihren Tisch geflogen.

»Möchten die Herrschaften zahlen?«, säuselte er.

»Aber subito!«, entgegnete Willy, schaute verächtlich auf die Rechnung und gab dem Mann ein üppiges Trinkgeld.

»Wenn es erlaubt ist, trinke ich in Ruhe meinen Kaffee aus. Bleib doch noch, Markus.« Lisa legte ihm die Hand aufs Knie und sah ihm tief in die Augen. Er errötete. Während Willy und Holger das Lokal verließen, schwatzen die beiden noch eine Weile über Belanglosigkeiten, bevor sie ebenfalls aufbrachen.

Von der Gaststätte aus ging es zu Fuß zunächst auf einem Höhenzug über ein freies Feld, von dem aus die Gegend gut zu beobachten war. Dann führte der Pfad steil zum Fluss in die Stadt hinunter, so dass Lisa und Markus Willi und Holger weiter vorne sehen konnten. Die Strecke war so gewählt, dass mögliche Fahnder ihrer Zielperson zu Fuß hätten folgen müssen, wollten sie nicht riskieren, sie zu verlieren.

Die Wohnung, in der sie sich in der Universitätsstadt trafen, befand sich im obersten Stockwerk eines dreigeschossigen Mietshauses. Die Bewohnerin war einige Tage verreist und hatte ihrer Nachbarin, die das Wochenende selbst außerhalb verbrachte und in der Etage darunter wohnte, den Schlüssel überlassen, damit sie die Blumen goss. Eine befreundete Arbeitskollegin hatte Holger ihr Auto geliehen. Die anderen waren mit dem Zug angereist und hatten ihre Bahnstrecken so geplant, dass sie während der Reise auf unerwünschte Begleiter achten konnten. Holger hatte Markus auf halber Strecke an einem Bahnhof mit dem Auto abgeholt, und sie hatten gemeinsam die Einkäufe erledigt.

Wenn Holger eins verabscheute, war es Patschuli. Der süße Geruch des Parfüms kroch ihm bereits in der Wohnungstür in die Nase. Er riss alle Fenster auf und ließ sich entnervt aufs Bett fallen. Es war zum Kotzen. Alles stank nach Patschuli. Aber es gab kein Zurück mehr.

»Sag mal, bist du verrückt geworden?«, herrschte Willy ihn an, schloss die Fenster und zog die knallroten Samtvorhänge zu.

»Riechst du das nicht?«

»Sag nicht, deine Parfüm-Aversion hat sich zu einer Neurose gesteigert?«

»Komm mir bloß nicht mit deiner Vulgär-Psychologie!«

»Na, das kann ja heiter werden«, meinte Willy und suchte das Weite. Die Wohnung war zwar nicht nach seinem Geschmack. Für Räucherstäbchen, Buddha-Statuen und ähnlichen Schnickschnack hatte er überhaupt nichts übrig. Aber für ihre Zwecke schien die Unterkunft bestens geeignet. Es gab ein Gästezimmer mit Schlafsofa, eine geräumige Wohnküche, in der vier Personen bequem Platz fanden, und zwei Bäder, eins sogar mit Badewanne. Willy liebte es, in fremden Wohnungen herumzuschnüffeln. Vor allem in Bücherregalen. »Was meinst du?«, fragte er Holger, der sich offenbar wieder gefangen hatte, »was ist das für eine Person, die unsere Zusammenkunft hier ermöglicht?«

»Keine Ahnung, aber du hast bestimmt schon ein genaues Bild von ihr.«

»Fotos gibt es leider keine, aber den Klassikern hier im Regal nach zu urteilen, ist sie Feministin. Kollontai, Reich, Mitscherlich, Beauvoir, etliche Kursbücher, feministische Theorie und Praxis rauf und runter, Theweleit und dann dieses unsägliche Buch, *Der Tod des Märchenprinzen* über diesen Hamburger, erinnerst du dich?«

»Nein, aber der Name fällt mir gleich ein ... Klaus von Dohnanyi?«

»Idiot! Willst du mich verschaukeln?«

»Wo denkst du hin!?«

»Komm, noch einen Versuch!«

»Der Name lautet ... Henning Venske.«

»Der Kandidat hat hundert Punkte«, verkündete Willy im Ton eines Conferenciers. »Aber woher weißt du das? Hatte deine damalige Freundin was mit dem?« Die Wohnungsklingel unterbrach ihr Geplänkel. Holger verschwand. »Die Dame scheint in den Neunzigern ihr politisches Engagement an den Nagel gehängt zu haben. Seitdem liest sie ausschließlich Krimis, die meisten aus der Ariadne-Reihe, versteht sich«, spann Willy den Faden weiter, als Holger zurückkam.

»Na Jungs, frönt ihr mal wieder eurem Voyeurismus?«, fragte Lisa noch in der Tür.

»Selbstverständlich, andere glotzen jeden Abend heimlich Verbotene Liebe«, konterte Willy.

»Was für ein beschränkter männlicher Blickwinkel«, gab sie zurück. »Kommt, lasst uns anfangen, Jungs. Markus kocht Kaffee, und Holger, du hast hoffentlich an den Kuchen gedacht.«

»Aber sicher, er steht auf dem Tisch.«

»Richtig schön, alle mal wieder versammelt zu sehen«, meinte Lisa. »Leider sind wir nicht zum Vergnügen hier.«

»Wir sollten schon mal das Programm festlegen«, sagte Holger und nahm sich ein Stück Marmorkuchen. »Greift zu, der ist selbst gebacken.«

»Erzähl mir nicht, du kannst backen«, spottete Willy.

Alle lachten.

»Ich fürchte, wir müssen zuerst über Sicherheit reden«, sagte Markus. »Ich wüsste zu gern, ob die Bullen noch jemanden von uns auf dem Kieker haben. Außerdem brauchen wir ein Codewort für das Objekt unserer Begierde.«

»Schön, aber bevor wir über technische Details reden, sollten wir noch einmal über das politische Ziel unseres Vorhabens reden«, erklärte Willy.

»Bevor wir uns damit noch länger aufhalten, wir nennen das Objekt Kv, wie Kilovolt«, schlug Lisa vor. »Oder hat jemand einen Einwand?« Willy hob die Hand, doch Holger stieß ihn diskret in die Seite.

»Okay, das haben wir«, konstatierte Lisa und notierte die Punkte Sicherheit und Politik auf einem weißen Blatt.

»Moment, bevor wir weitermachen, muss ich eine Sache klären. Habt ihr eure Handys auch bestimmt zu Hause gelassen?«

»Für wie blöd hältst du uns eigentlich, Holger?«, brüskierte sich Markus.

»Ich halte niemanden für blöd. Aber ich bin ein gebranntes Kind und würde am liebsten Leibesvisitationen und Taschenkontrollen durchführen, um sicherzugehen, dass niemand ein Handy dabei hat.«

»Holger hat wie immer recht«, bemerkte Willy und durchsuchte sein Jackett. Markus und Lisa gingen zur Garderobe im Flur.

»Und was ist mit dir, Holger?«, fragte Lisa, als sie zurückkam.

»Ich habe kein privates Handy mehr, nur eins für den Job. Es ist ganz gut, nicht immer und überall erreichbar zu sein, finde ich. Natürlich hege ich kein Misstrauen gegen euch. Wir sind bloß alle aus der Übung, und im Zeitalter der Kybernetik wird Sicherheit ganz anders buchstabiert als in den Achtzigern. Zum Glück bewegt sich von uns keiner mehr in der militanten Szene. Seit 9/11 gilt das Interesse der Bullen ja vordringlich Muslimen.«

»Ich glaube, du sitzt da einem Irrtum auf. Wir gehen doch alle auf Demos und zu politischen Veranstaltungen, nur die Ermittlungsmethoden der Bullen haben sich stark verändert. Heute dechiffrieren sie soziale Netzwerke in Echtzeit, per Mausklick. Sie werten fortlaufend die Telefon- und Mailkontakte von Verdächtigen aus. Früher mussten sie dafür viel Zeit und Personal aufwenden. Razzien, Observationen und V-Leute haben als polizeiliche Ermittlungsmethoden an Bedeutung eingebüßt«, sagte Markus.

»Ich weiß nicht, ob das stimmt«, erwiderte Holger. »Entscheidend ist doch vielmehr, dass ich heute nicht mehr im Brennpunkt des politischen Geschehens stehe. Ich gehe zwar auf Demos, aber nicht mehr in der ersten Reihe und trete nicht mehr als Anmelder oder Redner auf. Die letzte Observation hatte ich Anfang der Neunziger.«

»Toi, toi, toi«, sagte Markus. »Lasst uns das Thema beenden.«

»Ganz meine Meinung«, sagte Lisa. »Ich bin mit Willy der Auffassung, dass wir zunächst noch einmal über das politische Ziel der Aktion reden. Unsere Richtschnur sollte sein, was bringt die Bewegung voran? Auch wenn Sabotage sich selbst vermitteln sollte, ist ihre politische Wirkung vom Stand der Bewegung abhängig.«

»Das kann man so nicht sagen«, entgegnete Willy. »Als die RAF den Knastneubau in Weiterstadt in die Luft jagte, war von einer Gefangenenbewegung nichts zu sehen. Trotzdem war der Jubel riesig. Aber natürlich frage ich mich immer, wofür ich einfahre, und davon hängt meine Risikobereitschaft ab.«

»Das geht mir genau so. Ansonsten redest du ziemlichen Blech«, sagte Lisa. »Was meinst du, Holger?«

»Die Aufgabe von Revolutionären ist es, die Revolution zu machen.« Willy schmunzelte.

»Ja, ja, lach nur! Was tun Revolutionäre, wenn die Bewegung am Boden liegt? Sie machen den Leuten Mut, dass es sich lohnt, zu kämpfen. Politisch war ich mit der RAF nie einverstanden, trotzdem war Weiterstadt richtig, der Zeitpunkt, kurz vor der Fertigstellung des Knasts, der einzig mögliche. Außerdem wurde niemand verletzt. Aber wir reden hier nicht über die Sternstunden der Bewegung. Wir reden über die Kv. Bitte unterbrecht mich, wenn ich abschweife. Ich muss ein wenig ausholen.«

»Schieß endlich los, Holger!«, sagte Lisa.

»In drei Tagen jährt sich der Super-Gau von Tschernobyl zum zwanzigsten Mal. Das ist ein ausgezeichneter Zeitpunkt, der Atomindustrie auf die Finger zu hauen. Aber ich will unser Projekt im Zusammenhang mit der Bewegung einordnen.«

»Wo lernt man bloß, so geschwollen zu reden?«, frotzelte Willy.

Holger zog die Augenbrauen hoch und fuhr fort: »1986 lernten wir Becquerel-Angaben auf Milchtüten kennen. Gleichzeitig erlebten wir eine beispiellose Massenmobilisierung gegen den Atomstaat. Höhepunkt war zweifellos die militante Konfrontation in Wackersdorf. Bemerkenswert waren das Nebeneinander unterschiedlicher Protestformen und die weit verbreitete Akzeptanz von Sabotage bis in die Bürgerinitiativen. Das Schreckgespenst von den autonomen Chaoten verfing nicht mehr, im Gegenteil. *Hau weg den Scheiß* war populär und stand für das massenhafte Umlegen von Strommasten. Die Regierung musste einlenken. Innerhalb von drei Jahren waren die Wiederaufbereitung, der Schnelle Brüter und der Plutonium-Kreislauf in Deutschland passé. Die Industrie musste Milliardeninvestitionen versenken. Doch es war kein Zufall, dass das erst 1989, am Ende des Kalten Krieges, passierte. Das militärische Interesse der Bonner Regierung am Aufbau einer eigenen Atomindustrie hatte sich erledigt. Die Kehrseite dieses grandiosen Erfolges der Bewegung war eine verstärkte Internationalisierung der Atomwirtschaft, vor allem in der Kooperation zwischen Deutschland und Frankreich. Doch der Widerstand war von Anfang an international. Wisst ihr noch, dass der Protest in Wyhl von der anderen Rheinseite ausging? Oder dass die Parole ›Stoppt die Atomindustrie, kämpft für das Leben‹ eine Übersetzung aus dem Französischen war?«

Willy gähnte. »Wird das hier eine Geschichtsstunde?«

»Lass ihn weiterreden! Mir war das völlig weggerutscht«, wies ihn Lisa zurecht.

»Danke. Was wollte ich sagen? Die Bewegung in Frankreich war damals viel stärker als in Deutschland. Doch als die französischen Sozialisten 1980 an die Macht kamen, setzten sie den Atomkurs der vorherigen Regierungen fort.«

»Ja, Ökologie geht der Linken am Arsch vorbei«, brummte Willy, »denn die Linke ist hauptsächlich auf den Staat fixiert.«

»Ihr Problem ist der ungebrochene Glaube an die moderne Industriegesellschaft«, meinte Markus, der Holgers Monologe sonst nur schwer ertrug, bei dem Thema aber hellwach war.

»Das würde ich unterschreiben. Wie in Frankreich machte auch Rot-Grün in Deutschland nach 1998 einen Deal mit der Energiewirtschaft. Das ist übrigens der Grund, warum das Spitzenpersonal von SPD und Grünen heute als Berater für diesen Industriezweig tätig ist.«

»Müller bekam sogar einen Vorstandsposten bei einem Stromriesen«, fügte Willy hinzu.

»Müller?«, fragte Markus.

»Schröders Wirtschaftsminister«, erklärte Lisa. »Aber komm auf den Punkt, Holger!«

»Okay, zum Entsetzen der Grünen ist die Bewegung nicht totzukriegen. Kristallisationspunkt ist der Widerstand gegen die Atomtransporte von La Hague nach Gorleben, und diese Proteste sind international und werden wieder stärker. Vor zwei Jahren starb ein französischer Aktivist, als er den Castor in Ostfrankreich stoppen wollte. Es ist zu erwarten, dass die Proteste dieses Jahr in beiden Ländern wieder heftig werden. Die Schwäche der Antiatombewegung ist aber, dass sie auf die Transporte fixiert und kaum zu wirksamer Sabotage fähig ist.«

Willy lachte. »Und da kommen wir ins Spiel und zeigen den Baumkletterern, Traktorfahrern und Betonkünstlern im Wendland mal eben, wo es langgeht.«

»Kannst du mal dein blödes Lästermaul halten!«, meinte Markus und verließ genervt das Zimmer. Im Raum herrschte betretenes Schweigen. Holger stürzte ihm nach und kam wenig später grinsend zurück.

»Er ist nur aufs Klo gegangen«, meinte er, stellte Gläser und Wasser auf den Tisch und goss allen etwas ein.

Markus verteilte Schokolade und Plätzchen, als er zurückkam.

»Hier, die sind für die Nerven«, sagte er schmunzelnd und reichte Willy das Haribo.

»Dass du daran gedacht hast«, staunte er.

Holger setzte erneut an. »Nein, es geht nicht darum, anderen zu zeigen, wo es langgeht, sondern unseren eigenen Beitrag zu leisten und das einzubringen, was wir können. Wir erweitern den Handlungsspielraum der Bewegung. Nicht mehr und nicht weniger.«

»1986 bedurfte es nur eines Anschlags, um Sabotage am Netz populär zu machen«, sagte Willy, »nach der Bombe von *Hau weg den Scheiß* auf das Umspannwerk Mörfelden fielen fast hundert Strommasten um.«

»Träum weiter, Willy. Damals war die autonome Bewegung jung und ihre Akteure wild und gefährlich. Schau dich an. Vergiss den Avantgardismus. Es geht nur um einen anderen Akzent, eine andere Stimme in der Vielfalt der Bewegung«, sagte Lisa.

»Das klingt gut, richtig poetisch. Subcomandante Marcos?«

»Wusstest du etwa nicht, dass ich Gedichte schreibe und Marcos sie übersetzt?« Alle lachten. »Spaß beiseite. Von den

Zapatisten könnten wir tatsächlich lernen, zum Beispiel, mehr Fragen zu stellen, als Antworten vorzugaukeln.«

»Danke, junge Frau«, erwiderte Willy. »Aber mich treibt was anderes um. Ich habe damals eine Freundin verloren, die bei dem Versuch, einen Strommasten zu fällen, von einem Lichtbogen getroffen und getötet wurde.«

Lisa legte ihm die Hand auf die Schulter. »Rache ist kein guter Ratgeber für politisches Handeln.«

»Nenn es wie du willst, Rache, Heroismus. Ohne den Mut und die Entschlossenheit, sich dem Gegner zu widersetzen, gibt es keine Revolution.«

»Ohne uns Frauen auch nicht.«

»Wenn nicht alle bereit sind, ihren Preis zu zahlen, gibt es keinen Flächenbrand, und es bleibt bei einem kurzen Strohfeuer, einer Episode, an die wir uns nicht einmal selbst erinnern werden«, entgegnete Willy.

»Okay, kommen wir jetzt von der Philosophie zur Praxis.« Holger machte eine Pause, schaute in die Runde, holte eine Landkarte aus einer Mappe und breitete den Plan vor ihnen aus. »Hier liegt unser Ziel«, sagte er und deutete mit einem Stift auf die Karte. »Da steht der erste und dort der zweite Posten. Ich zeige das nur kurz zur Orientierung. Ihr wart ja alle vor Ort. Lasst uns den Plan noch einmal ganz von vorn durchgehen. Bitte ergänzt mich, wenn ich etwas vergesse. Wir werden zwei Pakete anbringen und sie auf die Hundertstelsekunde synchron zur Explosion bringen, mit gewerblichen Zündern.«

»Fähnchen«, korrigierte Lisa ihn. »Sie funktionieren einwandfrei, zumindest die, die ich getestet habe.«

»Das ist gut, aber ich habe dazu eine Frage. Ich will zwar nicht wissen, woher das Zeug stammt, möchte aber trotzdem gern die Zuverlässigkeit der Quelle einschätzen können«, insistierte Willy. »Schließlich wird die Gegenseite nach der Aktion automatisch ihr ganzes Arsenal in Stellung bringen, auch international.«

»Was den Sprengstoff angeht, stammt er zum Teil aus einer Quelle, die du kennst. Ich glaube, sie ist absolut verschwiegen und weit genug von uns weg. Selbst wenn die Sache technisch scheitert, können wir beruhigt sein. Die zweite Quelle kenne ich nicht«, sagte Holger.

»Es ist eine ausländische Firma. Der Kontakt kam über eine Person zustande, für die ich meine Hand ins Feuer lege. Die Quelle selbst kenne ich auch nicht«, erklärte sie.

»Ich möchte dir nicht zu nahe treten, aber ich fürchte, genau da könnte das Einfallstor für die Bullen liegen. Internationale Kontakte sind immer schwer zu überprüfen, undichte Stellen von hier aus nicht zu überblicken, geschweige denn zu stopfen, wenn es eng wird«, warf Willy ein.

»Das Risiko ist unvermeidlich. Das Zeug liegt nicht in jedem Baumarkt herum. Eine andere technische Lösung hat niemand auf der Pfanne«, stellte Markus klar. »Die Zündung funktioniert mit Zeitverzögerung. Sie wird erst vor Ort eingestellt, Lisa und ich haben eine zusätzliche Sicherung eingeplant und die Elektrik so gebaut, dass sie per Handy aktiviert wird.«

»Was soll das? Das ist gegen die Absprache«, entrüstete sich Holger.

»Mach mal halblang, Alter«, sagte Lisa. »Der Ablauf vor Ort bleibt, wie er ist. Diese Technik bietet eindeutig den Vorteil, dass der Prozess erst in Gang gesetzt wird, nachdem ihr eure Klamotten, die ihr vor Ort getragen habt, losgeworden seid. Das dient ausschließlich unser aller Sicherheit.«

Holger überlegte. »Das leuchtet mir ein. Sorry, Leute, aber ich bin etwas nervös.«

»Kein Problem. Wir werden die Elektrik hier noch einmal testen und euch ihre Funktionsweise erklären, damit es dann sicher und schnell geht. Dafür werden wir jetzt das Bad herrichten«, erklärte Markus.

»Hast du an die Overalls gedacht?«, fragte Holger. Markus seufzte und versetzte ihm einen leichten Schlag vor die Brust.

»Was denkst du denn?«

»Es hätte ja sein können. Ich schlage vor, es bei der verabredeten Arbeitsteilung zu belassen. Lisa und Willy beziehen die Posten und behalten das Gelände und die Zufahrten im Auge. Markus und ich bilden das Zweierteam. Jeder kennt seinen Platz. Den Code für unsere Verständigung mit den Funkgeräten vereinbaren wir später. Hast du an sie gedacht, Lisa?«

»Ja, sicher.«

»Sollte bis dahin etwas schiefgehen, die Fahrzeugpapiere klemmen unter der Sonnenblende auf der Fahrerseite«, sagte Holger.

»Wir werden insgesamt drei Funkgeräte benutzen. Zwei brauchen wir für die Sicherungsposten und eins für das Zweierteam vor Ort. Die PIN für die Auslösung der Fernzündung habe ich im Kopf«, erklärte Lisa.

»Okay, habt ihr noch einmal über eine Stellungnahme nachgedacht?«, fragte Willy. »Wir hatten das im Vorfeld zwar abgelehnt, aber ich bin nicht mehr überzeugt, dass es eine richtige Entscheidung ist, ganz auf Vermittlung zu verzichten.«

»Oh«, stöhnte Holger. »Die Diskussion hat sich erledigt. Selbst wenn wir wollten, wir sind darauf nicht vorbereitet, und die Zeit ist knapp.«

»So leicht sollten wir uns das nicht machen«, widersprach Lisa. »Ich hatte mich zwar auch dagegen ausgesprochen, würde deine Argumente aber gern hören, Willy.«

»Sollten wir dann zu einer anderen Entscheidung kommen, ich habe einen Rechner dabei, mit dem wir ein Schreiben aufsetzen und versenden können«, sagte Willy.

Holger fasste sich an den Kopf. »Das glaube ich nicht! Hier macht jeder was er will!« Er sprang auf und ließ sich gleich wieder mit einer theatralischen Geste aufs Sofa fallen. »Was bist du bloß für ein Chaot!«, tobte er.

»Wieso, wenn er den Rechner verschlüsselt hat, tendiert das Risiko gegen null«, sprang Markus Willy bei. »Mit Blick auf die

Uhr, nehmen wir uns dafür eine halbe Stunde, und dann haken wir das Thema endgültig ab.«

Lisa schaute in die Runde, hob ihre Hände und ließ sie kreisen.

»Soll das Zustimmung signalisieren oder dass ich eine Meise habe?«, erkundigte sich Willy und drehte dabei seine rechte Hand.

»Beides!«, antwortete Lisa und zog eine Grimasse. »Leg endlich los, Mann, sonst drehe ich dir den Hals um!«

Holger setzte sich wieder. »Und fasse dich kurz!«

»Okay, die Kraftwerksgesellschaft ist dafür bekannt, Zwischenfälle zu vertuschen. Obwohl die Geschichte eindeutig, gut getimt und ein Kracher ist, besteht die Gefahr, dass sie verschwiegen wird. Anders als 1986 ist die Bevölkerung heute mehrheitlich gegen AKWs eingestellt. Wenn sie die Sache verschweigen, wird sie nur an die Öffentlichkeit gelangen, wenn wir sie informieren. In den Achtzigern hatte der Apparat die Medien fest im Griff. Antiterrorismus war Allgemeingut. Heute ist die Presselandschaft vielfältiger. Die Jagd nach Exklusivgeschichten beherrscht das Nachrichtengeschäft. Niemand verzichtet freiwillig auf Berichte, die er verkaufen kann.«

»Dein Glaube an die Kraft des Marktes in allen Ehren«, frotzelte Holger.

»Keine Polemik«, mischte sich Markus ein.

»Okay, okay. Der Ort liegt so abgelegen, dass niemand das Ereignis mitkriegt, wenn der Apparat es nicht will«, gab Holger zu.

»Genau, aus dem Grund müssen wir die Medien informieren. Sie werden nachfragen, und wenn die Bullen dementieren, wird die Presse jemanden hinschicken und die Geschichte vor Ort überprüfen«, erwiderte Willy.

»Du glaubst wohl an den Weihnachtsmann. Recherche ist viel zu teuer«, meinte Holger.

»Schon möglich, aber am Jahrestag ist das Thema fett gesetzt und deshalb stehen die Chancen gut, dass sie unser Papier veröffentlichen«, konterte Willy.

»Genau, deshalb gehe ich davon aus, dass die Geschichte nicht übersehen wird und sich von selbst vermittelt.«

»Jungs, die Zeit drängt. Sorry, Willy, aber deine Argumente haben meine Zweifel nicht beseitigt, ich möchte bei unserer Entscheidung bleiben.«

»Mir geht es wie Lisa«, sagte Markus. Willy verstummte. Das schelmische Lächeln war aus seinem Gesicht gewichen.

»Was sagt eigentlich der Wetterbericht?«, fragte Lisa, um ein anderes Thema anzuschneiden.

»Sie haben für heute Nacht kurze, heftige Schauer angekündigt, keine Minusgrade, typisches Aprilwetter«, berichtete Holger.

Markus stöhnte. »Das kann ja heiter werden.«

»Wieso? Das Wetter ist doch ideal. Die Aufmerksamkeit sinkt, und Mondsüchtige bleiben im Bett«, erwiderte Lisa. »Wie lange werdet ihr vor Ort brauchen?«

»Nicht länger als zehn, mit An- und Abmarsch dreißig, höchstens fünfunddreißig, vierzig Minuten«, schätzte Markus.

»Was? Plus, minus zehn Minuten!«, wunderte sich Lisa.

»Nachtmärsche sind schwer einzuschätzen.«

»Und wie werdet ihr die beiden Päckchen befestigen?«, wollte sie wissen.

»Mit Gaffa-Tape«, antwortete Markus.

»Und wie machen wir die Ladung vor Ort scharf?«, fragte Holger.

»Das haben wir doch längst besprochen. Wir müssen die elektrische Zündung mit den Fähnchen samt Plastik und den Steckern verbinden. Wir üben das gleich noch einmal am Objekt«, sagte Markus.

»Gut, dann müssen wir nur noch den Zeitplan durchgehen, die Kommunikation verabreden und können uns anschließend ein, zwei Stündchen aufs Ohr hauen«, meinte sie.

»Das würde ich am liebsten gleich machen«, sagte Willy. »Können wir den Rest nicht jetzt kurz abhaken? Für die Technikeinweisung braucht ihr mich ja nicht.«

»Ich dachte, im Alter braucht man weniger Schlaf«, flachste Lisa.

»Aber jede durchgemachte Nacht zehrt extrem an den Kräften.«

»Toll, dass du trotzdem dabei bist.«

Willy verzog den Mund. »Ich brauche den Kick, den Rausch, den jede geglückte Aktion auslöst«, erwiderte er provozierend.

Lisa schaute ihn strafend an. »Ich bin entsetzt!«, lachte sie.

»Lasst den Blödsinn! Uns rennt die Zeit davon«, sagte Markus. »Ich schlage vor, wir besprechen jetzt kurz den Zeitablauf. Der Plan war, die Sprengladung in den frühen Morgenstunden hochgehen zu lassen und spätestens um zwölf, halb eins wieder im Auto zu sitzen. Von hier bis zu unserem Ausflugsziel brauchen wir eine knappe Stunde, dort vierzig Minuten. Aufbruch wäre demnach viertel nach zehn. Ist das okay?«

Alle rechneten im Kopf nach.

»Das ist gut«, antwortete Lisa. »Um die Zeit sind auf dem Land noch viele Autos auf der Straße. Heikel wird es erst später. Aber wenn wir uns immer schön an die Straßenverkehrsordnung halten, sind wir mit unserem Kombi relativ unauffällig unterwegs.«

»Kann ich mich jetzt endlich aufs Ohr hauen?«, drängte Willy.

»Moment, nicht bevor die Verständigung mit den Funkgeräten steht«, verlangte Lisa.

»Entschuldige, du hast recht«, entgegnete er. Bevor Willy sich für zwei Stunden hinlegte, klärten sie das. Dann packten sie ihre Rucksäcke und verstauten ihre persönlichen Gegenstände, die sie unbedingt brauchten. Lisa wies Holger in die Elektrotechnik ein. Markus brachte die Tasche mit dem Sprengsatz anschließend in seinem Rucksack unter. Bis dahin lief alles nach Plan.

Als sie um zwanzig nach zehn das Haus verließen, goss es in Strömen. Unterwegs sprach niemand ein Wort. Alle waren mit sich und ihrer Aufgabe beschäftigt, wälzten den Plan im Kopf hin und her und fragten sich, ob sie nicht etwas vergessen oder übersehen hatten. Die Spannung stieg. Nur Holger blieb relativ gelassen. Er konzentrierte sich ganz aufs Fahren, achtete genau auf die Geschwindigkeit und den Straßenverlauf. In den letzten Wochen war er die Strecke mehrfach abgefahren und hatte sich gut eingeprägt, wo er abbiegen musste und wo Radaranlagen installiert waren. Der Regen ließ irgendwann nach.

Holgers Adrenalin schoss in unerwartete Höhen, als sich an einer Ampelkreuzung ein Streifenwagen neben ihn schob, der Fahrer zu ihnen herübersah, plötzlich das Blaulicht aufleuchtete und das Martinshorn ertönte.

»Scheiße, soll ich rechts ranfahren?«, fragte Holger entgeistert.

»Bleib ganz ruhig, Mann. Ich glaube, die drehen ab«, sagte Willy, der die Szene genau im Blick gehabt und Holger von hinten die Hand auf die Schulter gelegt hatte. Tatsächlich rollte die Streife über die rote Ampel auf die Kreuzung, zog nach rechts und raste davon. Holger atmete auf. Schweißperlen standen ihm auf der Stirn. Auch die anderen waren erleichtert. Als die Ampel auf Grün sprang und sie links abbogen, reichte Lisa Holger eine Wasserflasche.

»Hier, trink!«, sagte sie.

Die Anspannung fiel langsam von ihm ab. »Die sind wahrscheinlich zu einem Verkehrsunfall oder einer Kneipenschlägerei gerufen worden«, sagte er und steuerte den Wagen sicher zu der verabredeten Stelle, wo sie ausstiegen und sich trennten.

Lisa war die Erste, die eine halbe Stunde später den Treffpunkt am Auto erreichte, nachdem Team zwei über Funk die Meldung abgesetzt hatte, das Eichhörnchen sei im Wald unterwegs. Das war das Zeichen, dass der Auftrag erledigt war. Nun hieß es abwarten. Sie waren spät dran, und die anderen ließen auf sich warten. Es war lausig kalt. Sie fror, ertastete das Schlüsselbund auf dem linken hinteren Reifen und schloss die Fahrertür auf. Sie wollte keine unnötige Zeit vergeuden, wenn die anderen zurückkamen. Sie lehnte sich an den Kombi und achtete auf jedes Geräusch. Ein paar Minuten später tauchte Willy aus der Dunkelheit auf.

»Mann, hast du einen Nachtspaziergang gemacht?«, fragte sie.

»Quatsch! Ich bin gelaufen, um nicht zu sagen gejoggt, und nicht mal pissen gewesen.« So kannte sie ihn, immer zu Scherzen aufgelegt. »Es scheint alles nach Plan gelaufen zu sein. Die beiden müssten bald kommen«, sagte er.

Kurz darauf erschienen Holger und Markus.

»Dann wollen wir mal«, meinte Holger. »Wir müssen sofort los.«

»Wie ist es gelaufen?«, fragte Lisa.

»Es war gar nicht so einfach, in der Dunkelheit mit dem Klettergeschirr klarzukommen und einen sicheren Stand auf dem Mast zu finden«, berichtete Markus, während er und Holger die Overalls auszogen.

»Kommt, später haben wir alle Zeit der Welt«, drängte Holger und setzte sich hinters Lenkrad.

Markus und Willy stiegen wieder hinten ein. »Es wäre gut, wenn du mit auf die Strecke achtest, Markus.«

»Gut, dann geh mit nach vorn«, meinte Lisa und wechselte mit Markus den Platz. Nach zehn Minuten erreichten sie die Kreuzung, an der sie vorhin der Streife begegnet waren. Sie fuhren diesmal geradeaus in das Waldstück, wo sie sich des Mülls und der Kleidung entledigten. Dann löste Lisa per Handy den Kontakt aus.

»Wow!«, rief Willy erleichtert, zeigte mit dem Daumen nach oben, klatschte nacheinander Holger und Markus ab, wie sie es immer getan hatten, seitdem sie einmal beim Boxkampf gewesen waren, nahm Lisas Kopf zwischen die Hände und schmatzte ihr einen dicken Kuss auf den Mund.

»Bäh«, sagte sie und lachte, während sie sich den Mund abwischte. In einer knappen Stunde würde der Sprengstoff hochgehen und die tragenden Streben zerbersten, der Stahlkoloss abknicken, die Überlandleitung reißen, die Stromtrasse ausfallen und das Kraftwerk abschalten, vorausgesetzt, die Ladung war richtig platziert. Sie würden sich einen Wein genehmigen, und auf den Demos zum Tschernobyl-Jahrestag am Samstag würde die Nachricht von Mund zu Mund gehen.

2

Dezember 2010

Diesen Anruf hatte Thomas Krüdewagen nicht erwartet. Erika rang immer wieder um Fassung. Ihre Stimme war belegt. Sie hatte Mühe, Worte zu finden. Holger war tot. So viel stand fest. Seine Leiche sei im Wendland entdeckt worden, in einem Bach. Er habe an den Castor-Protesten teilgenommen. Die Polizei spreche von einem Unfall. Natürlich werde er zur Trauerfeier kommen. Eine Rede? Nein, das könne er nicht. Was sollte er sagen?, überlegte er, nachdem sie aufgelegt hatte. Was wusste er überhaupt noch über seinen alten Freund? Wovon hatte er zuletzt geträumt? War Erika überhaupt noch mit Holger zusammen? Thomas wusste es nicht.

Erika, Holger, Barbara und Thomas waren 1976 gemeinsam in Brokdorf und danach unzertrennlich gewesen. Anti-AKW-Gruppe, das Zentrum. Das war ihr Leben. 1986 waren Thomas und Barbara zusammen ins Rheinland gegangen und hatten sich kurz darauf getrennt. Holger und Erika waren geblieben. Die gegenseitigen Besuche wurden bald seltener. Man hatte sich immer weniger zu sagen. Thomas begann, Kommunikationswissenschaft zu studieren, fing als freier Journalist beim Rundfunk an, befasste sich nun beruflich mit politischen Themen und entfernte sich schnell von der Bewegung. Holger wurde Computerfachmann und setzte sein politisches Engagement unbeirrt fort. Thomas war wie Holger vierundfünfzig und arbeitete inzwischen überwiegend zu kulturellen Themen.

Lüchow-Dannenberger Tageblatt,
Freitag, 19. November 2010

CASTOR-GEGNER TOT IM BACH

Spaziergänger finden Leiche

Spaziergänger machten gestern Nachmittag in der Göhrde eine grausige Entdeckung. In einem Bach fanden sie die Leiche eines Mannes, der vermutlich bereits länger als eine Woche in dem Gewässer lag. Die Identität des Toten ist noch unklar. Er führte keine Ausweispapiere mit sich. Anhand mitgeführter Gegenstände geht man allerdings davon aus, dass er einer der Castor-Gegner war, die an den Protesten vor zehn Tagen im Landkreis beteiligt waren. Eine Vermisstenanzeige liegt der Polizei nicht vor. Der Mann soll nach Polizeiangaben 45 bis 55 Jahre alt sein, etwa 1,85 Meter groß und 90 Kilogramm schwer. Er trug kurze Haare. Der Körper wies keine besonderen Merkmale auf.

Die Kreispolizei geht davon aus, dass der Mann ohne Fremdeinwirken gestorben ist. Es wird vermutet, dass er ausrutschte, in den Bach stürzte und ertrank.

Thomas entdeckte die Meldung des *Lüchow-Dannenberger Tageblatts* über den Fund des Leichnams im Netz. Warum sollte Holger, der immer ein sportlicher Typ gewesen war, in einen Bach gefallen und ertrunken sein, einfach so? Seltsam fand er vor allem, dass er keine Papiere dabeigehabt haben soll. Thomas wusste aus gemeinsamen Tagen, dass Holger vor politischen

Aktionen immer Papiere einsteckte. Das gehörte einfach zum Einmaleins, und wenn einer die Regeln beherrschte, war es Holger. Thomas hegte instinktiv Zweifel an der Zeitungsmeldung. Hatten die Bullen etwas zu vertuschen? Aber was? Es müsste einen Obduktionsbericht geben. Erika konnte er damit jetzt nicht belasten. Aber wen könnte er zu Rate ziehen, Barbara? Nein, nicht Barbara. Nach der Trauerfeier würde er mit Erika sprechen.

Thomas setzte sich einen Tee auf und lief in der Wohnung auf und ab. Die Nachricht von Holgers Tod hatte ihm einen Stich versetzt und erinnerte ihn an den schmerzhaften Verlust, die Leere nach der Trennung von Barbara. Holger, Erika, Barbara und er waren Freunde, Vertraute, Gefährten, Genossen gewesen. Genossen hat was mit genießen zu tun, hatte Holger damals gesagt. Das Zitat hatte er aus *Wird Zeit, dass wir leben* von Christian Geissler, ein Buch, das er daraufhin ebenfalls verschlungen hatte. Obwohl sie seitdem getrennte Wege gegangen waren, war ihm das Lebensgefühl, das sie verbunden hatte, jetzt gegenwärtig. Thomas, dem Sentimentalität fremd war, blätterte in einer Fotomappe, ein gemeinsames Geschenk von Barbara und Erika zum Vierzigsten. Weiß Gott, wo sie die Bilder aufgetrieben hatten. Er hatte das Fotografieren erst viel später für sich entdeckt.

Als er auf das Foto vom Kinderladen stieß, auf dem er mit Erika und den Kindern abgebildet war, fiel ihm ein, dass er nicht Holger, sondern Erika zuerst kennengelernt hatte, über die gemeinsame Arbeit mit den Kindern. Holger war der arrogante Schnösel gewesen, der dort immer aufgetaucht war, um Erika abzuholen. Sie hatte Thomas mit zum Anti-AKW-Plenum ins Jugendzentrum geschleift. Dort lernte er Holger ganz anders kennen. Was er sagte, hatte Hand und Fuß, und er war freundlich, nicht cool, wie die anderen. Er war der Einzige, der ihn ansprach. Wie er die Diskussion gefunden habe? Das hatte Thomas nicht erwartet, nicht von einem, der wie ein französischer Nihilist auftrat, schwarze Klamotten trug und immer rasiert und gestriegelt war, während alle anderen in Jeans oder Latzhosen steckten, sich die Haare bis zum Arsch und den Bart wachsen ließen. Holger sah nicht nur aus wie ein Pariser Intellektueller, er konnte Breton und Derrida aus dem Stegreif zitieren und sprach perfekt Französisch. Er stammte aus dem Südwesten, wo der Vater an der Uni gelehrt hatte und die Mutter Gerichtsschreiberin gewesen war. Er hatte Medizin studiert. Doch er wollte nicht so werden wie die Ärzte am Klinikum, die auf alles eine Antwort hatten, selbst wenn ihnen gerade ein Patient unter dem Messer gestorben war. So hatte er sich bei den Philosophen eingeschrieben, weil er die großen Fragen des Daseins ergründen wollte.

Die meisten Fotos waren im Jugendzentrum und in der Anti-AKW-Bewegung entstanden. Die Bildermappe ließ die Kämpfe der siebziger und achtziger Jahre wieder lebendig werden. Sie waren überall dabei gewesen. Der erfolgreiche Kampf der Bürgerinitiativen im badischen Wyhl 1975 hatte Hoffnungen freigesetzt, auch bei ihnen. Um die Jahreswende 1976/77 wurde ihr Wohnzimmer, wie Erika das Jugendzentrum nannte, zu einem der städtischen Brennpunkte der neuen Bewegung in Norddeutschland, und die kam nach Brokdorf erst richtig in Schwung. In Brokdorf hatten Tausende von Polizisten sich hinter einem schweren Eisenzaun verschanzt und mit Wasserwerfern und Tränengas eine Platzbesetzung vereitelt. Auf der Rückfahrt im Bus Manöverkritik. Holger hatte von den Maoisten geschwärmt, die Öljacken und Gummistiefel getragen und mit Bolzenschneidern und Seilen ein großes Loch in den Zaun gerissen hatten. Bei der Nachbereitung war es zu einem heftigen Wortgefecht gekommen, bei dem Holger sich dazu verstiegen hatte, die Maoisten zu verteidigen, ausgerechnet Holger, dem jeder Dogmatismus fremd war. Es war ihm egal, dass *Der Rote Morgen* geschrieben hatte, die Partei habe den Kampf um Brokdorf angeführt. Ja und? Die hatten wenigstens einen Plan und wir kalte Füße. Die Bewegung müsse aus den Niederlagen lernen und die Strategie und Taktik des Gegners antizipieren, meinte er. Natürlich vertrat Holger ein paar Wochen später das Zentrum bei den Vorbereitungstreffen für eine Bauplatzbesetzung in Grohnde. Obwohl sie dort mit Helmen, Ölzeug, Gummistiefeln, Gasmasken und Knieschützern ausgestattet waren, eine Polizeisperre abgeräumt und mit Schneidbrennern den massiven Zaun aufgeschnitten hatten, erzwang ein Großaufgebot der Polizei den Rückzug. Die Polizeiführung hatte dieses Mal, außer Wasserwerfern und Greiftrupps Räumpanzer, Hundestaffeln, Pferde und Panzer ins Feld geschickt. Die Bilanz der Aktivisten war ernüchternd: Hunderte waren verletzt und viele festgenommen worden.

Auf einer Wiese in Grohnde, wo der Kühlturm des AKWs gebaut werden sollte, halfen Leute vom Zentrum später, ein Hüttendorf zu errichten. Holger war im Juli von dort nach Frankreich zur Demo in Malville getrampt. Die anderen drei hatten an der Weser die Stellung gehalten. Blankes Entsetzen hatte die Nachricht ausgelöst, dass bei der Demo an der Rhône ein Demonstrant getötet worden war. Auch diesseits des Rheins herrschte Ausnahmezustand. Die Fahndung nach der RAF lief auf Hochtouren. Aber auch Atomkraftgegner standen unter Generalverdacht. Die Demo gegen den Schnellen Brüter im September 1977 in Kalkar wurde zur Notstandsübung, Autobahnen für Personenkontrollen gesperrt. Ein Polizeihubschrauber stoppte auf freier Strecke einen Sonderzug mit Demonstranten. Das Jugendzentrum galt nun als Terrorzentrale. Hausdurchsuchungen häuften sich. 1977, dachte Thomas jetzt beim Anblick der Fotos, war auch ihm als Deutscher Herbst im Gedächtnis geblieben, nicht als Jahr harter Konfrontationen zwischen der neuen sozialen Bewegung und dem Staat, der die Atompläne damals erbarmungslos durchsetzte. Es folgten die Grohndeprozesse am Landgericht Hannover. Elf von Zwanzigtausend wurden angeklagt, einige zu Haftstrafen verurteilt, obwohl sie nicht vorbestraft waren. Wo Recht zu Unrecht wird, wird Widerstand zur Pflicht, hatten die Besucher im Gerichtssaal skandiert. Jetzt erst recht, sagte Holger und sprach von Sabotage.

Thomas versprach Erika ein paar Tage später bei einem langen Telefongespräch, dass er bei der Trauerfeier reden würde.

Er werde schildern, wie sie sich im Zentrum kennengelernt und was sie verbunden hatte. Holgers Leichnam sollte verbrannt werden. Beerdigungen erinnerten Thomas an Weihwasser und Eichensärge, Trauerflor und Käseschnitten. Ein Onkel, erzählte er Erika, hatte nach der Beisetzung seines Vaters bei Kaffee und Kuchen Türkenwitze gerissen, und niemand habe ihm den Mund verboten. Schrecklich. Holger wünschte sich ein Fest, am liebsten mit Punkband im Zentrum, keine Trauerfeier. Am liebsten sähe er uns anschließend in der Fußgängerzone, wie 1980. Beide lachten und dachten an den Riot beim Rekrutengelöbnis und die Streife, die mitten auf der Kreuzung auf dem Dach gelegen hatte. Wirklich, ein Punkkonzert?, fragte Thomas. Nein, Platten. Die Sammlung wollte sie mitbringen und anschließend verschenken. Jemand werde Texte und Gedichte vortragen, Dias zeigen. Alle könnten sprechen. Er werde anfangen. Basta! So kannte er Erika. Sie hatte immer das letzte Wort. Und natürlich werde es französischen Rotwein geben. Er sollte am Sonntag um drei pünktlich im Zentrum sein.

Es war bitterkalt, als Thomas am Sonntagvormittag in den überfüllten ICE nach Berlin Ostbahnhof stieg. Er kletterte über die Reisenden, die zwischen den Waggons auf dem Boden kauerten, und entdeckte schließlich doch einen freien Sitzplatz. Der ältere Herr am Fenster vergrub sich in sein Buch. Thomas überlegte noch einmal, was er auf der Trauerfeier sagen wollte, und notierte sich ein paar Stichworte. Seine Nervosität stieg. Wen kannte er überhaupt noch? Erika. Und Barbara. Wer würde sonst noch kommen? Thomas hatte Erika nicht gefragt. Das Zentrum hatte seitdem viele Generationswechsel erlebt. Aber wieso sollte sich heute irgendjemand für ihre gemeinsame Geschichte interessieren? Vielleicht wäre es einfacher, ein Gedicht oder einen Text vorzutragen. Er hoffte inständig, seine Aufregung in den Griff zu bekommen. Nichts ist peinlicher als fahrige Redner, die sich an ihre Stichworte klammern. Er würde tief durchatmen und bei der ersten Begegnung im Zentrum beginnen. Spätestens bei der Anekdote mit den Maoisten würden alle lachen, und seine Anspannung würde verfliegen. Hoffentlich. Holger hatte immer den Eindruck vermittelt, seine Auftritte zu genießen. Er hätte ihn rechtzeitig fragen sollen, wie er das machte. Jetzt war es zu spät. C'est la vie.

Erst als der Zug in den Hauptbahnhof einfuhr, stellte Thomas fest, dass er eine halbe Stunde Verspätung hatte. Die Feier würde eh nicht pünktlich anfangen. Doch weit gefehlt, im Hof des Zentrums war niemand mehr. Wir sind im alten Kinoraum. Du weißt ja, wo das ist, hatte Erika am Telefon gesagt. Das Haus verströmte den unverwechselbaren Geruch selbstverwalteter Zentren. Obwohl er seit Jahren nicht mehr da gewesen war, fühlte er sich sofort wieder zu Hause. Den Raum im zweiten Stock fand er auf Anhieb.

»Thomas! Da bist du ja endlich!«, rief Erika, als er den völlig überfüllten alten Kinosaal betrat. Sie saß in der ersten Reihe, stand auf, und sie umarmten sich innig. Erika ließ ihren Tränen freien Lauf, während Thomas sich um Fassung bemühte. Alle sahen zu ihnen herüber. »Komm, setz dich zu mir!«, bat sie und ergriff seine Hand. Alle rückten zusammen, um für ihn Platz zu machen.

Er guckte sich um, sah mehrere bekannte Gesichter und nickte, ohne immer genau zu wissen, wer sie waren.

»Sag mal, ist Barbara nicht gekommen?«, flüsterte er.

»Doch, sie sitzt ganz hinten in der letzten Reihe. Sie ist seit gestern hier.«

In dem Moment setzte Klaviermusik ein. Thomas erkannte das Stück sofort. Rotzkotz, *Schatten der Vergangenheit*. Er konnte die Tränen nicht mehr halten. Erika drückte seine Hand ganz fest.

»Du sagst, es kommt alles über mich, und lässt mich zerspringen. Ewig nah so nah und ewig Traum und grau in der

Wirklichkeit«, zitierte eine junge Frau, die nach vorn getreten war, den Song. »Holger hat diese Musik geliebt. Sie drückte das aus, was er mit vielen hier geteilt hat, den Traum von einer anderen Welt.«

»Wer ist das?«, fragte er leise.

»Die Bestatterin«, flüsterte Erika. »Du bist jetzt gleich dran.«

Thomas wäre jetzt am liebsten rausgerannt, wie aus einem schlechten Film. Aber das ging jetzt nicht. Er hatte Ja gesagt und musste der Realität ins Auge sehen und sich von Holger verabschieden. Erika sah ihn aufmunternd an. Er stand auf und ging unsicheren Schrittes nach vorn. Als er vor dem Publikum stand, atmete er tief durch und wischte sich die Tränen ab. Alle schauten ihn erwartungsvoll an, auch Barbara, die ganz hinten saß und sein Lächeln erwiderte. Er hörte sich darüber sprechen, was er empfunden hatte, als Erika ihn benachrichtigt hatte, dass er sich zuerst geweigert, schließlich doch eingewilligt hatte, hier zu reden, und dass er nun froh war, hier zu stehen. Seine Stimme wurde langsam fester, und er besann sich auf das, was ihm in den letzten zwei Wochen durch den Kopf gegangen war. Er merkte, dass ihm viele aufmerksam folgten, manche gelegentlich zustimmend nickten, schmunzelten und andere skeptisch wirkten oder ihren eigenen Gedanken nachhingen. Als er alles gesagt hatte, war es mucksmäuschenstill. Im ersten Moment war er irritiert, wartete auf eine Reaktion und sah Erika hilflos an. Sie weinte. Er setzte sich zu ihr und legte seinen Arm um sie.

Zusammen sahen sie sich die Dias an, einen kurzen Super-Acht-Streifen vom Hüttendorf in Grohnde, jemand las einen Brief von Holger aus Nicaragua vor – diese Episode hatte Thomas ganz vergessen – und ein Gedicht von Nazım Hikmet. Dazwischen immer wieder Musik, vor allem Punk, sogar Fehlfarben, die Holger herablassend die Pseudo-Punks vom Rhein genannt hatte. Aber der Frontmann, der kann singen, hatte er zugeben müssen. *Es geht voran* hatte genau dem Zeitgeist entsprochen, aber der hatte Holger nicht interessiert.

Dann stand Barbara plötzlich neben ihm. Sie sah unverschämt gut aus und sprühte vor Lebensfreude.

»Hallo, Thomas«, sagte sie. Ihr distanzierter Ton ließ ihn erstarren.

»Hallo«, gab er fast ein wenig verlegen zurück. Erika entfernte sich. Na super! Thomas wusste nicht, was er sagen sollte.

»Ich wusste, du würdest das gut machen«, sagte Barbara.

»Danke für die Blumen«, antwortete er. Das war's. Sie drehte sich um und machte sich davon, wie beim letzten Mal. Er vermied es, ihr hinterherzusehen, schenkte sich einen Rotwein ein, stand einen Moment verloren herum.

»Toll, was du über Holger gesagt hast, über Freundschaft und so.« Die junge Frau sah ihn freundlich an. Sie war klein und kräftig, trug ein buntes Kleid über der Jeans, ein Piercing in der Nase, eine Halskette aus verschiedenfarbigen Kugeln und hatte ihre blonden Dreadlocks mit einem schwarzen Seidentuch zusammengebunden.

»Nett, dass du das sagst.«

»Über die Aktion in Grohnde wusste ich überhaupt nichts, nur von Brokdorf und dass da bereits Sanis mit am Start waren. Ich bin Kathi.«

»Und du warst nicht zufällig mit im Wendland?«

Sie lachte. »Doch, zufällig, als Sani.«

»Was gibt es da zu lachen?«

»Ich lache über den Zufall.«

»Ach, das ist nur so eine Redensart.«

»Schon klar.«

»Sag mal, du kennst nicht zufällig jemanden, der mit Holger im Wendland war?«

Sie schaute ihn einen Moment abschätzend, aber nicht unfreundlich an. »Warum willst du das wissen?«

»Ich habe die Polizeimeldung über Holgers Tod im *Lüchow Dannenberger Tageblatt* gelesen. Mein Gefühl sagt mir, dass an der Geschichte irgendetwas faul ist.«

»Mir ging es ganz genau so. Wir haben auf dem Plenum darüber gesprochen. Aber wir hatten bisher keine Idee, wie wir damit umgehen sollen.«

»Und gibt es jemanden, der ihn dort gesehen hat?«

»Du stellst Fragen.«

Thomas verzog das Gesicht. »Das ist eine Berufsmacke. Ich bin Journalist.«

»Ach so ist das. Er war mit Genossen aus dem Südwesten da. Sie haben ihn vorne an den Bahngleisen aus den Augen verloren. Aber es gibt einen Sani, der ihn nach einer Pfefferspray-Attacke behandelt hat.«

»Ist Holger verletzt worden?«

»Er scheint eine fette Ladung abbekommen zu haben.«

»Habt ihr mit dem Sani gesprochen?«

»Nicht direkt.«

»Kannst du mir seine Kontaktdaten besorgen?«

Sie antwortete nicht gleich. »Warte mal einen Moment, ich komme gleich wieder«, sagte sie schließlich. Thomas wusste nicht, ob er zu indiskret gewesen war. Während er mit großem Appetit aß, sprach Kathi mit einer Gruppe junger Männer. Sie sahen mehrfach zu ihm herüber. Erika war nirgends zu sehen, Barbara auch nicht. Alle anderen, die er vom Sehen kannte, waren bereits gegangen. Kaum zu glauben, dass Erika einfach gegangen sein sollte, ohne sich zu verabschieden. Er gönnte sich einen Nachschlag, goss sich ein zweites Glas Wein ein, verließ den Raum, um sich auf dem Hof die Beine zu vertreten.

Kathi passte ihn im Treppenhaus ab. »Gehst du schon?«, fragte sie.

»Nein, ich gehe nach draußen und komme gleich wieder.«

»Okay, in einer halben Stunde gibt es eine kleine Runde mit Erika, und es wäre nett, wenn du mit dabei wärst.«

»Sagst du mir Bescheid?«

»Oder jemand anderes«, antwortete sie. Sie trafen sich in Erikas Wohnung, nicht weit vom Zentrum entfernt. Kathi brachte ihn hin. Unterwegs legte sie ein flottes Tempo vor. »Hier ist es, im vierten Stock links. Die anderen müssten schon da sein.«

»Kommst du nicht mit?«, fragte er erstaunt.

»Nein. Ich habe noch ein anderes Treffen.« Ihr Ton ließ keine weitere Frage zu.

»Danke, dass du mich begleitet hast.«

»Gern geschehen«, erwiderte sie und lächelte verlegen.

Erst jetzt erfasste er ihre Unsicherheit und erkannte, dass sie gerade einmal Anfang, Mitte zwanzig war.

»Und Tschüss«, sagte er.

Die Haustür stand offen. Vor der Wohnungstür im Dachgeschoss lagen mindestens ein Dutzend Paar Schuhe quer übereinander, und er schloss daraus, dass es ein größeres Treffen sein würde. Tatsächlich platzte die Zweieinhalbzimmerwohnung aus allen Nähten. Überall lagen Rucksäcke, Isomatten und Schlafsäcke herum, und in Erikas Wohnzimmer drängten sich mehr als ein Dutzend Leute. Außer ihr kannte er niemanden, nur eine auffallend große Frau mit langen blonden Haaren, die er auf Ende vierzig schätzte, kam ihm bekannt vor. Sie wechselten kurze Blicke.

»Gut, dass du kommst«, meinte Erika, die neben der offenen Tür saß. »Entschuldige, dass ich eben so schnell verschwunden bin. Ich habe Barbara zum Bahnhof begleitet.«

»Kein Problem«, antwortete Thomas.

Sie stiegen ohne Vorstellungsrunde in die Diskussion ein. Niemand glaubte an die polizeiliche Version von Holgers Tod, und alle hatten das Gefühl, die Behörden vertuschten etwas, wahrscheinlich einen Überfall. Wenn Holger nach der Pfefferspray-Attacke zusammengebrochen wäre, hätte man seine Papiere gefunden. Dass Holger ohne seinen Ausweis unterwegs war, war unvorstellbar. Außerdem war da noch der Sani, der ihn behandelt und zu einem Zelt im Wald begleitet hatte, nachdem er sich etwas erholt hatte. Er habe eine Nachricht für seinen Kumpel hinterlassen. Dieser habe die Nachricht aber nicht gefunden und in der Ferienwohnung vergeblich auf ihn gewartet.

»War Willy mit Holger unterwegs?«, fragte Thomas.

»Ja, genau«, antwortete Erika.

Dann sprach Thomas den Obduktionsbericht an. Den hatte niemand gesehen. Nein, auch sein Anwalt nicht. Der genaue Fundort der Leiche war in der Runde nicht bekannt.

»Wenn ihr wollt, werde ich der Sache nachgehen, als Mitarbeiter meines Senders. Ich kann mich an die Polizei wenden, Zeugen vor Ort befragen und mich umhören.«

»Gut«, meinte Erika. »Am besten, du arbeitest mit Holgers Anwalt zusammen.«

»Gute Idee.«

»Ich rufe Riedel morgen an. Aber ich hoffe, du bleibst heute Nacht.«

»Ja, gerne«, sagte er. »Und noch eins. Ihr müsst wissen, dass ich auf eurer Seite bin, auch wenn sich unsere Wege getrennt haben. Holger war mein Freund.«

»Das wissen wir«, meinte Erika, »sonst wärst du nicht hier.«

»Ich weiß, ich will aber auf etwas anderes hinaus und nicht drumherum reden. Wenn Holger Opfer eines Verbrechens geworden ist, gibt es ein Motiv und einen Täter, der frei herumläuft. Ich kannte Holger gut. Er war ein Militanter, und wenn es etwas gibt, was nicht für Dritte bestimmt ist, aber mit seinem Tod zu tun haben könnte, ihr könnt mir vertrauen.«

»Danke, Thomas«, sagte Erika.

»Komm bei uns vorbei, wenn du im Wendland recherchierst«, sagte die große Blonde, die ihm bereits am Anfang aufgefallen war. Sie wurde von einem etwas jüngeren Mann begleitet.

»Hallo, ich bin Önder«, sagte dieser freundlich, und sie gaben sich die Hand.

»Du kannst gern bei uns wohnen. Wir könnten deine Recherche unterstützen«, bot sie an.

»Ich komme gern darauf zurück. Wie heißt du eigentlich?«

»Nadine. Wie erfahren wir, wann du kommst?«

»Ich rufe euch an oder schicke eine Mail.«

»Das ist keine gute Idee. Komm einfach vorbei. Du weißt ja, der Feind hört mit«, meinte sie und lachte. »Es ist immer jemand da. Wenn nicht, frag die Nachbarn, wo du uns finden kannst. Wir leben auf dem Land.«

»Verstehe«, meinte Thomas, während sie ihre Anschrift auf einen Zettel notierte.

»Dann bis bald!«, sagte sie. Beim Hinausgehen suchte Nadine seinen Blick. Sie lächelte, und Thomas überlegte, aber er kam nicht darauf, woher er sie kannte.

Erika stand in der kleinen Küche am Fenster zum Balkon und rauchte. Sie war grau geworden, trug einen Pferdeschwanz, schwarze Jeans und eine lila Bluse unter einer schwarzen Strickweste. Sie hatte scharf geschnittene Gesichtszüge. Sie sieht immer noch gut aus, dachte Thomas.

»Schön, dass du gekommen bist. Willst du auch eine?«

»Nein, danke. Ich habe es mir abgewöhnt.«

»Ich auch, aber es beruhigt die Nerven. Du kannst auf der Couch im Wohnzimmer schlafen. Ich mache sie gleich fertig.«

»Lass nur, das schaffe ich selbst«, sagte Thomas. Er sah, wie erschöpft sie war. Sie hatte ganz kleine, gerötete Augen und begann wieder zu weinen. Thomas nahm sie in den Arm. »Wart ihr noch ein Paar?«, fragte er.

»Was denkst du denn?«

Thomas lachte. »Holger hatte es schließlich faustdick hinter den Ohren.«

»Da ist er nicht der Einzige«, antwortete sie und stieß ihn in die Rippen. »Lass uns noch einen Wodka trinken und dann schlafen gehen.«

»Gute Idee.«

Sie nahm zwei Gläser aus dem Schrank und holte eine Flasche aus dem Kühlschrank. Sie stießen an, beiläufig, ohne sich anzusehen, und tranken.

»Gab es andere Frauen?«, fragte er und setzte sich zu ihr.

Sie lächelte. »Bestimmt. Wir haben darüber nicht gesprochen. Er ging seine Wege und kam immer zurück. Das ist es, was zählt.«

»Warst du glücklich?«

»Ja, aber er war in der letzten Zeit sehr verschlossen, als wenn ihn irgendetwas bedrückt hätte.«

»Habt ihr darüber nicht gesprochen?«

»Nein.«

»Kam er beruflich zurecht?«

»Ja, er verdiente gut, hatte einen festen Kundenstamm und unterrichtete.«

»Er hat unterrichtet?«

»Ja, er gab Kurse, Software, Internet und solche Sachen und kam deshalb viel herum. Aber lass uns jetzt schlafen gehen. Ich bin todmüde.«

»Ja, sicher.«

Sie räumte die Gläser weg, gab ihm Bettwäsche und ein Handtuch.

Am Morgen hörte Thomas Erika schon kurz nach sieben die Wohnung verlassen. Als er aus dem Bad kam, standen Brötchen auf dem Tisch. Sie wollte nicht reden. Sie frühstückten, und er brach bald auf.

3

April bis Juni 2006

Holger hatte das Blaulicht hinter ihnen zuerst nur als undeutliches Flackern wahrgenommen. Dann ging alles blitzschnell. Der Streifenwagen schloss auf, und im Rückspiegel sah er die unmissverständliche Aufforderung »Bitte folgen!«. Die Polizisten überholten, setzten sich vor sie, bremsten langsam ab und stiegen aus. Holger ließ das Seitenfenster herunter.

»Guten Morgen. Alkoholkontrolle, Führerschein und Fahrzeugpapiere bitte!« Der Polizist war freundlich, aber bestimmt. Er kam mit seinem Kopf ganz nah an Holger heran, spähte ins Innere des Fahrzeugs und zog seinen Kopf wieder zurück. Holger reichte ihm die Papiere. »Danke.« Der Beamte glich Kennzeichen und Fahrzeugschein ab und setzte sich in den Streifenwagen. Sein Kollege sicherte und beobachtete sie aufmerksam.

»Scheiße!«, fluchte Willy leise. Sie mussten damit rechnen, dass alle Personalien überprüft würden. Ein paar Minuten später kam der Uniformierte zurück.

»Warndreieck und Verbandskasten, bitte«, sagte er. Sie atmeten innerlich auf, bemühten sich aber, sich dies nicht anmerken zu lassen. Willy hatte die beiden Kästen längst hervorgezogen und hielt sie nacheinander hoch. »Danke, gute Fahrt.« Der Beamte händigte Holger die Papiere aus und trat zwei Schritte zur Seite, damit sie zurücksetzen und hinter der Streife ausscheren konnten.

»Verdammt, jetzt ist guter Rat teuer«, meinte Willy. »Lasst uns kurz überlegen. Holger, konzentrier du dich bitte aufs Fahren. Und Lisa, sag mal, gibt es eine Chance, die Päckchen wieder abzuholen?«

Sie sah auf die Uhr. »Nein, ausgeschlossen. Es ist gleich zwei, und um halb drei geht die Ladung hoch.«

»Kannst du nicht per Funk ...«

»Nein, dann hätten wir sie anders programmieren müssen.«

»Mist!«, fluchte Willy.

»Und wie weit weg sind wir von dort?«, fragte Holger.

»Fünfundsiebzig Kilometer«, schätzte Markus.

»Ich bin zwar kein Anwalt, aber dafür gehst du nicht in die Kiste«, sagte Willy.

»Aber für ein 129a-Verfahren reicht es«, erwiderte Lisa.

»Wie weit ist es noch zur Wohnung?«, fragte Holger.

»Höchstens zehn Minuten«, antwortete Markus.

»Okay, dann lasst uns zusammen dorthin gehen und entscheiden, was zu tun ist«, schlug Willy vor.

»Wir müssen unbedingt vermeiden, dass ihr drei auch unter Verdacht geratet«, sagte Holger, »auch zu meinem Schutz. Deshalb werden wir uns trennen. Ich packe meine Sachen und verschwinde. Ihr werdet die weiteren Schritte allein festlegen, und ich bringe das Auto zurück.«

»Du wirst ab jetzt die Füße still halten. Für immer!«, meinte Willy.

»Ja, das ist mir klar.«

»Hoffentlich!«, fügte Willy skeptisch hinzu. »Jetzt werden sie die Geschichte auf jeden Fall verschweigen, aus ermittlungstaktischen Gründen und um uns zu verunsichern und zu Fehlern zu verleiten.«

»Da muss ich dir ausnahmsweise recht geben«, sagte Holger.

»Sobald die Meldung durch ist, werden sich die Bullen an dich dranhängen, schnell und ohne dass du es merkst.«

»Wenn das Ding überhaupt hochgeht«, knurrte Holger halb im Ernst, halb im Scherz. Er bog unterdessen in eine kleine Seitenstraße ein und stellte das Auto ab. Von da brauchten sie nur ein paar Minuten bis zu ihrer Unterkunft.

»Ist deine Wohnung sauber?«, fragte Willy.

»Ja, sicher. Bei mir finden sie nichts«, versicherte Holger. Er packte rasch seine Sachen, verabschiedete sich und machte sich auf den Weg. Lisa, Markus und Willy saßen bis zum frühen Morgen zusammen und diskutierten über mögliche Konsequenzen. Holger war verbrannt. Er würde Verdacht erregen, allein wegen seiner Aktivitäten in der Bewegung. Da gab es keinen Zweifel. Das Ermittlungsverfahren würde das BKA leiten und dabei sein ganzes Instrumentarium einsetzen, Großer Lauschangriff, Observation, Hausdurchsuchung, Spitzel. Die Überwachung würde sofort beginnen. Kontakte mit Holger würden in Zukunft nur indirekt hergestellt, über absolut zuverlässige gemeinsame Freunde und Bekannte. Wenn die Aktion verschwiegen wurde, möglichst keine übereilten Schritte unternehmen, vor allem keine Internetrecherchen von zu Hause oder überwachten Internetcafés aus. Wie sie vermutet hatten, kam in den Nachrichtensendungen nichts. Es gab keine Hinweise auf die Aktion, weder im regionalen Radio noch im Fernsehen. Mist! Am frühen Morgen brachen sie auf und verließen auf getrennten Wegen die Stadt.

Ruhe bewahren, das konnte er, dachte Holger, jedenfalls bis jetzt. Er war frühmorgens nach Hause gekommen, hatte geduscht, gefrühstückt und dabei Radio gehört und den Nachrichten entgegengefiebert. Nichts. Dann nahm er sich sein Regal vor und schaute in jedes Buch, das als Versteck für seine Zettelwirtschaft in Frage kam. Er konnte es selbst nicht fassen, aber er fand tatsächlich etwas, eine uralte Anleitung zur Handhabung von Plastiksprengstoff, ausgerechnet in Treppers Schinken über die Rote Kapelle. Das wäre Indiz Nummer zwei gewesen. Wie dumm, dachte er kopfschüttelnd und verbrannte die kleine Broschüre im Klo. Dabei hatte er immer geglaubt, solche Fehler würden ihm nicht unterlaufen, ihm doch nicht. Nach den Zwölfuhrnachrichten schaltete er entmutigt das Radio aus. Willy hatte recht behalten, sie würden nichts bringen, heute nicht, morgen nicht und übermorgen nicht. Aber sie würden ihn beobachten, bis er einen Fehler machte. Jetzt hieß es, *Ruhe bewahren, sehen Sie einen Fluchtweg?* Das war Hans-A-Plast, Sommer 1979. Willy und Holger waren im Wendland gewesen, um die hydrogeologischen Bohrungen zu behindern, ein Katz-und-Mausspiel mit dem BGS, Schnellzement in die Löcher und weg. Holger warf seinen Rechner an, um sein Programm für die nächsten Tage durchzusehen. Auf *Spiegel Online* wieder nichts. Was hatte Willy immer gesagt? Aktionen ohne Öffentlichkeit haben in der heutigen Zeit einfach nicht stattgefunden, selbst wenn sie Millionenschäden verursachen. Das Konzept für den Workshop nächste Woche sah er sich nur kurz an. Darauf konnte er sich jetzt nicht konzentrieren.

Den folgenden Tag brachte er irgendwie hinter sich, ruhelos, mit einem Kaffee nach dem anderen, Zeitung lesend, vor sich hin starrend, mit Computerspielen, die er im Grunde hasste, aus dem Fenster glotzend, mit Programmzeitschriften. Um neunzehn Uhr *Heute*, wieder nichts. Danach ging er ins Kino, allein. Zu Erika würde er morgen gehen. Der Thriller lenkte ihn ab. Wieder zu Hause, leerte er eine halbe Flasche Bordeaux, nicht schlecht der Tropfen, 25 Euro, den hatte er sich ursprünglich zur Feier des Tages gönnen wollen. Nun soff er ihn aus Frust. Um zwölf schaltete er auf RTL. Wieder nichts. Um halb eins lag er völlig erschöpft im Bett, aber einschlafen war unmöglich. Wo waren die Bullen letzte Nacht plötzlich hergekommen? Vielleicht hatten sie auf einem Parkplatz gestanden, zur Verkehrsüberwachung, unbeleuchtet. Deshalb haben wir sie übersehen, überlegte er. Sie waren auf Discobesucher aus gewesen, sahen mehrere Leute im Wagen und hängten sich an uns dran, um das Bußgeld abzukassieren. Der Bulle war routiniert aufgetreten, wenig argwöhnisch, so wie er sich ins Fenster gelehnt hatte. Das könnte passen. Unwahrscheinlich, dass sie ihnen wegen des auswärtigen Kennzeichens hinterhergefahren waren, dann hätten sie alle im Auto kontrolliert. Ein dummer Zufall. Und wenn nicht? Eine andere Möglichkeit wäre, dass sie einen von ihnen observierten, ihre Zielperson aber verloren und Kontrollstellen errichtet hatten, um sie wieder aufzugreifen. Aber warum haben sie dann die Gelegenheit nicht genutzt, um alle Insassen zu kontrollieren? Die dritte Variante wäre das totale Desaster: Es gab einen Spitzel. Aber das war paranoid. Holger würde für alle drei die Hand ins Feuer legen.

Er stand auf. Draußen regnete es wieder. Der Gedanke, dass seine Gefährten ebenfalls ruhelos in ihrer Wohnung herumtigerten und sich mit ähnlichen Gedanken quälten, tröstete ihn nicht. Spätestens in zwei Stunden würde das Einsatzkommando der Polizei die Tür aufbrechen, wenn sie heute überhaupt kämen. Er legte sich wieder hin, doch Ruhe fand er nicht. Er war mucksmäuschenstill. Jedes Geräusch schreckte ihn auf. Dabei wäre es nicht seine erste Razzia. Das erste Mal waren sie im September 1977, nach der Entführung von Schleyer, gekommen. Damals ging es um Einschüchterung und die Ausforschung linker Strukturen. Tausende waren betroffen. Aber jetzt ging es um einen konkreten Verdacht. So dicht waren sie ihm nie auf den Fersen gewesen. Gegen Morgen schlief er endlich ein.

Er brauchte ein paar Minuten, bis er begriff, dass sein Telefon läutete. Er angelte sich den Hörer und brummte »Hallo«.

»Sag mal, bist du krank?« Es war Erika.

»Nein.«

»Oh, entschuldige, dann habe ich dich geweckt. Ich rufe später noch mal an.«

»Nein, wie spät ist es überhaupt?«

»Halb zwölf. Du, bei mir wird es heute Abend etwas später. Können wir uns bei dir treffen?«

»Äh, nein. Ich würde lieber zu dir kommen.«

»Okay, kannst du etwas einkaufen und Wein mitbringen?«

»Ja, ich koche.«

»Schön, dann bis heute Abend.«

»Ja, tschüss.« Holger war plötzlich hellwach. Erika war nicht auf dem Laufenden und fragte auch nicht nach, wenn er eine

Zeitlang nicht erreichbar war. Es würde wohl ein paar Tage dauern, bis sich der Verdacht gegen ihn richtete, außer der Bulle, der sie kontrolliert hatte, hatte etwas von dem Anschlag mitbekommen. Holger merkte, dass er wieder voll drauf war. Er musste Ruhe bewahren, sagte er sich und hatte schon wieder dieses Lied von Hans-A-Plast im Kopf. Er legte die Platte auf, drehte die Anlage voll auf und grölte mit: »*Ruhe bewahren! Im Brandfall werden Sie alarmiert. Ruhe bewahren! Ist der Fluchtweg versperrt? Ruhe bewahren! Sehen Sie einen Fluchtweg? Wenn dein Einkaufszentrum, deine Welt, vor dir in Flammen zusammenfällt und du stehst da mit deiner Plastiktüte in der Hand. Tiefgefrorenes wolltest du kaufen für heute Abend. Dinner zu zweit bei Kerzenschein. Romantik. Alles geht kaputt!*«

Zum Glück hatte er sich den Tag freigehalten. Das Wichtigste war jetzt, sich zu wappnen, die Aufmerksamkeit zu schärfen und zu einer vernünftigen Beurteilung der Situation zu kommen. Seine Einschätzung, ein geglückter Anschlag auf das Stromnetz wäre nicht zu verheimlichen, war ein frommer Wunsch geblieben. Er hatte sich geirrt. Zeugen der Explosion gab es wahrscheinlich keine. Sie hatten das Ziel mit Bedacht so ausgewählt, dass niemand in unmittelbarer Nähe wohnte und dass sie von der Straße aus nicht beobachtet werden konnten. Die Betroffenen waren ausnahmslos zu Geheimhaltung verpflichtet. Das galt für die Techniker im Kraftwerk, wo nach dem Anschlag der Spannungsabfall im Stromnetz festgestellt wurde, im Umspannwerk sowie für die Beschäftigten beim Energieversorger. Polizisten, Rettungskräfte und Feuerwehrleute, die zum Tatort gerufen wurden, waren ohnehin zur Verschwiegenheit verpflichtet, genauso wie die Mitarbeiter des Landkreises, der Regierung und der Atomaufsicht. Sollte jemand aus diesem Kreis die Information trotzdem der Presse stecken, würden die beteiligten Institutionen sie schlicht dementieren. Sollte ein Reporter vor Ort den Schaden feststellen, würde die Redaktion nachdrücklich gebeten, auf eine Veröffentlichung zu verzichten.

Die bohrende Ungewissheit, ob es geklappt hatte, machte ihn wahnsinnig. Was seine Genossen jetzt wohl über die Geschichte dachten? Willy wäre das Risiko von sich aus nicht eingegangen. Lisa hingegen wusste genau, worauf sie sich einließ. Sie hatte die Zünder im Ausland aufgetrieben. Ihre Lockerheit im Umgang mit Kontakten fand er jedoch bedenklich. Wenn das schiefging, gute Nacht. Markus vertraute Lisa blind und würde mit ihr weitermachen, unermüdlich, die Fahne hochhalten, für die, die danach kommen.

Erika war nicht eingeweiht. Sie wusste zwar, dass ihr Freund manchmal etwas unternahm und dass es nicht ohne Risiko war, aber mehr nicht. Sie hatten den exzellenten Lammbraten gegessen, den er zubereitet hatte, dazu Wein getrunken, geplaudert, Musik gehört und sich geliebt. Sie war bald danach eingeschlafen, während er wach neben ihr lag und sich fragte, ob sie wirklich an alles gedacht, in der Hektik auf dem Mast keine Spuren hinterlassen hatten und wie es jetzt weiterging. Das Objekt hatte Markus vorgeschlagen. Die Idee, am Jahrestag von Tschernobyl mit einer Bombe ein Fanal zu setzen, war von ihm. In monatelanger Kleinarbeit hatten sie sich vorbereitet. Die Aktion selbst war eine sichere Nummer, hatten sie gedacht. Deshalb waren alle damit einverstanden, Sprengstoff einzusetzen. Holger glaubte, richtig gehandelt zu haben. Trotzdem war er jetzt erleichtert, dass es kein Bekennerschreiben gab. Denn das wäre ein eindeutiger Hinweis darauf gewesen, dass eine Organisation am Werke war. So aber würden sie das nur vermuten. Vor Gericht machte das den Unterschied aus, ob er für ein paar Jahre oder ein Jahrzehnt ins Gefängnis müsste. Irgendwann schlief Holger ein. Es war ein unruhiger, traumloser Schlaf. Er schreckte auf und stand plötzlich senkrecht im Bett, weil er im Treppenhaus etwas gehört hatte. Er horchte, doch da war nichts, nur ein Sturm, der gegen die Fenster drückte. Um sechs hielt es ihn nicht mehr im Bett. Er stand auf, kaufte zwei überregionale Zeitungen und machte

Frühstück. Die ersehnte Nachricht war nicht drin. Um halb acht stand Erika auf und drückte ihm, ohne etwas zu sagen, ein Heft in die Hand. Es war eine uralte Broschüre: *Wie man gegen Polizei und Justiz die Nerven behält.* Ihr konnte er nichts vormachen, und er wusste, auf sie war Verlass.

Das Spiegelbild des Mannes zeichnete sich ganz deutlich im Schaufenster ab. Holger stand schon eine ganze Weile vor dem Buchladen und gab vor, die Auslage zu betrachten. Tatsächlich hatte er auf ihn gewartet. Es war der Typ, der ihm am Vormittag an der Bushaltestelle um die Ecke aufgefallen war. Da war er sich fast sicher. Der Mann hatte Holger nur ganz kurz aus dem Augenwinkel angeschaut, seinen Blick an den Fahrplan geheftet und gewartet, bis Holger eingestiegen und der Bus losgefahren war. Eigentlich war es nur ein Gefühl gewesen. Die Beiläufigkeit, mit der er ihn kurz fixiert hatte, so als ob er ihn erkannt hätte, war es. Er spürte schon seit Tagen, dass sie da waren und ihn beobachteten. Drei Tage nach der Aktion war da diese ältere Frau vor dem Zentrum gewesen, die dort nicht hingehörte, ein paar Tage später ein Mann, der ihm im letzten Moment, kurz bevor die Türen schlossen, in die Tram gefolgt war. Er wollte Gewissheit, ob sie ihm drauf waren, und ließ sich deshalb nichts anmerken, um sie in Sicherheit zu wiegen. Dann machten sie immer Fehler, und er könnte sie eindeutig identifizieren. Holger versuchte deshalb, sich den Typen von der Bushaltestelle genau einzuprägen. Er war unscheinbar, ungefähr einsachtzig, schlank, hatte ein Allerweltsgesicht, kurze blonde Haare und trug ein graues Basecap, braune Lederjacke, Bluejeans, weiße Turnschuhe. Als der Bus hundert Meter entfernt war, drehte der Typ sich um, ging schnellen Schrittes um die nächste Ecke, vermutlich um irgendwo von einer Zivilstreife aufgelesen zu werden. Er bewegte sich wie ein Fußballer, und Holger bemerkte die O-Beine.

Holger war Experte für Observationen. 1977 hatte er die erste Überwachung erlebt, ohne zu wissen, ob sie ihm oder jemand anderem aus der Anti-AKW-Gruppe galt. Die Verfolger waren ganz offensichtlich hinter ihnen her gewesen. Ihre Botschaft hatten sie verstanden: Wir haben euch im Blick. Es waren die Staatsschützer, örtliche Kripo, die Schnüffler, die sie immer bei politischen Aktionen sahen. Ende der Siebziger hatte es das erste 129a-Verfahren gegen eine befreundete Genossin aus dem Zentrum gegeben. Nachbarn, Kommilitonen von Holger, war aufgefallen, dass seine Wohngemeinschaft über Monate hinweg überwacht worden war, aus einer Wohnung direkt gegenüber auf der anderen Straßenseite. Die Nachbarn waren sich nicht sicher gewesen und hatten es deshalb erst Monate später erzählt. Holger war schockiert gewesen, nicht, weil man sie als Atomkraftgegner im Visier hatte und der Ministerpräsident sie nach der Demo in Grohnde als Verbrecher hingestellt hatte. Nein, ihn hatte beunruhigt, dass er persönlich ins Fadenkreuz geraten war und die Fahnder nun sein Leben ausforschten. Schließlich war er nur einer von zwanzigtausend. Am schlimmsten aber war, er hatte davon monatelang nichts mitbekommen. Das war der absolute Hammer, geradezu demütigend und hatte an Holgers Ego gekratzt. Sie sollten sich ihm zukünftig nie wieder unbemerkt nähern können, schwor er.

Anfangs war es nur ein Spiel gewesen, um den Ermittlern einen Schrecken einzujagen. Wenn Holger eine Observation bemerkte, überlegte er mit Thomas und den anderen, wo sie ihnen auflauern könnten. Holger ging dann, die Verfolger im Schlepptau, in die Straße, wo die anderen auf der Lauer lagen, um die Verfolger anschließend durchs Viertel zu jagen. Die Ermittler gerieten in Panik, setzten einen Notruf ab, und es dauerte nicht lange, bis die ganze Gegend grün war. Dieser harmlose Spaß hatte Holger den Vermerk »Achtung! Gewalttäter, sehr aufmerksam!« eingebracht. Weitsichtiger wäre gewesen, als arglos aktenkundig zu werden. Aber so hatte er seine Aufmerksamkeit für die Fahnder geschult. Er begann, seine Studien geradezu wissenschaftlich zu betreiben. In der Universitätsbibliothek fand er Lehrbücher der Polizei. Verdeckte Observationen wurden demnach immer von einer größeren Anzahl Beamter durchgeführt. Sie wechselten sich ab, um von der Zielperson nicht erkannt zu werden. Wollte er sie enttarnen, müsste er nur lange genug unterwegs sein, ohne dass ihnen sein Ziel bekannt war, mehrmals die Richtung wechseln, am besten auch das Verkehrsmittel. Irgendwann würde einer der Fahnder ein zweites oder ein drittes Mal in seiner unmittelbaren Nähe auftauchen müssen. Das war Holgers Chance. Es war nicht einfach, einen harmlosen Passanten von einem Ermittler zu unterscheiden. Die Fahnder waren deutlich im Vorteil. Sie studierten ihre Zielperson akribisch, verfügten über Fotos und Filme, waren professionell geschult und achteten nicht nur auf äußere Merkmale, sondern auch auf die Haltung, vor allem auf den Gang. Denn die Bewegung eines Menschen ist unverwechselbar, hatte Holger gelernt.

Er musste nur genauso systematisch vorgehen und entwickelte eine eigene Methode, um seine Verfolger zu erkennen. Er arbeitete nicht wie ein Fischer, der aufs Geratewohl sein Netz auswirft. Nein. Holger verhielt sich wie ein Jäger, der die Spur des Bären aufnimmt, ihm nachstellt und das Raubtier schließlich erlegt. So wartete er immer, bis er einen Fahnder ausgemacht hatte, konzentrierte sich ganz auf ihn und versuchte, sich seine Merkmale einzuprägen, um ihn Stunden später wiederzuerkennen und zu enttarnen. Erst dann hielt er nach den anderen Ermittlern Ausschau.

Holger betrat jetzt den Buchladen, grüßte freundlich, griff sich ein Buch vom Tisch, ging damit ein paar Schritte, bis ihn der Zivi nicht mehr im Blick hatte und seinen Standort wechselte. Es war der Fußballer. Es gab keinen Zweifel. Er erkannte ihn an seinen Turnschuhen und daran, wie er sich bewegte. Holger hatte nun endlich Gewissheit, dass sie ihn im Visier hatten. Sie würden ihn von nun an beobachten, nicht auf Schritt und Tritt, aber immer wieder und mit großem Aufwand, bis sie ihn dingfest machen könnten.

Drei Tage später standen sie plötzlich vormittags vor der Tür. Der Zeitpunkt und ihr Auftreten waren eine echte Überraschung, ein

Dutzend Beamte in Zivil, Maßanzüge, Lederjacken, alles vom Feinsten, darunter dezent das Halfter, Bundeskriminalamt, kein SEK, keine Uniformen. Später erzählte jemand im Zentrum, um die Ecke habe eine Wanne gestanden. Der Vorwurf: Bildung einer terroristischen Vereinigung, Paragraf 129a, sowie Herbeiführung einer Sprengstoffexplosion, Paragraf 308 Strafgesetzbuch. Immerhin hatte er jetzt die Bestätigung, dass die Ladung hochgegangen war. Ihr Auftritt war formal korrekt, schnell, präzise und lautlos. Holger verzichtete auf Zeugen. Warum eigentlich?, fragte der Anwalt später. Die Ermittler durchsuchten und fotografierten die Wohnung, ohne etwas zu beschlagnahmen, während der Einsatzleiter ihn die ganze Zeit herablassend musterte. Holger versuchte seine Anspannung zu verbergen und möglichst cool zu wirken. Möchten Sie zu den hier erhobenen Vorwürfen etwas sagen? Nein. Der Bulle unterschrieb ein Formblatt. Hier, das Protokoll, bitte eine Unterschrift. Nein? Ach, hier ist noch eine Anordnung, Herr Becker. Holger verstand das juristische Kauderwelsch nicht sofort. Sie werden uns jetzt aufs Präsidium begleiten. Dort werden wir eine DNA-Probe nehmen, hier der richterliche Beschluss. Holger war bestürzt, sah den triumphierenden Blick des Bullen und versuchte, seine Fassung wiederzuerlangen. Nein, nicht ohne meinen Anwalt. Wie Sie wollen, Herr Becker. Es steht Ihnen frei, zu telefonieren. Haben Sie die Nummer? Im Adressbuch, auf dem Schreibtisch. Der Bulle rief die Kanzlei an und reichte ihm das Telefon. Der Anwalt sei gerade bei Gericht und könnte in einer Dreiviertelstunde im Präsidium sein. Gut. Ich nehme an, Sie begleiten uns freiwillig, dann verzichten wir auf Handschellen. Freiwillig, nein, aber keine Sorge, fliehen werde er nicht. Gut, Herr Becker. Hier, bitte, das Protokoll. Sie fuhren ihn mit einem Zivilfahrzeug ins Präsidium, ohne Aufsehen. Zuerst Personalienfeststellung. Sein Anwalt bezeichnete die DNA-Probe als unverhältnismäßig. Er erntete Schulterzucken. Der Beschluss sei vom Richter angeordnet, gemäß Paragraf 81g Strafprozessordnung. Aber zuerst die erkennungsdienstliche Behandlung. Dabei hatten sie seine Fingerabdrücke seit 1977. Der Anwalt beschwerte sich vergeblich. Zuerst die Fingerabdrücke und die Fotos. Dann der Wattebausch. Tut doch nicht weh, oder? Du Schwein, dachte Holger und biss die Zähne zusammen. Er werde Akteneinsicht beantragen, um genau zu wissen, was gegen ihn vorliegt, sagte der Anwalt draußen. Die DNA-Probe sei ein schwerer Eingriff ins Persönlichkeitsrecht. Die Personalienfeststellung siebzig Kilometer vom Tatort entfernt werde vor Gericht nicht ausreichen, vorausgesetzt, es gebe keine weiteren Indizien. Der 129a sei vor allem ein Ermittlungsparagraf. Aber das brauche er ihm ja nicht zu erklären.

4

Januar 2011

In der ersten Januarwoche nutzte Thomas Krüdewagen eine Recherchereise für den Sender zu einem Besuch bei Erika und traf auch Holgers Anwalt. Erika hatte ein paar Tage nach der Trauerfeier angerufen. Wenn er das nächste Mal in der Gegend sei, solle er sich vorher melden und vorbeikommen. Ja, mit dem Anwalt habe sie gesprochen. Der Obduktionsbericht sei da und entspreche der Meldung im *Lüchow-Dannenberger Tageblatt.* Am besten, du sprichst selbst mit ihm. Sven Riedel war nicht aus der alten Garde politischer Strafverteidiger, hatte Holger aber jahrelang vertreten. Thomas traf ihn in seiner Kanzlei. Er war ein sympathischer, freundlicher, rundlicher Mittvierziger.

»Was führt Sie zu mir? Erika hat am Telefon angedeutet, Sie stellen Nachforschungen über Holgers Tod an«, sagte der Anwalt.

»Ich glaube einfach nicht an die Version der Polizei über seinen Tod im Wendland«, begann Thomas.

»Die gesamten Umstände des Todes sind tatsächlich irritierend. Ein Atomkraftgegner wird Tage nach einer Großdemonstration am Ort heftiger Zusammenstöße zwischen Polizei und Demonstranten tot aufgefunden. Das gibt natürlich Anlass zu Spekulationen.«

»Stutzig macht mich vor allem, dass bei Holger keine Papiere gefunden wurden. Jeder, der mit ihm mal auf einer Demo war, weiß, dass er nie ohne Ausweis losgezogen wäre.«

»Aber vielleicht hat er ihn verloren.«

»Theoretisch möglich, aber unwahrscheinlich«, erwiderte Thomas. »Beunruhigt hat mich aber noch etwas anderes, nämlich, dass Holger einfach so ins Wasser gefallen und ertrunken sein soll. Er war ein sportlicher Typ und immer topfit.«

»Ja, den Eindruck hatte ich auch. Trotzdem ist es denkbar, dass er durch die Pfefferspray-Attacke einen Kreislaufzusammenbruch erlitten hat und in den Bach gefallen ist.«

»Aber der Demosani sagt, Holger habe sich relativ schnell wieder erholt.«

»Trotzdem, eine solche Verletzung ist nicht zu unterschätzen«, meinte der Anwalt.

»Wieso? Soviel ich weiß, lässt die Wirkung von Pfefferspray nach etwa zwanzig Minuten nach. Als Spätfolgen gelten Hornhautverletzungen und psychische Probleme, aber Kreislaufzusammenbrüche?«

»Ich schlage vor, Sie besprechen das mit einem Mediziner. Die Obduktion schließt Fremdverschulden definitiv aus«, sagte Riedel. »Es wurden keinerlei äußere Verletzungen festgestellt, die auf Gewalteinwirkung hindeuten. Außerdem ist der Tod zweifelsfrei durch Ertrinken eingetreten. Ein Gewaltverbrechen ist pure Spekulation.«

»Trotzdem ist nur schwer vorstellbar, dass Holger keine Papiere dabeigehabt haben soll. Es ist natürlich möglich, dass sie ihm abgenommen wurden oder er sie verloren hat.«

»Warum sollte ihm jemand die Papiere abnehmen?«

»Keine Ahnung«, sagte Thomas schulterzuckend. »Außerdem würde ich meine Hand nicht dafür ins Feuer legen, dass die Obduktion korrekt durchgeführt wurde.«

»Gut, Schlamperei gibt es überall, auch in der Gerichtsmedizin. Soweit ich das beurteilen kann, wurden aber alle notwendigen Untersuchungen vorgenommen, und für eine zweite Obduktion ist es zu spät.«

»Und wenn der Bericht gefälscht wurde?«

»Das ist mir bisher nicht untergekommen und höchstens im Zusammenhang mit Geheimdienstoperationen denkbar. Aber nehmen wir mal an, Ihre Hypothese trifft zu und Holger Becker ist nicht an den Folgen eines Unfalls oder der Pfefferspray-Attacke gestorben, sondern ermordet worden. Dann stellt sich die Frage nach dem Tatmotiv.«

»Ja, genau deshalb bin ich hier. Wissen Sie, ob Holger im Visier des Verfassungsschutzes stand?«

»Vermutlich ja, ich habe ihn zuletzt in einem 129a-Verfahren vertreten.«

»Worum ging es dabei?«

»Holger Becker geriet im April 2006 in Verdacht, an einem Sprengstoffanschlag auf einen Strommast beteiligt gewesen zu sein, und wurde seitdem überwacht.«

»Von wem?«

»Die Art der Observation sprach für den Verfassungsschutz oder das BKA.«

»Wo wurde der Mast gesprengt?«

»In der Nähe des Atomkraftwerks Grohnde.«

»Zu einer Terroristischen Vereinigung gehören, soviel ich weiß, mindestens drei Personen. Wer waren die anderen Beschuldigten?«

»Die Ermittlungen richteten sich gegen weitere, unbekannte Personen, sie wurden aber vor einem Jahr eingestellt, aus Mangel an Beweisen. Holger ist in der Nacht rund siebzig Kilometer vom Tatort entfernt in eine Verkehrskontrolle geraten. Einer der Beamten sprach von zwei, der zweite von drei zusätzlichen Insassen im Fahrzeug. Weitere Indizien fanden die Ermittler nicht, deshalb die Einstellung.«

»Gab es ein Bekennerschreiben?«

»Nein, der Anschlag wurde öffentlich nie bekannt.«

»Warum nicht?«

»Die Information wurde zurückgehalten, wahrscheinlich aus ermittlungstaktischen Gründen. Vielleicht fürchteten die Behörden auch Nachahmer.« Thomas grinste und dachte an *Hau weg den Scheiß.*

»Gab es in den letzten Jahren weitere Straf- oder Ermittlungsverfahren gegen Holger?«

»Ja, ein Verfahren wegen eines DDoS-Angriffs auf einen Energiekonzern von 2009. Diese Ermittlungen wurden ebenfalls eingestellt.«

»Ein DDoS-Angriff?«

»Distributed-Denial-of-Service-Attacke.«

»Nie gehört.«

»Ich vorher auch nicht. «

»Das hört sich nach Computersabotage an.«

»Vom Straftatbestand her ja, aber es geht nicht darum, in fremde Netze einzudringen, sondern vielmehr, gezielt und koordiniert Firmenportale lahmzulegen, so dass sie vorübergehend nicht erreichbar sind. Ein demonstrativer Akt, wenn man so will. Für Dienstleister, die ihre Geschäfte online abwickeln, ein immenser Schaden, ganz zu schweigen vom Imageverlust. Schließlich werben die Unternehmen mit der Zuverlässigkeit ihrer Online-Dienste.«

»Spannend. Gab es noch mehr Beschuldigte?«

»Ja. Wenn ich Ihre Kontaktdaten weitergeben darf, spreche ich mit meinen Mandanten. Vielleicht meldet sich dann jemand bei Ihnen.«

Thomas holte eine Karte aus seiner Jackentasche. »Hier, meine Adresse können Sie gern weitergeben.«

Der Anwalt warf einen kurzen Blick darauf. »Für wen arbeiten Sie, wenn ich fragen darf?«

»Für den Rundfunk, überwiegend die Kultursparte.«

»Und woher kannten Sie Herrn Becker?«

»Aus dem Zentrum, seit Mitte der siebziger Jahre, aber wir hatten seit Jahren keinen Kontakt mehr.«

»Verstehe. Eine Sache fällt mir da noch ein. Wir haben ihn in einer weiteren Angelegenheit vertreten, wegen der Beschlagnahme eines Servers. Das Verfahren betreute eine Kollegin, die sich darauf spezialisiert hat. Sie ist heute nicht im Haus. Falls Sie mit ihr sprechen möchten, melden Sie sich einfach.« Der Anwalt sah auf seine Uhr. »Oh, ich glaube, da wartet eine Mandantin. Aber wir sind ja durch, oder?«

»Nicht ganz. Holgers Leichnam soll in einem Bach in der Göhrde gefunden worden sein, heißt es im *Lüchow-Dannenberger Tageblatt*. Kennen Sie den genauen Fundort?«

»Moment, ich schau mal eben in die Akte.« Der Anwalt zog einen Schnellhefter aus einem Stapel auf dem Schreibtisch. »Hier. Der Leichnam wurde in einem Teich des Kateminer Mühlenbachs oberhalb der Wassermühle Tangsehl entdeckt.«

Thomas notierte den Ort in seinem Notizbuch.

»Danke, Sie haben mir sehr geholfen«, sagte er.

»Nichts zu danken. Wir hören voneinander, nehme ich an«, entgegnete Riedel. »Ich mochte Holger Becker und bin gespannt, in welche Richtung sich Ihre Recherche entwickelt. Halten Sie mich auf dem Laufenden.«

»Gern. Eine Frage noch, woran erkennt man eigentlich bei einem Toten, dass es sich um einen Castor-Gegner handelt?«, fragte Thomas beim Rausgehen.

»Gute Frage. In der Jacke des Toten fand man Reste einer Karte, auf der die Camps der Demonstranten eingezeichnet waren.«

»Aha«, sagte Thomas und verabschiedete sich.

Thomas verließ gut gelaunt das Anwaltsbüro. Er hatte viel mehr erfahren, als er erwartet hatte. Er nahm die Tram und stieg in der Nähe von Erikas Wohnung aus. Vor ihrer Wohnungstür strömte ihm der Duft von frisch Gebackenem entgegen.

»Schön, dass du kommst«, begrüßte sie ihn freudestrahlend.

»Du siehst gut aus«, bemerkte er.

»Ach was! Komm lieber rein.«

»Hat jemand Geburtstag?«, fragte er als er den selbst gebackenen Apfelkuchen auf dem Küchentisch entdeckte.

»Nein, aber du magst doch Apfelkuchen.«

»Sicher, manche Vorlieben gibt man nie auf.«

»Setz dich! Tee oder Kaffee?«

»Einen Espresso, bitte«, antwortete er und deutete auf die italienische Espressomaschine auf der Anrichte. »Die habe ich neulich schon bewundert.«

»Ein Geburtstagsgeschenk von Holger.«

Er setzte sich an den gedeckten Tisch und beobachtete, wie Erika sich an der Maschine zu schaffen machte.

»Wie geht es dir?«, fragte er, als sie sich zu ihm setzte.

»Was soll ich sagen? Die Trauerfeier und der Abschied im Freundeskreis waren das Schwerste. Seitdem gehe ich wieder arbeiten, komme unter Leute, die mit Holger nichts zu tun hatten, und gewinne so etwas Distanz. Dann gibt es wieder Tage, an denen ich nicht weiß, wie ich den Schmerz überwinden soll.« Sie begann zu weinen. Thomas schwieg und reichte ihr ein Taschentuch. Sie wischte sich die Tränen aus dem Gesicht und blinzelte ihn an.

»Arbeitest du noch im Kinderladen?«, fragte er.

»Nein, schon lange nicht mehr. Ich bin Physiotherapeutin und seit zehn Jahren selbstständig.«

»Körperlich harte Arbeit, nehme ich an.«

»Ja, aber es ist ein Traum und macht Spaß. Ich bin finanziell unabhängig, immer unter Menschen und kann mir meine Zeit frei einteilen. Aber sag mal, hattest du nicht einen Termin beim Anwalt?«

»Ja, das ist ein komischer Vogel.«

»Stimmt, aber Holger hatte einen Narren an ihm gefressen.«

»Ja, das kann ich mir vorstellen. Der führt sich als Advocatus Diaboli auf, als wenn Zweifel an der offiziellen Version von Holgers Tod absurd wären. Aber irgendwie wurde ich die ganze Zeit das Gefühl nicht los, dass er mich auf den Arm nimmt.«

»Das kenne ich. Ich hätte dich vorwarnen sollen.«

»Aber er hat recht, der Schlüssel zur Aufklärung des mysteriösen Todes ist das Motiv. Außerdem sollten wir einen Mediziner konsultieren, um zu klären, ob nach einem Pfefferspray-Angriff ein zeitlich verzögerter Zusammenbruch denkbar ist.«

»Aber komm, greif zu. Der Kaffee wird kalt.« Sie reichte ihm den Kuchenteller, und er nahm sich ein großes Stück.

»Sehr gut«, lobte er. Erika lachte.

»Sag mal, wusstest du eigentlich, dass gegen Holger wegen eines Bombenanschlags auf einen Strommasten in der Nähe von Grohnde ermittelt wurde?«

»Ja. Holger hatte die Bullen drauf.«

»Vielleicht sollten wir den Anwalt beauftragen, die Herausgabe von Holgers Staatsschutzakten zu beantragen«, überlegte Thomas.

»Gute Idee, aber ich fürchte, die werden höchstens ihre Datensätze löschen.«

»Vielleicht, aber man kann es trotzdem versuchen. Fragst du ihn danach?«

»Ja.«

»Es war gut, dass du ihn vorher angerufen hast, sonst hätte er mich voll auflaufen lassen. Nun habe ich ein ganz neues Bild von Holger gewonnen.«

»Inwiefern?«

»Wenn ich daran denke, dass Holger in den Achtzigern völlig fasziniert von CLODO gewesen ist und am liebsten alle Computer zerdeppert hätte, um später selbst IT-Experte zu werden und schließlich als Hacker verdächtigt zu werden, ist das wirklich eine bemerkenswerte Biografie, sag ich mal.«

Erika lachte. »Wer um Himmels willen war CLODO?«

»Ein Komitee für die Liquidierung von Computern hat 1979/80 in Südfrankreich mehrere Rechenzentren in die Luft gejagt. Ich kann mich noch lebhaft an Diskussionen mit Holger darüber erinnern. Er hat sich damals wie ein Maschinenstürmer aufgeführt und ein regelrechtes Horrorszenario an die Wand gemalt, sollte sich die Computer-Technologie zukünftig durchsetzen.«

»Na ja. Wenn du die gesellschaftlichen Veränderungen der letzten dreißig Jahre betrachtest, war seine damalige Position geradezu prophetisch. Aber er war ein Mensch, der bewusst mit Widersprüchen umging und zu Veränderungen bereit war.«

»War Holger ein Hacker?«

»Anfangs war er tatsächlich davon fasziniert. Er träumte vom großen Coup und von Computersabotage. Aber die Szene war ihm fremd, zu individualistisch. Das war nicht seine Welt. Er wollte den Gegner auf seinem Terrain mit seinen eigenen Waffen schlagen. Er hielt viele Computer-Freaks für nützliche Idioten, die nur Sicherheitslücken aufdecken, um sich dann bei den Firmen zu verdingen.«

»Und wie ist er mit diesen Widersprüchen umgegangen?«

»Er schrieb Programme für Kleinverlage, Rechtsanwälte, gab Kurse und vermittelte einen kritischen Umgang mit der Technik. Er blieb unabhängig und hat sich nicht die Hände schmutzig gemacht, wenn du das meinst. Und du, kommst du mit deinem Job gut über die Runden?«

»Ja, ich bin zwar kein Großverdiener, habe aber ein gutes Auskommen. Weißt du eigentlich, warum die Bullen vor einiger Zeit einen Server von Holger beschlagnahmt haben?«

»Nein.«

»Du hast neulich gesagt, Holger sei in letzter Zeit sehr verschlossen gewesen. Kann es sein, dass er die Kontrolle verloren hat?«

»Wie meinst du das?«

»Hattest du den Eindruck, er fühlte sich bedroht? Hat er mal eine Andeutung in diese Richtung gemacht?«

Erika überlegte. »Nein, nie«, sagte sie schließlich.

»Wenn ich die Strafverfahren sehe, die gegen Holger liefen, ging er ein beachtliches Risiko ein«, meinte Thomas. »Früher vermittelte er stets den Eindruck, zumindest die Übersicht zu behalten. Ich kenne mich in dem Metier wirklich nicht aus. Aber vielleicht hat er sich im Netz auf ein Terrain gewagt, auf dem sich Geheimdienste tummeln und der Gegner keinen Spaß versteht.«

»Holger war zwar risikofreudig, aber gleichzeitig auch darauf bedacht, nicht die Kontrolle zu verlieren. Ich wusste zwar nicht genau, was er tat, aber ich hatte nie den Eindruck, dass er die Dinge auf die leichte Schulter nahm. Da es aber immer Phasen gab, in denen er hauptsächlich mit sich selbst beschäftigt war, habe ich wohl zu wenig nachgefragt, wenn ich das Gefühl hatte, dass ihn etwas bedrückte. Jetzt mache ich mir deswegen Vorwürfe.«

»Verstehe«, sagte Thomas und sah auf die Uhr. Entsetzt stelle er fest, dass er auf der Stelle losmusste, wollte er seinen Zug nicht verpassen.

5

Januar 2007

Ein eiskalter Wind blies Holger ins Gesicht, und er zog seine schwarze Wollmütze tief über die Ohren, als er in Hitzacker aus dem Zug stieg. Es lag ein wenig Schnee auf der Straße. Der Bahnhofsvorplatz war menschenleer, und Bernd, der ihn abholen wollte, ließ auf sich warten. Holger war froh, unterwegs keine Anhaltspunkte für eine Observation bemerkt zu haben. Um ganz sicherzugehen, hatte er an einem kleinen Bahnhof außerhalb der Stadt einen Regionalzug genommen und war zweimal umgestiegen. Der Termin für den Workshop stand bereits seit einem halben Jahr fest. Bernd hatte selbst an einem seiner letzten Kurse teilgenommen, und so konnten sie kommunizieren, ohne dass die Ermittler seine Reisepläne mitbekamen. Holger versuchte, die Fahnder im Alltag möglichst zu ignorieren, ging seiner Arbeit nach und nahm am wöchentlichen Plenum im Zentrum teil. Er hatte Markus eine Nachricht zukommen lassen wegen der DNA-Spur, die angeblich am Tatort gefunden worden war, und ihn gebeten, die Information weiterzuleiten. Er wollte vorerst keinen direkten Kontakt aufnehmen, auch nicht zu Willy.

Es war knapp unter null Grad. Holger fror und stapfte ungeduldig auf der Stelle, als Bernd endlich mit einem roten Kastenwagen vor dem alten Bahnhof hielt.

»Hallo Holger, es tut mir leid, ich bin spät dran. Aber die Straßen sind arschglatt. Hast du lange warten müssen?«, fragte er, während er ausstieg und die Hecktür öffnete.

»Nein, nur ein paar Minuten«, log Holger. Bernd nahm ihm die Reisetasche ab und warf sie hinten rein.

»Die auch?«, fragte er und zeigte auf Holgers Laptoptasche.

»Nein, lieber nicht, den Rechner brauche ich noch.« Bernd war in Holgers Alter und wirkte wie aus einer Freak-Show. Er trug einen viel zu großen, verschlissenen Parka, Lederstiefel, einen bunten Wollschal, den er sich um die langen grauen Haare geschwungen hatte, und eine farbige Wollmütze, wie Indios sie tragen.

»Na, dann komm!«, sagte er und klemmte sich wieder hinters Steuer. Bernd überragte Holger um einiges und hatte Mühe, seine langen Beine im Wagen unterzubringen. Er war ein schweigsamer Zeitgenosse und redete auf der Fahrt kein Wort. Bernd war 1980 bei der Besetzung von Bohrloch 1004 dabei gewesen. Ein Jahr später war er mit anderen Berlinern in den Landkreis gezogen, um eine Bildungsstätte aufzubauen. Das Tagungshaus wurde zu einem Zentrum des Widerstandes gegen das Endlager in Gorleben.

Holger kannte Bernd bereits seit Mitte der Neunziger. Damals war es im Wendland zu heftigen Auseinandersetzungen um die Castor-Transporte gekommen. Seitdem übernachtete er immer im Haus, wenn der Atommüll durchs Land rollen sollte. Trotz Glatteis fuhr Bernd zügig die Landstraße entlang, die sie vom Elbtal hinauf an Metzingen vorbei durch die winterliche Hügellandschaft führte. Holger, der selbst gerne mal raste, atmete auf, als Bernd hinter dem Bahnhof Pudripp, wo die Strecke kurviger wurde, endlich den Fuß vom Gas nahm. Holger liebte diesen hügeligen und bewaldeten Teil des Landkreises. Er war selbst im Rheintal aufgewachsen, hatte die Wochenenden oft im Schwarzwald und in den Vogesen verbracht und konnte dem dünn besiedelten Flachland an der Elbe mit seinen pittoresken Städtchen und Rundlingsdörfern sonst wenig abgewinnen. Das Tagungshaus, ein ehemaliger Bauernhof mit großer Tenne im Haupthaus und drei Nebengebäuden, lag mitten im Dorf und wurde heute von drei Männern kollektiv betrieben. Die anderen, die das Projekt über Jahre mit aufgebaut hatten, waren nach und nach ausgestiegen.

Es war das vierte Mal, dass Holger im Haus einen Kurs zum Thema Sicherheit im Internet anbot. Das Interesse wuchs stetig. Dieses Mal hatte er die Teilnehmerzahl auf zehn begrenzt, mehr machte keinen Sinn. Holger legte Wert darauf, dass alle den Stoff des Workshops an ihren eigenen Rechnern nachvollzogen, und sah rot, als Bernd ihm eröffnete, dass es doch zwölf Personen sein würden.

»Mensch Bernd, muss das sein?« Je mehr Teilnehmer, desto weniger konnte er den einzelnen vermitteln, wusste er aus Erfahrung.

»Ja, ich weiß, aber es haben sich kurzfristig zwei gute Genossen aus dem Landkreis angesagt. Ich habe Extraleitungen gelegt und alle darum gebeten, einen eigenen PC mitzubringen.«

»Ist schon okay, Bernd.« Holger ließ es auf sich beruhen. Mehr Teilnehmer brachten schließlich mehr Geld in die Kasse, und er wusste nur zu gut, dass das Hausprojekt finanziell mal wieder am Abgrund stand. Die Kollektivisten mussten alle dazuverdienen, um über die Runden zu kommen. Bernd schob seit geraumer Zeit Nachtschichten im Krankenhaus. Holgers Honorar war nicht der Rede wert. Aber deshalb machte er es auch nicht. Holger warb für einen offensiven Umgang mit den neuen Medien in der Bewegung, und es machte ihm Spaß, seine Kenntnisse weiterzugeben. Der Platz vor dem Tagungshaus war völlig zugeparkt. Bernd stellte den Wagen deshalb direkt vor den Eingang.

»Volles Haus hier heute«, bemerkte Holger.

»Ja, außer euch tagen dieses Wochenende auch die Baumkletterer von Robin Wood hier.« Holger warf aus Gewohnheit einen Blick auf die Nummernschilder. Neben einheimischen registrierte er Hamburger, Bremer, Göttinger und Berliner Fahrzeuge. »Ich fürchte, das Mittagessen haben wir verpasst. Dich haben wir wieder oben rechts einquartiert. Du kannst deine

Sachen kurz hochbringen, und ich sehe in der Zwischenzeit zu, dass wir noch etwas zu essen bekommen.«

Anschließend trafen sie sich wieder unten im Gastraum. Dort warteten bereits die Teilnehmer des Workshops. Holger kannte niemanden, nur eine Frau mit langen blonden Haaren kam ihm bekannt vor. Sie hieß Nadine, erfuhr er bei der Begrüßung. Er beeilte sich mit dem Essen, und dann fingen sie an. Sie hatten für die beiden Tage ein volles Programm. Auf der Agenda stand, neben unkontrolliertem Surfen und freier Kommunikation im Netz, die verschlüsselte Mail-Kommunikation mit Pretty-Good-Privacy, PGP, und wenn am Sonntagmittag noch Zeit wäre, ein neues Programm zur Verschlüsselung von Datenträgern, an dem Holger selbst mitgearbeitet hatte.

Holger bat die Teilnehmer als Erstes, alle Handys auszuschalten, und sammelte sie anschließend ein. Die Ortung von Handys sei inzwischen die wichtigste Ermittlungsmethode der Polizei, um Straftaten aufzuklären und Bewegungsprofile von Verdächtigen zu erstellen. Mithilfe von Verbindungsdaten lasse sich praktisch ihr gesamtes soziales Netzwerk aufrollen. Selbstverständlich bedienten sich auch die Geheimdienste dieser Daten. Wer seine politischen und sozialen Zusammenhänge vor dem Zugriff Unbefugter sichern wolle, sollte auf das Handy am besten ganz verzichten, es nur beruflich nutzen und ansonsten zu Hause lassen. Er war der Meinung, alle User sollten ihre Rechner gegen unbefugte Zugriffe schützen, Mails grundsätzlich nur mit PGP austauschen. Die Vorstellungsrunde ergab, dass die meisten seit Jahren in der Anti-AKW-Bewegung aktiv waren, aber von Überwachungstechniken im Netz praktisch keine Ahnung hatten. Trotzdem kamen sie mit dem Programm gut durch. Sie installierten die PGP-Software auf ihren Rechnern, tauschten ihre Mailadressen und ihre Schlüssel aus und absolvierten erfolgreich ihre erste Übung.

Nach dem Abendessen stand man in Gruppen zusammen, ein Bier in der Hand, redete, trank. Holger setzte sich mit einem Glas

Rotwein zu Önder und Nadine an den Tisch. Die beiden lebten im Wendland, er Ende dreißig, ein kleiner drahtiger Typ, schwarze lockige Haare, neugieriger Blick, sie ungefähr zehn Jahre älter, groß und schlank, lange blonde Haare, blaue Augen und Sommersprossen auf der Nase.

»Bernd meinte, du könntest uns eventuell helfen. Wir arbeiten mit anderen Gruppen an einer Kampagne gegen die großen Energieversorger. Die Idee ist, ihnen das Image zu versauen. Wir denken vor allem an Plakate. In der Aufmachung sollen sie der Werbung des Konzerns täuschend ähnlich sehen. Wir wollen ihre Slogans umdrehen und eine ganz klare Anti-Atom-Massage rüberbringen«, fasste Önder ihr Vorhaben zusammen.

»Kennt ihr die Seite www.deportation-class.com?«, fragte Holger.

»Nein, nie gehört«, antwortete Nadine.

»Das war eine sehr erfolgreiche internationale Kampagne gegen Abschiebungen, initiiert von einem kleinen antirassistischen Netzwerk, mit Kontakten bis in die US-Szene. Das liegt jetzt zwar ein paar Jahre zurück, war aber wegweisend. Kommunikationsguerilla auf hohem Niveau und mit einer starken Internetpräsenz. Wenn ihr wollt, zeige ich euch die Seite.«

»Gern«, meinte Önder. »Von der Kampagne habe ich gehört, mich aber nie genauer damit beschäftigt.«

Holger holte seinen Rechner und rief die Homepage auf. »Seht ihr, hier. Ich zeige euch auch gleich das Gegenstück, die Website des Konzerns. In der Aufmachung, der Ausdrucksweise, bis hin zu den Farben, alles nah am Original, aber nicht einfach eins zu eins kopiert. Und hier die realen Auftritte der Aktivisten auf den Flughäfen, vom Outfit her dem Personal zum Verwechseln ähnlich, aber in der Aussage sehr klar. Hier zum Beispiel das Kampagnen-Logo ›DeportationClass-Stopp!‹ und dazu passend die Grafik mit dem Abschiebehäftling zwischen den Passagieren.«

»Toll!«, bemerkte Nadine.

»Was meint ihr, das wäre doch eine Blaupause für eine Kampagne gegen die Atommafia?«

»Da war bestimmt eine fette Struktur am Werk«, vermutete Önder.

»Nein, ganz im Gegenteil, der Kreis der Aktiven war viel kleiner als die Anti-Atom-Bewegung. Getragen wurde das Ganze von einem überregionalen Netzwerk, das sich auf aktive Gruppen vor Ort stützen konnte. Ohne öffentlichkeitswirksame Proteste wäre die Kampagne aber verpufft. Die Höhepunkte waren Störaktionen bei den Jahreshauptversammlungen der Airline. Hier, ein paar Fotos aus dem Internationalen CongressCentrum Berlin.«

»Aber zu so was müsste die Anti-AKW-Bewegung doch auch in der Lage sein«, meinte Önder.

»Das wäre schön«, erwiderte Holger. »Und hier das Finale der Kampagne. Bei einer Aktionärsversammlung gab es nicht nur Proteste von kritischen Aktionären, sondern den ersten DDoS-Angriff auf das Internetportal eines deutschen Konzerns.«

»Ich versteh nur Bahnhof«, sagte Nadine.

»Die Seite der Airline war aufgrund des DDoS-Angriffs stundenlang nicht erreichbar. Und das Ende vom Lied war, die Airline knickte ein und führt seitdem praktisch kaum noch Abschiebungen durch. Ich habe das damals nur von Weitem verfolgt, kann mir aber vorstellen, dass Teile der Netzgemeinde für eine Kampagne gegen die Atomindustrie zu begeistern wären. «

Önder war beeindruckt.

»Mann, das hört sich gut an.«

»Können wir auf dich zählen, wenn die Sache konkreter wird, Holger?«, fragte Nadine.

»Prinzipiell ja. Die großen vier Energiekonzerne wären jedenfalls ein ideales Ziel. Sie sind Dienstleister, haben einen riesigen Kundenstamm, unzählige Filialen vor Ort und Online-Dienste.«

»Und was bräuchten wir dafür?«, fragte Nadine.

»Ein überregionales Netzwerk von Aktiven, das die Kampagne plant, eine Verständigung mit den Basisgruppen, am besten bis hin zu den Bürgerinitiativen, eine Handvoll Netzaktive, Künstler und Grafiker und einen langen Atem natürlich.«

»Den haben wir«, sagte Önder.

»Das mag sein, aber die Bewegung ist auf Großaktionen, vor allem auf die Castor-Transporte, fokussiert. Eine größere Kampagne gegen die Stromkonzerne gab es bisher nie. Dabei ist die Idee eines Stromzahlungsboykotts fast so alt wie die Bewegung, wurde aber nie realisiert«, versuchte Holger die Euphorie zu bremsen.

»Aber das ist ein alter Hut. Ein Stromzahlungsboykott hat sich erledigt. Heute gibt es Alternativen«, widersprach Önder.

»Ja, und selbst wenn so eine Kampagne gegen die Atomkonzerne dazu führt, dass die Kunden massenhaft zu Naturstromerzeugern wechseln, wäre mir das recht«, warf Nadine ein.

»Dann können wir uns gleich von denen sponsern lassen«, meinte Önder. Alle lachten.

»Eine wichtige Voraussetzung für so eine Kampagne ist eine verschlüsselte Kommunikationsstruktur, damit der Gegner nicht über jeden unserer Schritte im Voraus informiert ist. Außerdem sollten wir ein paar schöne Überraschungserfolge landen«, sagte Holger.

»Aber deshalb sind wir ja hier«, sagte Nadine.

»Okay, ich würde gern noch etwas trinken. Was ist mit euch?«

»Für mich noch ein Bier«, antwortete Nadine. Holger machte Anstalten, aufzustehen.

»Nein, bleib sitzen! Ich bringe dir was mit«, sagte Önder und holte an der Theke die Getränke.

»Kennen wir uns irgendwoher?«, fragte Holger Nadine.

»Ich weiß nicht, habe ich auch schon überlegt, aber ich komme nicht drauf.«

»Und was macht ihr, wenn ihr euch gerade nicht weiterbildet?«

»Mein Geld verdiene ich in einer Food-Coop und lebe mit sechs Erwachsenen und vier Kindern auf einem großen Hof, den wir gemeinsam bewirtschaften.«

»Und was produziert ihr so?«

»Alles Mögliche. Wir haben einen großen Garten, eine riesige Obstwiese, Hühner, ein paar Schafe, eine Milchkuh, eine Ziege, wir bauen Futter für die Tiere an, und wir betreiben eine kleine Imkerei.«

»Und davon kann man leben?«

»Es reicht nicht, um ganz über die Runden zu kommen. Deshalb arbeiten wir auf Festivals, bei der Kulturellen Landpartie und so weiter«, erklärte sie, als Önder mit den Getränken zurückkam.

»Und arbeitest du auch auf dem Hof?«

»Sehe ich so aus?« Önder lachte. »Ja und nein. Ich wohne zwar da, promoviere aber in Politikwissenschaft. Ich bestreite meinen Lebensunterhalt überwiegend mit Dolmetschen und arbeite nur gelegentlich auf dem Hof mit.«

»Welche Sprachen?«, fragte Holger.

»Deutsch-Türkisch, Türkisch-Deutsch, hauptsächlich bei Konferenzen.«

»Anstrengender Job.«

»Ja, aber gut bezahlt.«

»Bist du türkischer Muttersprachler?«, fragte Holger.

»Was denkste?«

»He, vom Namen her, Mama Gastarbeiterin, der Alte? Keine Ahnung.«

»Dolmetscher, auch aus Türkei.«

Holger grinste. »Es gibt in der Anti-Atom-Bewegung nicht gerade viele Leute aus der Community.«

»Stimmt, in der Bewegung bin ich ein Exot, und in der Community werde ich als Öko belächelt. Die wenigen Aktiven machen bis heute Heimatpolitik, Türkei, Kurdistan, ein paar sind in der Antifa. Da komme ich auch her, kein Wunder, in so einem Land.«

Holger nickte. »Und was macht eure Gruppe?«, fragte er.

»Na, was alle machen«, antwortete Nadine. »Castor-Blockaden, was so ansteht im Landkreis.«

»Und was steht gerade so an?«

»Der G8-Gipfel in Heiligendamm.«

»Verstehe.«

»Und was machst du?«

»Ich bin selbstständiger Softwareentwickler, Dozent und in der Bewegung unterwegs, was so ansteht eben.«

Sie lachten.

»Aber jetzt gehe ich ins Bett. Über die Kampagne reden wir morgen.«

»Ich glaube, ich weiß jetzt, wo ich dich gesehen habe. Im November in Metzingen, bei der Auflösung der Straßenblockade«, sagte Nadine, als Holger sich am nächsten Morgen beim Frühstück zu ihr an den Tisch setzte.

»Schon möglich«, meinte er. »Ich lass mir den Castor eigentlich nie entgehen.«

»Ach, ein Voyeur!«

»Also, das verschlägt mir jetzt die Sprache«, entgegnete Holger scheinbar empört. »Ich bin es zwar gewohnt, als linker Spinner bezeichnet zu werden, aber nicht als Spanner.«

Nadine wurde rot. »Das klang so distanziert«, meinte sie entschuldigend.

»Ich brauche morgens auch erst einen Kaffee, bevor ich den richtigen Ton treffe. Neugier würde es besser treffen. Ich komme tatsächlich immer mit einer frohen Erwartung ins Wendland. Es ist ja erstaunlich, dass es trotz des enormen Bullenaufgebots immer wieder gelingt, den Castor erfolgreich aufzuhalten.«

»Aber es kostet auch enorm viel Kraft, den Bullen immer eine naselang voraus zu sein und sie jedes Mal zu überraschen. Ich denke da an die Betonkünstler, die immer neue Pyramiden konstruieren, damit sich die Polizeitechniker ihre Zähne daran ausbeißen. Toll fand ich, dass der Zug diesmal bereits in Frankreich blockiert wurde und erst mit drei Stunden Verspätung über die Grenze gekommen ist.«

»Ja, der Widerstand ist wieder internationaler. Ich habe hier dieses Jahr das erste Mal die Clowns Army gesehen, eigentlich ein britisches Phänomen. Und ich muss sagen, ich bin beeindruckt. Ich stelle mir das nicht so einfach vor, den Bullen so nah auf die Pelle zu rücken. Die kochen bestimmt, wenn ihnen mit dem Staubwedel das Visier geputzt wird. Sie wussten jedenfalls überhaupt nicht, wie sie damit umgehen sollten.«

»Ja, die sind ganz lustig«, meinte Nadine. »Aber ich weiß nicht, was ich davon halten soll, erst Pink & Silver und jetzt die Pappnasen.«

»Ach was! In jedem steckt bekanntlich ein Clown, aber nur die wenigsten haben den Mut, ihn zu zeigen.«

»Hört, hört! Versteckst du dich etwa auch hinter einer Maske?«

»Wer weiß, vielleicht bin ich ein Spaßguerillero.« Holger grinste.

»Das gefällt mir schon besser«, sagte sie.

»Ich fürchte, ich muss euer anregendes Gespräch unterbrechen«, sagte Bernd, der an ihren Tisch gekommen war. »Es ist schon kurz nach zehn, und ihr solltet langsam loslegen.«

»Du hast recht, Bernd. Wir sind nicht zum Vergnügen hier«, erwiderte Holger und schmunzelte. »Wir reden heute Abend über die Kampagne, Nadine.«

Holger hatte sich für den zweiten Teil des Workshops viel vorgenommen. Er führte den Teilnehmern vor Augen, dass jeder ungeschützte Mausklick im Internet nicht nur Rückschlüsse darüber erlaubte, wer mit wem von wo aus kommunizierte, sondern auch, welche persönlichen Interessen, Vorlieben und Gewohnheiten jemand hat. Wer im Internet unverschlüsselt kommunizierte, lieferte Polizei, Geheimdiensten und Sicherheitsfirmen bereitwillig ein unverwechselbares Persönlichkeitsprofil. Es sei keine Übertreibung, Big Brother existiere. Mithilfe von Verkehrsdatenanalysen würden rund um die Uhr die Datenströme im Netz überwacht. So könnten nicht nur Internetprovider ohne Weiteres erkennen, ob mit einer Mail ein Text, ein Bild oder eine Audiodatei versandt wurde, sondern auch, wie groß die Datei sei. Selbst die verschlüsselte Kommunikation per PGP sei nicht sicher und schütze nur den Nachrichteninhalt, liefere aber genaue Informationen über Absender und Empfänger sowie die verschickten Dateien. Mehr Sicherheit im Netz biete nur die Anonymisierungssoftware TOR, doch auch sie schütze nicht vor jedem Angreifer. Wer ganz sicher sein wolle, solle lieber vom Internetcafé aus surfen. Aber Vorsicht, auch dort überwachten zunehmend Kameras den Verkehr. Trotzdem nutzten immer mehr Politaktivisten, Nichtregierungsorganisationen und Journalisten TOR. Selbst Geschäftsleute und Militärs surften damit anonym im Netz, meinte Holger. TOR sei ein stetig wachsendes Netzwerk von verschlüsselten Verbindungen, in dem die Datenströme niemals direkt vom Absender zum Empfänger laufen, sondern über einen zufälligen Pfad mit mehreren Zwischenstationen, die deren Herkunft verschleiern. Holger gefiel das Konzept außerordentlich. Denn die Idee, Datenströme über verschlungene, schwer zu verfolgende Wege zum Ziel zu führen und so ihre Spuren zu verbergen, entsprach seiner Vorstellung von unkontrollierter Bewegung. Den größten Teil des Workshops benötigten sie, um offene Fragen zu klären, TOR zu installieren, die vorhandenen Programme damit neu zu konfigurieren und mit Übungen.

Nachdem die anderen Teilnehmer abgereist waren, machten Bernd, Nadine, Önder und Holger noch einen Spaziergang. Die Sonne warf bereits lange Schatten. In der Nacht war die Temperatur unter minus zehn Grad gefallen, und die Winterlandschaft zeigte sich von ihrer schönsten Seite. Der Frost hatte Bäume, Gräser und Sträucher mit weißen Kristallen überzogen.

»Mich hat sehr beeindruckt, was du gestern über die Imagekampagne gegen die Stromkonzerne gesagt hast. Aber ich fürchte, bis dahin ist es noch ein weiter Weg«, meinte Önder.

»Ja, du hast recht, aber ihr braucht das Rad nicht neu zu erfinden. Es wäre gut, ihr macht euch erst einmal schlau und studiert die Theorie und Praxis der Kommunikationsguerilla. Dazu gibt es im Netz eine Menge Anregungen und außerdem zwei sehr brauchbare Bücher von der autonomen Afrikagruppe. Darin findet ihr ein paar grundsätzliche Überlegungen zur Imageverschmutzung, über Fakes, Maskerade, Torten, Flashmobs. Und nicht vergessen, die Deportation-Class-Kampagne. Ihr werdet auf viele Ideen stoßen und solltet im Vorfeld eine Materialsammlung erstellen und an alle schicken, die sich an der Planung beteiligen wollen. Wenn ihr wollt, schicke ich euch eine Linkliste.«

»Super. Würdest du auch zu unserem Treffen kommen?«, fragte Nadine.

»Wenn ich Zeit habe, komme ich gern.«

»Dann schauen wir nachher in unsere Terminkalender und machen ein Date klar«, meinte Bernd.

»Ladet ruhig auch Leute ein, die nicht aus der Anti-AKW-Bewegung kommen. Ich höre mich gern um«, sagte Holger und schaute auf die Uhr. »Mist, ich muss zurück. Ich habe heute Abend noch etwas vor.« Sie beeilten sich, zum Tagungshaus zurückzukommen, machten den Termin für das Treffen aus und trennten sich.

6

Februar 2011

Nach seinem Besuch bei Erika sah sich Thomas Krüdewagen im Netz etliche Berichte über die Castor-Proteste an, zu denen Holger im November ins Wendland gefahren war. Es war zu heftigen Auseinandersetzungen gekommen. Hunderte Demonstranten waren verletzt worden. Die Polizei hatte über zweihundert Liter Pfefferspray versprüht, genug, um 16 000 Demonstranten außer Gefecht zu setzen, hatte jemand ausgerechnet. Mit Hinweis auf die Gesundheitsrisiken forderten Bürgerrechtler seit Langem ein Verbot des Kampfgases. Besonders gefährdet seien Menschen, die an Atemwegserkrankungen leiden oder Beruhigungsmittel sowie Drogen konsumierten. Nein, Holger habe keine Medikamente konsumiert, auch keine Drogen, versicherte Erika ihm. Selbst Marihuana habe er seit Jahren nicht mehr angerührt.

Zwei Wochen später machte sich Thomas auf den Weg ins Wendland. Hinter Salzwedel wurde es bereits dunkel und so steuerte er direkt die Adresse an, die ihm Nadine bei der Trauerfeier gegeben hatte. Doch sie war nicht da, auch Önder nicht. Warten wollte er nicht. Er würde am nächsten Morgen am Bahnhof Hitzacker sein und von dort in die Göhrde aufbrechen, ließ er ihnen über einen Mitbewohner ausrichten. Wenn sie Lust hätten, ihn zu begleiten, sollten sie pünktlich um elf dort sein. Er war froh, als er am späten Abend endlich im Bett einer Pension lag.

Am nächsten Morgen hingen Nebelschwaden über der Elbe. In der Nacht waren die Temperaturen weit unter den Gefrierpunkt gesunken, so dass Thomas seinen Golf erst vom Eis befreien musste, bevor er starten konnte. Zum Glück hatte es nicht geschneit. Zum Bahnhof Hitzacker war es nur ein Katzensprung.

Nadine wartete bereits ungeduldig an der Bushaltestelle vor der Bahnstation.

Thomas öffnete schnell die Beifahrertür. »Komm, steig ein!«

Sie hatte sich die Kapuze ihres Anoraks über den Kopf gezogen und einen bunten Schal umgebunden. Sie trug hohe Winterstiefel und dicke Handschuhe.

»Hallo«, brummte sie und stieg ein.

»Schön, dich zu sehen«, sagte er aufmunternd.

»Bist lieber ins Hotel gegangen, statt bei uns zu übernachten, oder hast du etwa in diesem Oldtimer geschlafen?«, fragte sie und musterte ihn von der Seite.

»Klar, ich habe die Nacht an der Elbe verbracht und vorbeikommende Schiffe gezählt.«

Nadine lachte. »Und was ist der Plan heute?«

»Ich dachte, wir sehen uns gemeinsam die Stelle in der Göhrde an, wo Holgers Leichnam gefunden wurde. Danach fahre ich nach Lüchow, zur Zeitungsredaktion und zu den Bullen. Vielleicht gibt es einen Kontakt zu den Spaziergängern, die ihn damals im Bach entdeckt haben.«

»Das trifft sich gut. Ich habe nachher nämlich auch einiges vor. Die Schafe wollen versorgt werden.«

»Okay. Dann bringe ich dich nach dem Spaziergang wieder nach Hause, und wir treffen uns abends irgendwo in einem Gasthaus zum Essen.«

»Quatsch. Du kommst zu uns. Bei uns wird jeden Abend gekocht. Außerdem ist Önder da, und er freut sich, dich zu sehen.«

»Die Einladung kann ich wohl nicht ausschlagen?«

»Auf keinen Fall. Wo müssen wir eigentlich genau hin?«, erkundigte sie sich.

»Zur Wassermühle Tangsehl.«

»Mm, wurde er da gefunden?«

»Ja. Weißt du, wie wir dahin kommen?«

»Klar, am besten, du drehst erst mal.« Nadine dirigierte Thomas aus dem Ort hinaus auf die Landstraße Richtung

Neu-Darchau. Beide hingen ihren Gedanken nach. Erst als sie die Wassermühle erreicht hatten, brach Thomas das Schweigen.

»Wie gut kanntest du Holger eigentlich?«, fragte er beim Aussteigen.

»Ich habe ihn vor ein paar Jahren bei einem Workshop kennengelernt und seitdem gelegentlich getroffen. Wir mochten uns.«

Thomas schmunzelte.

»Nicht, was du denkst. Unser Verhältnis war rein platonisch.«

»Genossen.«

»Mm, ich mag den Begriff eigentlich nicht. Aber wie sagtest du neulich so schön? Genossen hat was mit genießen zu tun.«

»Das ist nicht von mir.«

»Ich weiß, Christian Geissler. Ich habe einiges von ihm gelesen und kann mir sehr gut vorstellen, warum Holger ihn mochte.«

»Wirklich? Ich glaube eher, er konnte ihn nicht ausstehen, wegen seines RAF-Kults.«

»Stimmt, *Kamalatta* fand er schrecklich.« Thomas hatte geahnt, dass er bei Nadine an der richtigen Adresse war.

»*Wird Zeit, dass wir leben* war eine Ausnahme in Geisslers Werk«, betonte Thomas. »Außer diesem Roman über eine kommunistische Widerstandsgruppe während der Nazi-Herrschaft hat Geissler sonst nur zeitgenössische Texte geschrieben.«

»Stimmt, du bist Feuilletonist.«

»Das hat noch keiner zu mir gesagt!«, erwiderte Thomas.

»Das ist auch nicht von mir, sondern von Holger.«

»Ach.«

»Er hat mir mal einen Artikel von dir zu lesen gegeben.«

»Und hat er sonst noch was gesagt?«

»Ja, dass ihr mal gute Genossen und eng miteinander befreundet wart. Und wo gehen wir jetzt hin?«, fragte sie.

»Ich würde sagen, immer dem Bach entlang. Laut Akte wurde der Leichnam oberhalb der Wassermühle gefunden.« Er studierte aufmerksam die Tafel, die an dem historischen Fachwerkgebäude angebracht war. »Die Mühle hier ist über hundert Jahre alt. Ob das Mahlwerk noch in Betrieb ist?«, fragte Thomas und betrachtete das Mühlrad und die bizarren Eiszapfen.

»Ja, aber nur zu Demonstrationszwecken für Touristen. Die Mühle wurde bereits 1963 stillgelegt. Soviel ich weiß, wird das Gebäude gelegentlich für Konzerte genutzt«, meinte sie, während Thomas die Böschung neben dem Wehr erklomm. Von da aus konnte er den zugefrorenen Stauteich und das dahinter liegende Waldstück überblicken.

»Der Mühlenbach scheint sich in dem Wäldchen da zu verlieren«, sagte er zu Nadine, die hinter ihm die Böschung hochkam, und er zeigte in die Richtung, in der er den Fundort vermutete. »Dort muss der Leichnam irgendwo im Wasser gelegen haben.«

»Wir sollten erst mal dem Weg folgen und uns dann zum Bach durchschlagen«, meinte Nadine.

»Na, dann los!« Hinter den beiden Häusern, die sich linker Hand befanden, versuchten sie, querfeldein zum Wasser zu gelangen. Doch Thomas blieb immer wieder mit den Schuhen im Sumpf stecken, und er wollte deshalb lieber umkehren. »Sag mal, war der Teich am ersten Novemberwochenende auch schon zugefroren?«, fragte er, als sie endlich wieder festen Boden unter den Füßen hatten.

»Wenn ich mich recht erinnere, war es in der Castor-Woche außergewöhnlich mild, tagsüber sogar sonnig. Nachts hat es leicht gefroren.«

»Nehmen wir mal an, die Bullenversion stimmt und Holger ist beim Pinkeln in den Bach gestürzt. Was könnte er hier verloren haben?«

»Keine Ahnung. Hier ist er jedenfalls nicht einfach so reinspaziert. Mich wundert sowieso, dass er hier gefunden wurde.«

»Wieso?«

»Soviel ich weiß, wurde Holger zuletzt ein paar Kilometer weiter östlich von hier, in der Nähe des Sanizeltes gesehen. Und das stand südlich der Bahngleise. Hast du eine Karte? Dann zeige ich dir die Stelle«, sagte Nadine. Thomas kramte den Plan aus seiner

Jacke. »Das Zelt stand ungefähr hier, südlich von Leitstade«, erklärte Nadine und wies mit dem Finger auf den Platz im Wald. »Holger wollte ja in die Unterkunft zurück, hat der Sani erzählt, aber die lag in der entgegengesetzten Richtung, ein paar Kilometer südöstlich von Metzingen.«

»Vielleicht musste er den Bullen ausweichen und ist deshalb in diese Richtung gelaufen«, meinte Thomas.

»Das glaube ich nicht. Zu dem Zeitpunkt tobten hier heftige Auseinandersetzungen. Wenn Holger vorgehabt hätte, die Kampfzone zu verlassen, hätte er sich einfach den Leuten anschließen können, die auf dem Rückweg Richtung Tollendorf und Metzingen waren.«

»Vielleicht hat er sich verlaufen.«

»Unsinn. Er besaß sehr gute Ortskenntnisse und hatte immer eine Karte auf Tasche.«

»Und wenn er sich erneut ins Handgemenge gestürzt hat?«

»Das kann ich mir nicht vorstellen. Holger war nicht der Typ, der alleine loszog.«

»Hm, Fakt ist jedenfalls, Holgers Leiche wurde hier gefunden. Lass uns mal ein Stück weitergehen, bis zu der Stelle, wo der Bach besser zugänglich ist. Dann sehen wir, ob das Wasser überhaupt so tief ist, dass jemand darin ertrinken kann.«

Kurz darauf erreichten sie eine Bahnunterführung. Dort endete der asphaltierte Weg und ging in einen Feldweg über.

»Hier hat ein Finger versucht, den Bahndamm zu erklimmen, um das Gleisbett zu unterhöhlen.«

Der Damm war an dieser Stelle ziemlich steil und mindestens fünfzehn Meter hoch, schätzte Thomas.

»Der Finger? Was ist das denn?«, fragte er.

»Fingertaktik bedeutet, die Masse der Demonstranten in mehrere große Gruppen aufzuteilen, um ans Ziel zu gelangen. Die Idee war gut, die Ausführung aber dilettantisch.«

»Das verstehe ich nicht. Meines Wissens müssen ein paar Tausend Leute hier gewesen sein.«

»Was die Mobilisierung und die Medienwirksamkeit angeht, war *Castor Schottern*, so hieß das gesamte Konzept, tatsächlich der Hit. Praktisch blieb die Aktion aber folgenlos. Wir waren zu unflexibel und haben nur auf einem Streckenabschnitt von ein paar Kilometern agiert. Deshalb konnte die Schiene nicht wirksam sabotiert werden.«

»Aber ich habe gelesen, dass der Castor erst vierundzwanzig Stunden später als geplant das Zwischenlager erreicht hat.«

»Stimmt, es sind ja immer sehr viele unterschiedliche Akteure am Werk hier, Bauern, Baumkletterer, Greenpeace und und und.«

»Die Resonanz war jedenfalls überwältigend.«

»Du kannst das nächste Mal gern kommen.«

»Ich weiß nicht, mich wird man in meinem Alter doch bloß für einen Spitzel halten.«

»Ach was! Du glaubst gar nicht, wie viele aus deiner Generation in den letzten Jahren wieder hier am Start waren.«

»Aber ganz ohne Bezugsgruppe?«

»Du kannst ja deine Familie mitbringen.«

Thomas lachte. »Das kannst du vergessen. Meine Mutter ist weit über achtzig und war in ihrem Leben noch nie auf einer Demo.«

»Das ist keine Schande. Aber es wird doch jemanden geben?«

Thomas hatte keine Lust, darauf einzugehen, und wechselte das Thema. »Wenn hier versucht wurde, auf die Gleise zu kommen, muss es in der Gegend vor Polizisten nur so gewimmelt haben. Dann verstehe ich nicht …«

»Was verstehst du nicht?«

»Warum Holgers Leiche ausgerechnet hier gefunden wurde.«

»Lass uns erst mal bis zum Bach laufen. Dann sehen wir weiter.«

Thomas nickte, und sie setzten ihren Weg fort.

»Glaubst du wirklich, dass eine Massenbewegung auf der Straße etwas gegen die Übermacht der Polizei ausrichten kann?«, fragte er nach einer Weile.

»Das hat Holger auch immer gefragt.«

»Die Frage ist ja auch nicht neu. Und?«

»Auch das größte Netz besteht bekanntlich aus Maschen, und so findet sich immer eine Lücke. Außerdem hat sich das politische Kräfteverhältnis insgesamt eindeutig zu unseren Gunsten verschoben. Trotz der beschränkten Handlungsmöglichkeiten bei Massenaktionen machen die Großdemonstrationen diese gesellschaftliche Ablehnung sichtbar.«

»Ist die altbewährte Guerillataktik eigentlich völlig out?«

»Im Gegenteil, mit der Globalisierung sind ein paar neue Figuren auf der Bildfläche erschienen, Rebell Clowns, Netzaktivisten, Gardening Guerilleros und die Kommunikationsguerilla. Wir leben ja nicht mehr in der bipolaren und analogen Welt des vorigen Jahrhunderts.«

»Was verstehst du unter Kommunikationsguerilla?«

»Verkürzt gesagt geht es darum, das Paradoxe und Absurde der Macht der Lächerlichkeit preiszugeben und subversiv anzugreifen.«

»Wie Fritz Teufel das schon gemacht hat?«

»So in etwa, mit Fakes, Persiflage, aber auch ganz neuen Protestformen, zum Beispiel Online-Demos im Internet.«

»Du meinst Hacker?«

»Ja auch, aber von denen sind nur die wenigsten politisch, die meisten sind nützliche Idioten für Microsoft und Co. Sie decken bloß Schwachstellen in deren Software auf.«

»Und Holger?«

»Holger war kein Computer-Nerd, der nächtelang am Rechner gesessen hätte. Ihn interessierte vielmehr das Verhältnis von Bewegung, Internet und Öffentlichkeit. Proteste im Netz können sehr wirksam sein. Und Holger war ständig auf der Suche nach neuen Ideen.«

»Wenn Holger Opfer eines Verbrechens geworden ist, gibt es ein Motiv und einen Mörder, dem er gehörig auf die Füße getreten sein muss.«

»Mm, ich habe bisher immer nur an einen Polizeiübergriff gedacht«, sagte Nadine stirnrunzelnd. »Aber wenn ich jetzt hier stehe und daran denke, wie viele Bullen hier eingesetzt waren, kann ich mir das überhaupt nicht mehr vorstellen. Es hätte einfach zu viele Zeugen gegeben, um einen misshandelten Demonstranten unbemerkt verschwinden zu lassen.«

»Ja, außerdem gibt es keine Hinweise auf Gewaltanwendung.«

»Dokumente kann man fälschen.«

»Stimmt, aber dann müsste es ein Geheimdienstverbrechen gewesen sein.«

»Du meinst, so etwas wie der Mord in Stammheim?«

»Vielleicht, auch wenn ich nicht daran glaube, dass der Staat die RAF-Gefangenen ermordet hat. Aber das ist ein anderes Thema«, erwiderte Thomas.

»Holger glaubte das auch nicht.«

»Hast du ihn eigentlich an dem Wochenende hier getroffen?«

»Nein, aber ich war mit ihm nur lose verabredet und habe mir deshalb nichts dabei gedacht, als er nicht vorbeikam.«

»Wusstest du, dass er gelegentlich observiert wurde?« Er sah sie dabei forschend an.

»Er hat mal so etwas angedeutet. Aber das ist ja nichts Besonderes. Wir stehen ja alle von Zeit zu Zeit unter Beobachtung«, antwortete Nadine auf eine Art und Weise, dass Thomas es für besser hielt, das Thema nicht weiter zu vertiefen.

Kurz darauf gelangten sie zu der Stelle, wo das Gewässer das erste Mal vom Weg aus deutlich zu sehen war.

»Lass uns mal zum Bach runterlaufen«, sagte Thomas. Unter der leichten Schneedecke war der Boden gefroren, so dass sie das Feld mühelos überqueren konnten.

»Das ist ja ein Rinnsal!«, rief Nadine aus, als sie direkt am Ufer standen.

»Ja, das stimmt«, meinte Thomas nachdenklich. »Selbst wenn hier Anfang November mehr Wasser drin gewesen sein sollte, hätte niemand darin ertrinken können.«

»Ich kann mir eh nicht vorstellen, dass er beim Pinkeln ausgerutscht und ertrunken ist.«

»Außer er hatte Rauschgift oder Medikamente intus und ist wegen des Pfeffersprays zusammengebrochen«, sagte Thomas, »beides schließt Erika aber kategorisch aus. Holger hat nicht gekifft, meint sie.«

»Selbst wenn! Ich kann mir beim besten Willen nicht vorstellen, wie sein lebloser Körper von hier fortgeschwemmt worden sein soll.«

»Vielleicht sollten wir auf dem Rückweg noch einmal versuchen, direkt bei der Mühle einen Zugang zum Stauteich zu finden.«

»Gut.« Sie kehrten daraufhin um. Kurz vor dem ersten Wohnhaus fanden sie tatsächlich einen Einstieg ins Unterholz, einen schmalen Pfad, den sie vorhin übersehen hatten. Er führte erst durch Gestrüpp und dann zum Stauteich hinunter. In der Senke brachen sie jedoch immer wieder im Eis ein.

»Wenn es getaut hätte, würden wir in dem Morast hier versinken«, stöhnte Thomas, der bereits nasse Füße hatte. Der Teich war komplett zugefroren, mit einer leichten Schneedecke bedeckt und verlor sich zwischen den Pappeln, die zum Teil knietief im Wasser stehen mussten. Das konnte man trotz Eis und Schnee erahnen.

»Wenn hier irgendwo die Leiche gefunden wurde, muss sie hierhergeschleppt worden sein«, meinte Nadine. »Warum hätte Holger mit seinem Mörder hier im Unterholz herumkriechen sollen?«

»Ich weiß nicht. Vielleicht ist er verfolgt worden und in Panik hier runtergelaufen und in dem eiskalten Wasser ertrunken.«

»Schon möglich, aber das kann erst passiert sein, als die Bullen bereits weg waren.«

»Wann ist denn der Castor hier durchgekommen?«

»Am Montagmorgen. Das Gros der Bullen ist aber bereits Sonntagabend hier abgerückt.«

»Vom Timing her könnte das passen. Der Todeszeitpunkt ließ sich laut Obduktionsbericht nicht mehr genau bestimmen.«

Nadine atmete schwer und stierte vor sich hin.

»Komm, lass uns umkehren!«, sagte Thomas und berührte sie sanft an der Schulter. »Der oder die Täter haben wahrscheinlich von Holgers Ausflug ins Wendland gewusst«, meinte er auf dem Weg zum Auto.

»Aber Holger pflegte seine Reisepläne nicht jedem auf die Nase zu binden«, sagte sie nach einer Weile. »Außer uns hier hat vermutlich niemand gewusst, dass er hier war.«

»Mm, und wo übernachtete er, wenn er im Landkreis war?«, fragte Thomas.

»Bei Bernd im Tagungshaus. Da sind wir uns auch das erste Mal begegnet. Adresse und Telefonnummer kann ich dir heute Abend geben.«

»Ich habe gehört, dass Holger mit einer Bezugsgruppe aus dem Südwesten hier gewesen sein soll.«

»Bezugsgruppe ist gut. Er war immer mit einem älteren Genossen hier. Der wich ihm nie von der Seite.« Willy, dachte Thomas. Erika hatte das bereits angedeutet. Er hatte es bloß verdrängt, weil er ihn nicht leiden konnte. Holger war immer mit Willy auf Demos gegangen. Anfangs hatte ihm das etwas ausgemacht. Er würde Erika nach Willy fragen. »Und jetzt?«, fragte Nadine.

»Ich glaube, wir haben hier genug gesehen«, antwortete er. Auf dem Rückweg fuhren sie über Pommoissel, Göhrde und Pudripp Richtung Lüchow. Thomas wollte zum *Lüchow-Dannenberger Tageblatt* und setzte Nadine unterwegs in der Kommune ab.

Das Verlagsgebäude befand sich in einer Seitenstraße unweit der Einkaufsstraße von Lüchow. Mit seiner modernen Glas- und Klinkerfassade war es ein Fremdkörper in dem pittoresken

Städtchen mit seinen Fachwerkhäusern und Ziegelbauten. Thomas hätte es sich eigentlich denken können, der Lokalredakteur hatte den Bericht über den Toten in der Göhrde gar nicht selbst recherchiert, sondern auf Grundlage einer Polizeimeldung verfasst. Er konnte sich zwar an die Meldung erinnern, hatte aber keinen Kontakt zu den Spaziergängern, die Holgers Leiche entdeckt hatten. Er solle es bei der Kreispolizei versuchen. Doch das brachte auch nichts. Zu solchen Auskünften sei nur die Staatsanwaltschaft berechtigt. Der Kollege, der die Sache bearbeitet habe, sei jedoch im Urlaub, teilte ihm der Wachhabende bei der Kreispolizei nach einem kurzen Telefonat mit einer übergeordneten Dienststelle mit. Hätte Thomas nicht gewusst, dass diese Polizeibehörde für eines der umstrittensten Atomprojekte überhaupt zuständig war, hätte er sich über die Ausmaße ihres Geländes an der Bundesstraße nach Salzwedel nur wundern können. Wenn der Castor-Transport anstand, fielen Polizeiexperten aus allen Bundesländern hier ein, womöglich der Innenminister mit seinem Tross. Dann war hier der Teufel los, malte Thomas sich aus. Jetzt herrschte jedoch gähnende Leere. Bis zu seiner Verabredung in Nadines Wohngemeinschaft hatte er noch etwas Zeit, und er steuerte deshalb ein italienisches Café in der Stadtmitte an. Obwohl ihm beim Anblick der Vorspeisen in einer Vitrine das Wasser im Munde zusammenlief, beherrschte er sich. Er war schließlich zum Essen eingeladen, bestellte nur einen Kaffee, blätterte eine Zeitung durch und beobachtete die wenigen Gäste.

Eine Dreiviertelstunde später brach er auf. Es war bereits dunkel. Die Straßen waren stellenweise spiegelglatt. Er kam deshalb nur mühsam voran und brauchte eine halbe Stunde, bis er endlich bei der Kommune ankam. Vor dem hell erleuchteten Dielentor kläffte ein alter Schäferhund. Erst als Önder vor die Tür trat, beruhigte er sich.

»Keine Angst, Thomas! Arno beißt nicht«, sagte er mit breitem Grinsen und reichte ihm die Hand.

»Da bin ich aber froh«, erwiderte Thomas.

»Schön, dass du doch noch den Weg zu uns gefunden hast.«

»Ich freue mich auch, dich zu sehen. Warst du heute auf Montage?«

Önder lachte. »Ja, das könnte man so nennen. Ich habe eine Konferenz der deutsch-türkischen Handelskammer in Hamburg gedolmetscht, drei Tage lang, nur ganz wichtige Leute, alle grau in grau, braun gebrannt, mit demselben maskenhaften Gesichtsausdruck. Der einzige Trost war das Buffet. Aber komm rein!«

Die Diele war zu einem geräumigen Wohn- und Esszimmer ausgebaut worden. Nadine schaute nur kurz auf, als sie hereinkamen. Sie machte sich neben einem grauhaarigen Mann am Herd zu schaffen. Das Gerät hatte sechs Flammen und stand mitten im Raum. Thomas kannte so etwas nur aus Restaurants. Der Typ neben Nadine wischte sich die Hände an der Schürze ab, trat auf sie zu und reichte Thomas die Hand.

»Wir haben uns ja gestern bereits gesehen. Ich bin Hans«, sagte er.

»Ich bin Thomas.«

»Ich weiß, aber bevor ich gestern überhaupt etwas sagen konnte, warst du schon wieder weg. Aber was soll's. Nehmt schon mal Platz. Das Essen ist in fünf Minuten fertig.« Hans holte Teller und Besteck aus einem uralten Bauernschrank und deckte den Tisch.

»Schön habt ihr es hier«, bemerkte Thomas.

»Ja«, erwiderte Nadine, während sie einen großen Topf zum Esstisch wuchtete. »Als wir hier eingezogen sind, war das noch eine Bruchbude. Die Ställe waren halb verfallen, die Decken teilweise morsch und überall nur kleine Fenster. Wir haben drei Jahre gebraucht, bis es hier einigermaßen wohnlich war.«

»Das ist übrigens ein typischer Vierständerbau«, erklärte Önder. »Das Haus wurde vor fast zweihundert Jahren von einem wohlhabenden Bauern erbaut. Links und rechts neben der Diele befanden sich die Ställe für das Vieh, das von hier aus gefüttert wurde. Oben gab es Heuschober und mehrere kleine Vorratskammern. Wir haben die Ställe rausgerissen, die Kammern oben zu Schlafzimmern gemacht und das Dach ausgebaut.«

»Und wo habt ihr die Schafe?«

»Der Mann kommt vom Land«, bemerkte Nadine.

»Wie kommst du denn da drauf?«

»Sonst fragt nie jemand nach den Schafen.«

Thomas lachte. »Gut kombiniert, ich bin tatsächlich ein Landei, komme aber nicht vom Bauernhof.«

»Sondern?«, setzte Önder nach.

»Der Vater Schlosser, die Mutter Hausfrau.«

»Und seit einhundertfünfzig Jahren dort sesshaft, nehme ich an.« Önder grinste.

»Wieso interessierst du dich eigentlich immer nur für Abstammungsfragen?«, stichelte Nadine.

»So ist der Türke. Er liebt die Familie, das Vaterland und seine Traditionen«, konterte Önder und zwinkerte Thomas zu.

»Macho!«, meinte Nadine abfällig.

»Und was führt dich zu uns?«, fragte Hans.

»Nadine und ich waren heute in der Göhrde, genauer gesagt am Mühlenbach, wo Holgers Leichnam gefunden wurde.«

»Schreckliche Geschichte«, sagte Hans.

»Hast du Erika seit der Trauerfeier mal gesehen?«, fragte Önder.

»Ja. Ihr geht es etwas besser, aber sie wird an Holgers Tod noch lange zu knacken haben.«

Sieben Erwachsene und vier Kinder, acht, neun, elf und dreizehn Jahre alt, lebten in der Gemeinschaft, erfuhr Thomas. Das beherrschende Thema bei Tisch: Lebensformen. Sie sprachen über Selbstversorgung, Tauschringe, Kollektive, die Macht der Biosupermärkte, den Widerstand im Wendland und leerten dabei etliche Flaschen Rotwein. Als die Kinder ins Bett mussten und sich die Eltern verabschiedeten, blieben sie noch sitzen.

»Du schläfst heute hier«, bestimmte Nadine. »Wir haben unterm Dach das Gästezimmer hergerichtet.«

»Das trifft sich gut. Ich habe nämlich zu viel getrunken.«

»Aber wir gehen noch nicht ins Bett oder machst du schon schlapp, Nadine?«, fragte Önder.

»Ach was!«, erwiderte sie und füllte die Weingläser nach. »Nicht dass du denkst, ich sei indiskret, aber mich interessiert natürlich brennend, warum du dich aus der Bewegung zurückgezogen hast.« Nadine sah Thomas neugierig an.

»Das war ein schleichender Prozess. Das fing Anfang der Neunziger, nach dem Fall der Mauer, an. Die Bewegung war insgesamt auf dem Rückzug, auch wenn es noch ein paar erfolgreiche Mobilisierungen gab, gegen die Räumung der Hamburger Hafenstraße und die Kampagne gegen die Berliner Olympiabewerbung. Immer mehr Gruppen lösten sich auf. Die meisten um mich herum setzten ihr Studium fort, machten Ausbildungen, zogen auseinander und suchten ihr privates Glück.«

»Holger sagte, du hast dich davongeschlichen«, meinte Nadine.

»Typisch Holger, aber da ist was Wahres dran. Es gab nicht den großen Knall, auch wenn es viele zermürbende Konflikte gab. Aber das war es nicht. Mir fehlte auch nicht die Einsicht, dass die herrschenden Verhältnisse auf den Kopf gestellt werden müssen. Mir ist schlicht der Glaube abhanden gekommen, dass wir in der Lage sind, gesellschaftlich wirklich etwas in Bewegung zu setzen.«

»Kein Wunder in einer Zeit, in der Pogrome gegen Minderheiten an der Tagesordnung waren, Mölln, Hoyerswerda, Rostock, Solingen«, sagte Önder.

»Aber das war nur der Tropfen, der das Fass zum Überlaufen brachte. Ich hatte die ständigen Misserfolge satt, die Ohnmacht und die Erfahrung, dass gesellschaftliche Widersprüche nicht kollektiv, sondern überwiegend individuell erfahren werden.«

»Ohnmacht ist die Tarnkappe der Feigheit, hätte Holger gesagt«, meinte Nadine.

Önder fasste sich an den Kopf. »Was für ein saublöder Spruch!« Nadine warf ihm einen abschätzigen Blick zu. Thomas war gekränkt, blieb aber ganz ruhig.

»Ich glaube nicht, dass ich feige war und mir das nicht eingestehen wollte«, erwiderte er.

»Ich meinte das nicht persönlich«, ruderte Nadine zurück. »Holger erzählte immer irgendwelche Geschichten.«

»Geschenkt. Ich meine, es mangelte uns an der Fähigkeit, eingetretene Pfade zu verlassen und neue Brüche in der Gesellschaft überhaupt wahrzunehmen. Ich glaube, es fehlte uns manchmal schlicht die Neugier auf andere Menschen, auf neue Bewegungen.«

»Thomas, du sprichst mir aus der Seele«, sagte Önder. »Ich war vor ein paar Jahren in Mexiko. Bei aller Kritik an den Zapatisten hat mich eins überzeugt, ihre Vorstellung, die Welt zu verändern, ohne die Macht zu erobern. Das ist eine deutliche Abkehr vom linken Dogmatismus. Glaub mir, ich weiß, wovon ich rede. Viele meiner Verwandten in der Türkei waren politisch aktiv und sind heute völlig desillusioniert, weil sich die Linken untereinander bis aufs Messer bekämpft haben. Zum Glück haben sich die Zeiten auch dort geändert. Inzwischen gibt es da eine kleine undogmatische Szene von Feministinnen, Kriegsdienstverweigern und Ökos und sogar eine Anti-AKW-Bewegung.«

»Im Ernst?«

»Siehst du, du solltest öfters zu uns kommen. Anti-AKW-Gruppen gibt es außer in den beiden großen Metropolen Istanbul und Ankara auch an den beiden geplanten Standorten von Atomkraftwerken am Mittelmeer und am Schwarzen Meer. Natürlich haben europäische Konzerne dort die Finger drin.«

»Auch deutsche?«

»Das ist noch nicht ausgemacht. Die Projekte sind noch in der Planungsphase.«

»Hast du dazu genauere Informationen?«

»Na klar. Ich stehe mit Leuten von da in direktem Kontakt.«

»Das ist ein gutes Thema und ich kenne eine Redaktion, die sich dafür interessieren könnte. Ich versuche, das mal abzuklären«, sagte Thomas. Er reichte ihm seine Visitenkarte.

»Oh, ein waschechter Reporter in unserer bescheidenen Hütte«, frotzelte Nadine. Sie riss Önder die Karte aus der Hand und betrachtete sie mit einer Miene, die Thomas nicht verriet, ob sie nur provozieren wollte.

»Hör nicht auf sie!«, meinte Önder. »Ich kenne mich da ganz gut aus und vermittle dir gern Kontakte. Ich habe Verwandte und viele Freunde in der Türkei.«

»Frag auch gleich nach einem Honorar«, stichelte Nadine.

»Lass das, du bist ja betrunken!«

Erst jetzt fiel Thomas auf, dass sie lallte. Er suchte ihren Blick und lachte sie an.

»Ph!«, brachte sie nur hervor, verzog das Gesicht, erhob sich mühsam von ihrem Stuhl und wankte aus der Diele.

»Gute Nacht!«, rief ihr Thomas nach, doch sie verschwand, ohne noch etwas zu sagen.

»Mach dir nichts daraus. Nadine mag dich. Sie ist den Alkohol nicht gewohnt«, erklärte Önder.

»Kein Problem. Über die Türkei sprechen wir noch. Ruf mich einfach im Büro an. Unter der Nummer bin ich in den nächsten Tagen gut zu erreichen.«

»Ja, mache ich. Ich bin ab und zu in der Türkei und treffe dort demnächst auch wieder ein paar Leute aus der Bewegung.«

»Schön, lass uns deshalb telefonieren. Vielleicht können wir etwas vereinbaren. Jetzt muss ich aber ins Bett.«

»Klar, Mann. Ich zeige dir das Gästezimmer. Wann willst du morgen los? Wir müssen alle ziemlich früh raus.«

»Weckt mich einfach, wenn ihr frühstücken wollt. Ich stehe immer früh auf und fahre morgen spätestens gegen Mittag zurück nach Köln.«

7

April 2007

Hinter der Glasfassade im ersten Stock des Konzern-Towers der WEAG, der mit stolzen einhundertsiebenundzwanzig Metern die Ruhrgebietsmetropole überragte, zeichneten sich hektische Bewegungen ab. Nadine, die von gegenüber die Szene genau im Blick hatte, vermutete Security. Sie waren offensichtlich entdeckt worden. Zwei Aktivisten, die an den Stahlsäulen des Eingangsportals hochklettern sollten, schwebten bereits ein paar Meter über dem Boden. Nur Önder stand immer noch auf Bernds Schultern und mühte sich mit den Bändern ab, die er um das Rohr gebunden hatte. In seinen Outdoor-Klamotten, mit Sonnenbrille und Kletterausrüstung, wirkte er wie der ideale Werbeträger eines Sportausstatters. Schließlich gelang es ihm doch, das Band etwas zu lockern, es nach oben zu schieben, in die daran befestigte Schlaufe zu treten und sich aufzurichten. Bei dem zweiten Band ging es wie von selbst. Er stemmte sich mit dem rechten Fuß in die Schlinge, zog sich hoch und kletterte zügig ein paar Meter die mittlere Säule hoch. Das sieht eigentlich ganz leicht aus, fand Nadine. Hendrik, den sie bei der kurzen Vorbesprechung vorhin im Park der Philharmonie das erste Mal gesehen hatte und der von den Klimaaktivisten zu ihnen gestoßen war, hing bereits unter dem stählernen Eingangsportal. Nun stürmten zwei Männer aus dem Haupteingang des Towers, den Uniformen nach zu urteilen Werkschutz. Bernd, der in einem grauen Anzug steckte, trat ein paar Schritte auf sie zu und forderte sie mit einer Handbewegung auf, Abstand zu halten. Sie hielten prompt inne und brüllten irgendetwas nach oben, das Nadine über den Platz hinweg nicht verstehen konnte. Die

Kletterer befanden sich nun alle etwa auf gleicher Höhe, knapp zwanzig Meter über dem Boden. Hendrik, der seine langen blonden Haare unter eine große schwarze Wollmütze gezwängt hatte und dem deshalb kein Helm passte, warf Önder, der rechts von ihm an der Säule hing, eine Schnur zu, die der gekonnt auffing, um das Rohr band und festzog. Nun erschienen unten zwei weitere Konzernmitarbeiter auf der Bildfläche. Sie redeten wild gestikulierend auf Bernd ein, doch der blieb ganz cool und wies bloß mit beiden Armen hilflos nach oben zu den Kletterern. Einer der WEAG-Leute telefonierte ununterbrochen. Sophie hatte mühelos die rechte Säule erklommen. Sie zerrte nun ein Transparent aus ihrem Rucksack, befestigte die Schlaufen des Stoffs an der Schnur, die ihr Önder zugeworfen hatte und die drei Säulen verband, schmiss ihm zwei Strippen des Banners zu, just in dem Moment, als vor der Hauptverwaltung ein dunkelblauer BMW hielt. Zwei Frauen stiegen aus, eine davon mit einer großen Kamera auf der Schulter. Die Kamerafrau hielt nach einer guten Position Ausschau, überquerte den Platz in Richtung Oper und filmte von dort in aller Ruhe die Szene. Nadine triumphierte und verfolgte genüsslich, wie Önder, der auch eine Transparentrolle ausgepackt und an die Schnur gehängt hatte, Hendrik zwei Bänder zuwarf und anschließend Sophies Banner entrollte, auf dem in großen Lettern zu lesen war: VORANGEHEN: ATOMSTROM ABSCHALTEN! Der Spruch war dem Logo der Westdeutschen Energie AG zum Verwechseln ähnlich, nur der Schrifttyp war fetter und die Farbe Hellgrün. Erst jetzt traf ein Streifenwagen ein. Seit Beginn der Aktion waren immerhin zehn Minuten vergangen, registrierte Nadine befriedigt. Sie nahm das Blackberry, das Holger besorgt hatte, und schoss ein paar Fotos, während Hendrik das zweite Banner mit der Aufschrift NACHHALTIG: ENERGIE AUS SONNE, WIND & WASSER spannte. Nadine mailte Holger die Fotos, die er sofort bearbeiten und auf die Kampagnenhomepage stellen würde. Wenig später antwortete er: »Danke, das ist ja wunderbar! Lieben Gruß, H.« In diesem Moment stieg einer der Polizeibeamten aus dem Wagen, lief zielstrebig auf den Haupteingang der Konzernzentrale zu und verschwand aus Nadines Blickfeld. Das war der Moment, auf den sie gewartet hatte. Sie fingerte eine bunte Trillerpfeife aus ihrem Anorak, wartete noch eine halbe Minute und ließ das vereinbarte Signal zum Abbruch ertönen. Dann ging alles ganz schnell. Die Kletterer seilten sich ab, holten die Seile ein, stopften sie eilig in ihre Rucksäcke und rannten mit Bernd Richtung Stadtmuseum. Kurz darauf bog eine Straßenbahn um die Ecke und nahm den völlig überraschten Werkschützern die Sicht. Nadine wartete bereits ungeduldig an der Haltestelle, stieg in den letzten Wagen und blockierte die Tür so lange, bis alle eingestiegen waren.

»Super habt ihr das gemacht!«, lobte sie ihre Gefährten, als die Tram endlich losgefahren war.

»Die haben ganz schön blöd aus der Wäsche geguckt, dass wir ihnen einfach so entwischt sind«, bemerkte Önder und nahm seine Sonnenbrille ab. Er freute sich diebisch.

»Ich dachte, sie würden uns hinterherrennen. Aber die wussten gar nicht, was sie machen sollten, und blieben wie angewurzelt stehen«, keuchte Sophie. Sie nahm ihr grünes Basecap ab, unter dem sie ihre schwarzen Locken verborgen hatte, und steckte es in den Rucksack. Dann redeten alle durcheinander.

»An der Haltestelle Süd müssen wir raus«, sagte Nadine, während sie Holger das verabredete Stichwort durchgab, dass alles okay war. »Sehr schön, bis später, H.«, antwortete er. Sie schmunzelte über das angehängte Smiley und zeigte Sophie die lachende Anti-Atom-Sonne auf dem Display.

»Oh, ein 8700er!«, entfuhr es Hendrik, der neugierig auf das Handy starrte. Erst jetzt bemerkte Nadine seinen niederländischen Akzent. Hendrik imponierte ihr, eigentlich ihr Typ, nur der Ziegenbart störte sie ein wenig.

»Ein was?«, fragte sie verdutzt.

»Na, das Blackberry!«

Nadine betrachtete das Gerät in ihrer Hand, als wäre es von einem anderen Stern.

»Keine Ahnung«, erwiderte sie nur. Sie hatte gar nicht richtig zugehört, sondern auf die Strecke geachtet. Als sie das Haltestellenschild Süd erkannte, rief sie: »Wir müssen hier raus!«, drängte zur hinteren Tür, schaute kurz über die Schulter, um sich zu vergewissern, dass ihr die anderen folgten. Es war ein sonniger Frühlingstag. Nadine schwitzte. Sie war viel zu warm angezogen und zog ihre schwarze Jeansjacke aus. Hendrik konnte seinen Blick nicht von ihrem engen T-Shirt lösen.

»Schick!«, bemerkte er.

»Hab ich in Berlin auf dem Flohmarkt erstanden«, erwiderte Nadine verdutzt. Sie wusste nicht, ob er die knallgelbe Grafik auf dem schwarzen Hemd mit den beiden Panzern oder ihren kleinen Busen meinte, verscheuchte den Gedanken aber gleich wieder, und sie überquerten die Straße. Dort stand der dunkelblaue Mercedes-Transporter, den sie bei einem Autoverleih gemietet hatten.

Holger wartete in Düsseldorf auf sie, draußen, vor einem überwiegend von jungen Leuten frequentierten Café in einer ehemaligen Tankstelle. Er war nicht der Einzige, der einen Laptop vor sich hatte. Er rief die Homepage des Konzerns auf und grinste. Statt des Logos des Energieriesen prangte ihr Kampagnenlogo VORANGEHEN: ATOMSTROM ABSCHALTEN! auf der Startseite. Steffen hatte es tatsächlich geschafft und sich erfolgreich in eins der am besten geschützten Unternehmensnetzwerke eingeloggt. Das war die Nachricht des Tages. »Hacker kapern Website von Atomkonzern«. *Spiegel Online* berichtete auch über die Transparentaktion und warf die Frage nach einen Zusammenhang zwischen diesen beiden Ereignissen auf. Auf YouTube war bereits ein kurzer Spot von der Aktion bei der Hauptverwaltung zu sehen, mit Verweis auf die Kampagnenwebsite. Holger kicherte fröhlich vor sich hin, fuhr den Rechner herunter und genoss die Frühlingssonne.

Erst letzte Woche hatte er wieder das untrügliche Gefühl gehabt, dass sie da waren. Um den Kampagnenauftakt nicht zu gefährden, hatte er seine Verfolger abgeschüttelt. Er hatte eine sichere Methode entwickelt, seine Schatten loszuwerden, griff aber nur äußerst ungern darauf zurück. Schließlich würde das den Argwohn der Ermittler nur steigern. Er wusste, worauf er sich einließ, und ging das Risiko ganz bewusst ein, sonst hätte er sich gleich zur Ruhe setzen können. Aber das war nicht sein Ding. Später könnte er immer noch Willys Reisebegleiter werden. Er hatte seine Absetzbewegung gut vorbereitet und war bereits drei Tage unterwegs. Er war früh morgens aus dem Haus gegangen, hatte nur seine Laptoptasche dabeigehabt und war wie jeden Morgen mit der Bahn ins Büro gefahren. Nichts sollte auf eine bevorstehende Reise hinweisen. Gegen Mittag war er zu Fuß in die City gelaufen, hatte sich unterwegs bei einem Italiener einen Espresso gegönnt und war anschließend durch die Fußgängerzone geschlendert. Unterwegs hatte er in einem Kaufhaus ein Paar Socken erstanden. In einer Shopping-Mall hatte er plötzlich seine Schritte beschleunigt und zielstrebig die Rolltreppe angesteuert. Oben angelangt, hatte er sich kurz vergewissert, dass niemand direkt hinter ihm war, und daraufhin zügig das Buchkaufhaus betreten. Der Eingang war von der Treppe aus nicht einsehbar. Er hatte ein Buch in die Hand genommen und darin herum geblättert, nur kurz aufgeschaut und erleichtert festgestellt, dass ihn niemand von draußen beobachtete. Dann hatte er das Buch wieder auf den Tisch gelegt, den Laden durchquert und war in der Kinderbuchabteilung verschwunden. Claudia, die um die Zeit dort allein arbeitete, hatte ihn bereits erwartet. Sie gab ihm mit einem Wink zu verstehen, ihr zu folgen, öffnete mit einer Chipkarte den Personaleingang und blieb selbst in der Tür stehen, um den Verkaufsraum im Blick zu behalten. Sie ließ ihn wortlos an sich vorbei und schloss hinter ihm die Tür. Niemand hatte davon Notiz genommen. Holger war die Treppe hinuntergelaufen, hatte zwei Stufen auf einmal genommen und die Tiefgarage betreten. Den Kastenwagen der Biobäckerei entdeckte er sofort.

Tim lehnte, die Arme verschränkt, lässig am Wagen. In der Bäckerkluft wirkte er wie ein x-beliebiger Lieferant, der sich eine Verschnaufpause gönnte.

»Alles klar? Du bist spät dran«, stellte er fest und tippte auf seine Armbanduhr. Er war tatsächlich fünf Minuten zu spät, ausgerechnet Holger, der nie zu spät kam und Unpünktlichkeit verabscheute.

»Dann wollen wir keine Zeit verlieren«, sagte er ungerührt. Er stieg hinten ein und setzte sich auf die Matratze. Die Fahrt zu dem kleinen, weit außerhalb der Stadt gelegenen Bahnhof, wo er in einen Regionalzug stieg, dauerte knapp vierzig Minuten und verlief ohne Zwischenfälle.

Nadine hupte, als sie Holger vor dem Café sitzen sah. Er blickte von seiner Zeitung auf und winkte. Zwei Straßen weiter fanden sie einen Parkplatz. Holger packte seine Sachen zusammen und lief ihnen entgegen. Sie kamen lachend auf ihn zu. Nadine schloss ihn als Erste in die Arme.

»Schön, dich zu sehen«, sagte sie und strahlte.

»Ich freue mich auch«, erwiderte er. Dann begrüßte er Sophie, die er ebenfalls aus dem Wendland kannte, Önder und Bernd.

»Und das ist Hendrik«, erklärte Nadine.

»Hallo, ich bin Holger«, antwortete er und reichte dem Niederländer die Hand.

»Schön, dich kennenzulernen«, erwiderte Hendrik. Er nahm seine Sonnenbrille ab, ergriff Holgers Hand und drückte zu, etwas zu stark. Holger spürte einen kurzen, stechenden Schmerz, sagte aber nichts.

»Lasst uns reingehen. Wir müssen hier nicht alle zusammen wie auf dem Präsentierteller sitzen«, schlug er vor.

»Aber hier kennt uns doch keiner«, entgegnete Bernd.

»Man weiß ja nie«, bemerkte Nadine lachend.

»Aber ich würde auch lieber draußen sitzen«, meinte Sophie.

»Na, komm schon!«, drängte Nadine und stieß Holger mit dem Ellbogen in die Seite. Er gab sich geschlagen. Schließlich wollte er ja nicht als Paranoiker dastehen.

»Meinetwegen«, brummte er. »Na und, wie ist es gelaufen?«, fragte er. Sie berichteten begeistert von der Aktion, nur Önder blieb auffallend wortkarg. »Und was meinst du?«, versuchte Holger ihn ins Gespräch einzubeziehen.

»Mann, wenn Bernd nicht gewesen wäre, hätte ich die anderen beiden nur von unten gesehen«, antwortete er zerknirscht.

»Du spinnst!«, fuhr Bernd dazwischen. »Ohne Hilfestellung wäre ich als Kind nicht mal auf den Barren gekommen, ganz zu schweigen in die Ringe.«

»Das kenne ich«, gestand Sophie.

»Aber das muss lange her sein, schließlich bist du die Säule hochgegangen, wie ein Eichhörnchen«, sagte Hendrik.

»Na, vielen Dank!«, gab sie zurück und schaute ihn dabei böse an, ohne zu verraten, ob sie es ernst meinte oder nicht.

»Du musst entschuldigen«, erwiderte Hendrik unsicher, »aber das sah sehr professionell aus, wie du dich auf der Säule bewegt hast. Ich kenne im Übrigen nur wenige, die in so einer Situation ganz ohne Hilfestellung den Einstieg schaffen.«

»Was darf ich Ihnen bringen?«, unterbrach sie der Kellner, bevor Sophie etwas erwidern konnte. Sie bestellten die Getränke, nur Holger wollte nichts.

»Ich habe eingekauft und werde später was für euch kochen. Was haltet ihr davon?«, fragte er.

»Super Idee, und was machst du heute Abend?«, wollte Nadine von Hendrik wissen.

»Ich muss zurück nach Amsterdam und esse später eine Kleinigkeit«, antwortete er.

»Schade«, bemerkte Nadine.

Was sie wohl an dem findet, fragte sich Holger, dem die Blicke, die sich Nadine und Hendrik zuwarfen, nicht entgangen waren.

Holger mochte diese braun gebrannten und durchtrainierten Typen nicht. Dieser hier kam ihm wie ein Türsteher vor. Sein Outfit war perfekt, schwarze Klamotten, schwarzes Seidentuch und auf dem Hals ein Tattoo.

»Gibt es schon Reaktionen in den Medien?«, fragte Hendrik.

»Ja, und ob!«, antwortete Holger, sah Hendrik dabei freundlich an und zog den Laptop aus der Tasche. »Ich zeige euch gleich die interessantesten Meldungen. Eins ist aber jetzt schon sicher, die Aktion ist ein überwältigender Erfolg und die Kampagne das Tagesgespräch zwischen Flensburg und München. Auf YouTube gibt's schon einen kurzen Spot von der Kletteraktion«, erzählte er, während der Rechner hochfuhr.

»Wer hat denn den gedreht? Du wolltest doch nur Fotos machen, Nadine«, fragte Bernd.

»Keine Ahnung, es war ein Fernsehteam vor Ort. Aber ich dachte, sie wären von RTL oder SAT1. Haben die sich nicht auf dem Pressehandy gemeldet?«

»Nee, aber ich gucke mal eben, ob was auf deren Seiten ist.« Holger suchte auf den Onlinemagazinen der Sender. »Nein, nichts«, stellte er fest. »Aber vielleicht hat die Redaktion der Lokalzeitung das Team losgeschickt. Wenn ich mich nicht täusche, war auf unserem Presseverteiler auch eine unabhängige Filmgruppe.«

»Nein, das waren bestimmt keine Szeneleute«, widersprach Nadine. »Die kutschieren doch nicht mit einem BMW herum.«

»Ach, das sag mal nicht. Du glaubst gar nicht, mit was für Limousinen die Leute inzwischen im Wendland aufschlagen«, gab Bernd zu bedenken.

»Stimmt, bist du nicht auch mal mit Mamas Zweitwagen bei uns aufgekreuzt?«, stichelte Nadine.

»Nee, das war der Audi von Sophies Stiefvater«, konterte Bernd.

»Hier ist das Filmchen, auf der Seite der Lokalzeitung«, sagte Holger schließlich und stellte den Rechner so auf den Tisch, dass alle ihn sehen konnten. Sie waren begeistert. »Das sieht doch sehr gekonnt aus«, lobte er die Klettercrew. »Aber das Beste kommt noch.« Alle starrten auf den Bildschirm, als Holger *Spiegel Online* aufrief. Es dauerte einen Moment, bis sie die Tragweite des Berichts begriffen.

»Das ist der Hammer!«, rief Nadine entzückt. »Damit schaffen wir es in die *Tagesschau*. Dann ist die Kampagne heute Abend in aller Munde.«

»Ja, da hat offensichtlich jemand unsere Pläne mitgeschnitten und die richtigen Leute geimpft«, meinte Holger und fixierte dabei Nadine. Sie hatte verstanden, dass er seine Kontakte raushalten und nicht als Drahtzieher dastehen wollte.

»Es war eine gute Idee, die Kampagne von vornherein so breit zur Diskussion zu stellen und so viele Leute zum Vorbereitungstreffen einzuladen«, fügte sie deshalb hinzu.

»Ich war davon ausgegangen, dass ihr die Aktion heute verdeckt vorbereitet habt«, wunderte sich Hendrik.

»Keine Sorge«, stellte Nadine klar. »Von der Transparentaktion hat außer uns hier am Tisch niemand gewusst. Aber die Kampagne haben wir natürlich mit vielen besprochen. Für heute war ursprünglich mal ein dezentraler Aktionstag im Gespräch, doch als absehbar war, dass sonst niemand mitziehen würde, haben wir die Idee aufgegeben, ohne den Termin offiziell abzusagen.«

»Verstehe«, brummte Hendrik.

Der Kellner brachte die Getränke.

»Du bewegst dich gut am Seil«, sagte Holger zu Hendrik und schaute ihn aufmerksam an.

»Danke, ich habe eine Kletterausbildung absolviert und trainiere regelmäßig.«

»Ich nehme an, das war nicht das erste Mal, dass du bei so einer Aktion dabei warst.«

»Wir haben in Holland schon ein paar Mal Banner bei Kraftwerksbetreibern angebracht.«

»Hast du schon einen Text für Indymedia geschrieben?«, fragte Nadine Holger.

»Klar«, antwortete er und rief die Homepage des Bewegungsnetzwerks auf. »Hier, die Fotos sind nebenbei bemerkt super geworden. Kompliment. Ich wusste gar nicht, welches ich nehmen sollte.«

»Die Digitalkamera macht wirklich gute Bilder. Dafür brauchst du keinen Fotokurs mehr zu machen«, wehrte Nadine lachend ab.

»Das mag sein, aber das Motiv musst du trotzdem selbst auswählen, und dafür brauchst du Talent«, erwiderte Holger.

»Frauen stellen ihr Licht gern unter den Scheffel«, meinte Sophie lakonisch.

»Ich werde euch jetzt verlassen. In einer halben Stunde geht mein Zug«, kündigte Hendrik an.

»Was, jetzt schon?« Nadine war sichtlich enttäuscht.

»Sorry, aber ich habe heute Abend ein Meeting und muss dafür noch etwas vorbereiten«, erklärte er, stand auf und umarmte jeden Einzelnen in der Runde, nur Holger gab er die Hand. »Es hat mich sehr gefreut, dich kennenzulernen«, betonte er. »See you at the barricade, next time in Heiligendamm«, fügte er lachend hinzu und zog einen Zehneuroschein aus seiner Brieftasche.

»Lass das! Du bist heute unser Gast«, sagte Holger. »Toll, dass du dabei warst.«

»Bedankt«, sagte Hendrik, nahm seinen Rucksack und machte sich von dannen. Alle sahen ihm nach. Sein federnder Gang erinnerte Holger an einen Langstreckenläufer.

»Wo habt ihr den Sportsmann denn aufgetrieben«, erkundigte er sich, als Hendrik außer Hörweite war.

»Du kannst ihn nicht leiden, stimmt's?« Nadine sah Holger skeptisch an.

»Nein«, log er. »Aber ich kenne ihn nicht und hatte keine Ahnung, dass jemand Unbekanntes heute mit von der Partie sein würde.«

»Das verstehe ich«, mischte sich Bernd ein. »Wir hätten es dir sagen sollen. Grit hat ihn angeschleppt. Du müsstest sie kennen, sie ist oft bei uns, eine auffallend große und gut aussehende Frau mit rotem Wuschelkopf.«

»Hört, hört«, ärgerte sich Sophie. »Und was tut das zur Sache?«

Bernd verdrehte die Augen. »Grit ist bei Food for Action und kocht bei der Vokü in Metzingen. Sie hat Hendrik in Genua kennengelernt und sieht ihn seitdem regelmäßig, wenn sie in Amsterdam ist. Sie kennt sich in der Szene dort sehr gut aus und hat ihn uns empfohlen.«

»Hendrik war letzte Woche beim Aktionstraining. Er ist sportlich ein As, aufmerksam und ausgesprochen hilfsbereit, was man von den meisten Männern nicht gerade behaupten kann«, fand Sophie.

»Anwesende natürlich ausgeschlossen«, gab Önder zum Besten. »Was Hendrik angeht, kann ich Sophies Wahrnehmung aber nur bestätigen.«

»Ich wollte nur sichergehen, dass ihr ihn abgecheckt habt«, meinte Holger.

»Lasst uns aufbrechen. Ich habe Hunger und bin gespannt, was Holger für uns auf den Tisch zaubert. Seine Kochkünste sollen legendär sein«, sagte Nadine und hakte sich bei Holger unter. Auf dem Weg zum Auto blieben sie etwas hinter den anderen zurück. »Es tut mir leid, dass ich dich eben so scharf angegangen bin«, entschuldigte sie sich. »Aber ich hatte tatsächlich das Gefühl, zwischen dir und Hendrik stimmte die Chemie nicht.«

»Ja, vielleicht hast du recht«, räumte er ein. »Ich höre wahrscheinlich die Flöhe husten. Ich hatte in letzter Zeit die Bullen drauf. Aber keine Sorge, heute bin ich sauber.«

»Wie kannst du dir da so sicher sein?«

»Das erkläre ich dir ein andermal.«

8

März 2011

Nur eine Dreiviertelstunde brauchte die Maschine von Istanbul bis Sinop. Die Hafenstadt lag am Schwarzen Meer, am nördlichsten Zipfel der Türkei, auf halbem Weg von Istanbul zur georgischen Grenze. Thomas Krüdewagen spürte den kalten Wind im Gesicht, als er auf der Gangway stand, seinen Blick über das Meer schweifen ließ und den salzigen Geruch einsog. Der Frühling ließ noch auf sich warten. Auf den Gipfeln des westlichen Pontus-Gebirges, das sich südlich des Küstenstreifens erstreckte und kaum höher als zweitausend Meter war, lag noch massig Schnee. Thomas schloss für einen kurzen Moment die Augen, schon stieß ihn ein Mitreisender unsanft in den Rücken. Die Fluggäste schoben sich an ihm vorbei die Gangway hinunter. Hinter dem Maschendrahtzaun, der das Flughafengelände begrenzte, warteten ein paar Neugierige und winkten, wenn sie unter den Reisenden ein vertrautes Gesicht erkannten. Der Airport war eine Hinterlassenschaft des Kalten Krieges und verfügte nur über eine einzige Start- und Landebahn sowie eine kleine Empfangs- und Abfertigungshalle. Der Flughafen hatte den US-Streitkräften als Basis für ihren Horchposten gedient, über den sie den Funkverkehr in der Sowjetunion abhörten. Thomas folgte den anderen Passagieren, die sich durch eine schmale Glastür in die Halle zwängten. Das Gepäckband hatte sich bereits in Bewegung gesetzt. Er ließ den Mitreisenden den Vortritt, bevor er seinen Rucksack vom Band nahm und als Letzter das Gebäude verließ.

»Taksi, Taksi!«, brüllten draußen die Taxifahrer und schrien sich dabei fast die Seele aus dem Leib. Thomas folgte jedoch einer eleganten Dame. Sie eilte mit ihrem Rollkoffer zu einem Minibus, hinter dessen Windschutzscheibe ein Schild mit der Aufschrift »Türk Hava Yolları Service« klemmte. Der Fahrer nahm ihr das Gepäckstück ab und verstaute es hinten im Wagen. Thomas' Frage nach dem Fahrziel beantwortete er knapp mit »Sinop«. In Ordnung, erwiderte Thomas freundlich auf Türkisch und stieg ein. Der Chauffeur warf hinter ihm die Tür ins Schloss. Dann fuhren sie los, den Hügel hinauf zur Landstraße, die in die Stadt führte. Von der Anhöhe aus hatte er einen tollen Ausblick auf den Ort, der auf dem schmalen Übergang zu einer Halbinsel lag. Er liebte das Schwarze Meer mit seinen schroffen Steilküsten und kilometerlangen Stränden. Als er in den neunziger Jahren in Istanbul gewesen war, um Türkisch zu lernen, war er an den Wochenenden oft nach Amasra gefahren, um ein paar Tage am Strand zu verbringen. Die Küstenstraße war eine einzige Baustelle und wurde gerade verbreitert. Sie kamen deshalb nur im Schritttempo voran. Der Shuttle bog nun auf die Uferstraße zum Fischereihafen ab. Dort lagen unzählige kleine Boote, aber auch ein paar hochseetaugliche Schiffe vor Anker. Jetzt ging es etwas zügiger voran, an einer antiken Befestigungsanlage vorbei zu einem weitläufigen Platz, der von einer Atatürk-Statue überragt wurde. An einer Bushaltestelle in der Nähe war Endstation.

Beim Aussteigen entdeckte Thomas ein Plakat mit der Parole »Sinop Nukleer Istemiyor!«, Nein zum AKW Sinop. Das Poster war von Greenpeace und lud zu einer Veranstaltung gegen die Atompläne der Regierung ins Nazım Kulturhaus. Vielleicht hatte Önder doch nicht übertrieben, als er ihm von den Protesten gegen die geplanten AKWs bei Mersin und Sinop erzählt hatte, dachte er. In der Türkei sei die Ablehnung der Atomtechnologie sehr weit verbreitet, hatte Önder behauptet, wegen des radioaktiven Niederschlags, der nach dem Super-Gau von Tschernobyl 1986 die Schwarzmeerküste verseucht hatte. Damals galten Haselnüsse und Tee aus türkischer Produktion als extrem belastet. Thomas freute sich, Önder in Sinop zu treffen. Dieser hatte sowieso Verwandte besuchen wollen, und so hatten sie ihre Reisepläne aufeinander abgestimmt. Um zwei Uhr waren sie in einem Teehaus am Hafen verabredet, Zeit genug, sich vorher ein wenig in der Stadt umzusehen und ins Hotel zu gehen. Es lag direkt gegenüber dem Hafen. Unterwegs blieb er vor der Atatürk-Statue stehen. Der Staatsgründer hielt einen Zylinder in der linken Hand, wies mit der rechten aufs offene Meer und blickte streng auf die wenigen Passanten herab, die achtlos an ihm vorbeieilten. Atatürks Konterfei hatte etwas von Graf Dracula. Erst mithilfe des Wörterbuchs verstand Thomas die Inschrift. Sie bedeutete soviel wie »Friede in der Heimat – Friede auf der Welt«. Wie zynisch, dachte er, vor allem gegenüber den Opfern des nationalen Größenwahns, den Griechen, Armeniern, Kurden und religiösen Minderheiten. Thomas ging weiter. Er konnte es absolut nicht nachvollziehen, warum jährlich Millionen, darunter viele Brautpaare, zu Atatürks Grab nach Ankara pilgerten.

Kurz darauf stand er bereits vor seinem Hotel, einem schmalen, vierstöckigen Bau. Die Fassade war frisch renoviert, der Eingang aus Glas, der Rahmen in schwarzem Marmor gefasst, darüber in silbernen Lettern »OTEL 57«. In der Lobby war niemand zu sehen. Hinter dem Empfangstisch das obligatorische Porträt des Vaters aller Türken, dieses Mal in einen weißen Sommeranzug gekleidet, passend zum Ambiente des Seebades. Dann erschien ein älterer, sehr freundlicher, grauhaariger Herr, der Wirt, wie sich herausstellte. Als Thomas seinen Pass vorlegte, wechselte er sogleich ins Deutsche. Er war Gastarbeiter gewesen und hatte ein paar Jahre in Stuttgart am Band gestanden bevor er das Hotel kaufen konnte, erzählte er freimütig. Thomas fragte nach den Atomplänen in Sinop.

»Wenn die Koreaner das Kraftwerk wirklich bauen, kann ich meinen Laden hier dichtmachen«, schimpfte der Hotelier. »Warum sollte dann noch irgendjemand hier Urlaub machen? Die Türkei hat schließlich noch viele andere schöne Plätze zu bieten.«

»Was haben die Koreaner mit dem Atomkraftwerk zu tun?«

»CNN hat vor ein paar Tagen berichtet, dass eine koreanische Firma wahrscheinlich den Auftrag für das AKW in Sinop bekommen wird.«

»Und wo soll das AKW genau gebaut werden?«

»Am Kap von İnceburun, keine zwanzig Kilometer von hier«, erklärte der Wirt und geriet dabei ins Schwärmen. »Das ist ein malerischer Ort und ein äußerst beliebtes Ausflugsziel mit einem alten Leuchtturm. Ganz in der Nähe gibt es heiße Quellen und Fjorde wie in Norwegen.«

»Gibt es Proteste?«, fragte Thomas.

»Die meisten Leute hier sind gegen das Kraftwerk. Zuerst waren es nur ein paar Umweltschützer. Dann wurden es immer mehr. Aber die Regierung in Ankara ist mächtig, sehr mächtig, und was von dort kommt, ist Gesetz«, erklärte der Wirt und gab ihm den Zimmerschlüssel. Thomas bedankte sich und nahm den Aufzug ins dritte Obergeschoss. Der Raum war ansprechend und hatte einen kleinen Erker mit Aussicht aufs Meer. Er stellte seinen Rucksack ab und betrat den verglasten Balkon. Dicke schwarze Wolken hingen am Horizont. Es sah nach Regen aus. Vorsichtshalber zog er seine Jacke über und hängte sich die Kameratasche um.

Als er das Hotel verließ, riss der Himmel wieder auf und die Sonnenstrahlen glitzerten auf der Wasseroberfläche. Die Uferpromenade war fast menschenleer. Ein paar Kellner warteten vor den Restaurants auf Gäste. Bei gutem Wetter würden sie am Wochenende vielleicht mehr Glück haben. Die Fischerboote lagen, wie an einer Perlenschnur aufgereiht, verlassen am Kai. Ein alter Mann flickte sein Netz. Ganz in der Nähe entdeckte Thomas den Teegarten, in dem er mit Önder verabredet war. Die meisten Männer saßen drinnen in einem Pavillon und spielten Tavla, die türkische Variante von Backgammon. Draußen saßen ein paar Frauen und unterhielten sich. Wenig später erreichte Thomas die Hauptgeschäftsstraße. Hier herrschte das totale Verkehrschaos.

Zwei Polizisten standen mitten auf der Straße und versuchten, mit wütenden Gesten und Pfeifen Herr der Lage zu werden. Auf dem engen Gehweg drängten sich zwischen Verkaufsschildern und Auslagen die Passanten. Ein paar Hundert Meter weiter war von dem Trubel nichts mehr zu spüren. Vor einer alten Festung gab es einen Container mit einer Kasse, vor der zwei Uniformierte standen. Schulkinder warteten auf Einlass. »Sinop Kapalı Cezaevi« stand auf dem Schild über dem Eingangsportal. Ein Gefängnis als Museum? Thomas ging kopfschüttelnd weiter. Dann sah er auf die Uhr und kehrte um. Er musste sich beeilen, wenn er rechtzeitig zu seiner Verabredung kommen wollte.

Önder alberte mit einer jungen Frau herum, als er den Teegarten betrat. Sie war bildhübsch und erinnerte ihn an eine Filmschauspielerin, deren Name ihm aber partout nicht einfiel.

»Hallo!«, rief er vergnügt. »Ich freue mich, dich zu sehen!« Önder sprang auf, lief um den Tisch herum und umarmte ihn wie einen alten Freund.

»Ich freue mich auch«, entgegnete Thomas.

»Das ist Aydan. Sie ist eine entfernte Verwandte«, stellte Önder die Frau vor.

»Merhaba«, begrüßte Thomas sie und reichte ihr erfreut die Hand.

»Hoş geldiniz«, hieß sie ihn förmlich willkommen, ohne ihn dabei anzusehen.

Thomas war enttäuscht. »Hoş bulduk!« vollendete er die türkische Begrüßungsformel, legte seine rechte Hand auf die Brust und verneigte sich höflich.

Önder staunte. »Mann, wo hast du das denn gelernt?«

»Was meinst du?«, fragte Thomas.

»Na, Türkisch.«

»Ach das. Das habe ich an der Uni und in Istanbul gelernt, zusammen mit Holger.«

»Sprach der etwa auch Türkisch?«

»Ja, aber im Gegensatz zu mir war Holger ausgesprochen sprachbegabt. Er plapperte einfach drauflos, während ich mich mit den einfachsten Vokabeln herumplage.«

»Da bist du in guter Gesellschaft. Viele Gastarbeiter sprechen nach vierzig Jahren nur radebrechend Deutsch, wegen der eklatanten Unterschiede in der Grammatik. Außerdem gibt es ja praktisch keine Eselsbrücken.«

»Stimmt, so habe ich das noch nie gesehen. Die einzigen Begriffe, die ich mir am Anfang gut merken konnte, kommen aus dem Französischen, Asansör, Kuaför, Tuvalet, Pantalon und so weiter.«

Önder und Aydan lachten.

»Was gibt's denn da zu lachen?«, erkundigte sich Thomas.

»Ach nichts. Aydan möchte unsere Unterhaltung gern auf Türkisch fortsetzen.«

»Um Gottes willen! Meine Sprachkenntnisse reichen gerade mal aus, um einen Rakı zu bestellen«, beteuerte Thomas, der seinen Blick gar nicht von Aydan abwenden konnte. Sie trug eine rote Lederjacke, hautenge schwarze Jeans, die in hohen, schwarzen Stiefeln steckten. Die langen schwarzen Haare fielen ihr immer wieder ins Gesicht. Jetzt fiel es ihm wieder ein. Aydan erinnerte ihn an die Schauspielerin Sibel Kekilli aus *Gegen die Wand*.

»Ist sie nicht schön, schön wie der Mond?«, fragte Önder schmunzelnd. Aydan strahlte.

Thomas fühlte sich ertappt und wusste nicht, was er sagen sollte. »Was hat sie mit dem Mond zu schaffen?«, fragte er verwirrt.

Önder und Aydan kriegten sich vor Lachen kaum wieder ein.

»Du weißt doch, unsere Vornamen sind ein beliebtes Gesprächsthema. Aydan bedeutet soviel wie glanzvoll oder eben schön wie der Mond.«

»Okay.«

»Sag mal, möchtest du einen Tee?«, fragte Önder.

»Ja, gern!«

»Sen de çay istiyor musun?« Önder fragte Aydan, ob sie auch einen Tee mochte.

»Ja«, antwortete sie auf Deutsch, ohne von ihrem Smartphone aufzublicken, mit dem sie die ganze Zeit beschäftigt war.

»Oh, die Dame spricht Deutsch?«, versuchte Thomas sie aus der Reserve zu locken. Sie sah belustigt auf.

»Nein, nur ein wenig«, versicherte sie.

»Lebst du hier in der Stadt?«

»Ja, ich studiere hier und wohne im Studentenheim. Meine Familie lebt in Samsun«, erklärte sie.

»Und was studierst du?«

»Ökonomie.«

»Seit wann bist du eigentlich unterwegs?«, mischte sich Önder ein.

»Ich bin gestern Nachmittag in Istanbul angekommen, auf Sabia Gökçen. Von dem neuen Flughafen auf der asiatischen Seite braucht man ja ewig, bis man mal in Beyoğlu ist. Abends habe ich mir am Bosporus einen Rakı genehmigt und bin anschließend todmüde ins Bett gefallen. Heute Mittag bin ich dann hierhergeflogen. Und da bin ich.«

»Und was hast du jetzt vor?«, fragte Önder.

»Ich würde mich gern ein wenig hier umsehen, einen Ausflug zum Standort des AKW in İnceburun machen und nach Möglichkeit einige Interviews führen.«

»Das trifft sich gut. Aydan steht in Kontakt mit ein paar Aktivisten und versucht sie gerade zu erreichen. Du weißt ja, wie die Leute hier sind. Langfristige Verabredungen kannst du vergessen. Wenn du Glück hast, sind sie da, wenn nicht, Pech gehabt.« Aydan verdrehte die Augen. Sie schien doch einiges mitzubekommen und flüsterte Önder etwas ins Ohr.

»Okay, wir treffen uns heute Abend mit ein paar Leuten im Nazım Kulturhaus und gehen anschließend mit ihnen zum Essen. Was hältst du davon?«

»Abgemacht, aber lasst uns trotzdem jetzt schon eine Kleinigkeit essen. Mir knurrt der Magen. Was meint ihr?«

»Tamam«, sagte Aydan zustimmend und lächelte ihn das erste Mal an.

»Nebenan gibt es ein sehr gutes Restaurant. Die haben bestimmt ein paar leckere Vorspeisen«, sagte Önder.

»Super!« Im Lokal waren sie die einzigen Gäste. Sie bestellten gemeinsam eine Vorspeisenplatte.

»Sag mal, ich bin vorhin an einem Knast vorbeigekommen. Da scheint heute ein Museum zu sein.«

»Ach, du meinst wahrscheinlich die alte Festung an der Ausfallstraße. Sinop Kapalı Cezaevi.«

»Ja, genau.«

»Der Knast zählte zu den berüchtigtsten Gefängnissen der Türkei. Viele bekannte politische Gefangene haben hier gesessen, darunter prominente Schriftsteller wie Nazım Hikmet und Sabahattin Ali. Heute werden da drin Fernsehserien gedreht.«

»Das ist ja pervers!«, echauffierte sich Thomas.

»Ja, besonders absurd ist, dass der Museumsführer ein ehemaliger Wärter ist. So wird die Geschichte des Gefängnisses nur aus der staatlichen Perspektive dargestellt. Dabei könnte man eigentlich auch einen Erinnerungsort daraus machen und die Militärherrschaft aufarbeiten. Aber die Gesellschaft ist noch nicht so weit. Die Festung stammt aus dem elften Jahrhundert, wurde schon in osmanischer Zeit als Gefängnis genutzt und 1997 geschlossen. Die meisten Häftlinge wurden in Hochsicherheitstrakte verlegt, die sogenannten Typ-F-Gefängnisse. Die Gefangenen haben sich mit Hungerstreiks gegen die Verlegung gewehrt. Weit über hundert Gefangene starben. Aber lass uns das Thema wechseln, sonst kriege ich Depressionen. Wie lange bleibst du eigentlich?«

»Zwei Tage. Ich fliege übermorgen nach Istanbul von dort direkt zurück nach Hause.«

Der Kellner brachte die Vorspeisenplatte. Thomas lief das Wasser im Mund zusammen. »Das sieht sehr gut aus«, freute er sich. Aydan reichte den beiden einen Teller und tat ihnen nach und nach etwas auf, Auberginenpaste, Spinatcreme, Bulgursalat, gefüllte Weinblätter, Tsatsiki, rote Bohnen, Zucchinibratlinge und Salat. Alle aßen mit Appetit.

»Mein Wirt sagt, dass die Südkoreaner das AKW hier bauen werden. Sind die Deutschen bei dem Milliardengeschäft eigentlich außen vor?«, fragte Thomas.

»Im Moment sieht es so aus«, antwortete Önder. »Aber der größte deutsche Elektrokonzern kooperiert mit den Russen, die das zweite AKW in Akkuyu bauen. Neben den Südkoreanern scheinen auch die Japaner ein Angebot für Sinop eingereicht zu haben. Welche Rolle die mächtigen Franzosen hinter den Kulissen spielen, ist völlig unklar. Es ist nicht anzunehmen, dass sie völlig aus dem Rennen sind.«

»Ich habe gelesen, dass deutsche Energiekonzerne im Moment sehr massiv in den türkischen Markt drängen.«

»Ja, das stimmt. Die Regierung will den gesamten staatlichen Energiesektor privatisieren. Die Westdeutsche Energie AG hat deshalb vor drei Jahren hier bereits eine hundertprozentige Tochter gegründet. In einem Joint Venture mit einem türkischen Partner baut die WEAG ein Gas- und Dampfkraftwerk. Finanziert wird das Megaprojekt von deutschen Landesbanken.«

»Soll das heißen, deutsche Konzerne bringen Geld mit, um hier tätig zu werden?«

Önder lachte. »Wenn du denkst, die kommen mit einem Koffer voller Geld, ist das eine ziemlich antiquierte Vorstellung. Es ist eine Investition, an der viele beteiligt sind: der Bauherr, das deutsch-türkische Joint Venture, die Lieferanten, überwiegend ausländische Kraftwerksbauer, die Banken und Kreditversicherer. Alle kassieren ein schönes Sümmchen. Die Zeche zahlt natürlich der Endverbraucher. Die WEAG ist außerdem am Aufbau der türkischen Strombörse beteiligt. Wenn das Vorhaben realisiert wird, sitzen sie hier in der absoluten Pole-Position und kontrollieren den Markt über den Preis. Die WEAG engagiert sich auch beim Nabucco-Pipeline-Projekt. Diese Erdgasleitung wird von der Türkei bis nach Österreich führen und Russland und die Ukraine umgehen. Es gilt deshalb als eines der wichtigsten Energieprojekte der EU überhaupt. Mit dabei ist ein alter Bekannter von dir.«

»Ich weiß, Joschka Fischer ist heute Lobbyist für das Projekt. Und sein ehemaliger Chef, Gerhard Schröder, arbeitet für die Konkurrenz.«

»Der ehemalige russische Staatskonzern baut aber nicht nur die Gas-Pipeline durch die Ostsee nach Greifswald, sondern ist auch treibende Kraft bei einem zweiten Großprojekt, einer Gas-Pipeline von Mittelasien über die Türkei und Bulgarien nach Westeuropa.«

»Gibt es noch andere deutsche Energiekonzerne auf dem türkischen Markt?«

»Ja der schwäbische Energieriese ENBW ist vor zwei Jahren mit einer türkischen Holding ins Geschäft gekommen und investiert in gigantische Windkraftparks.«

»Das heißt, die Atompläne sind nur ein Teil des heiß umkämpften Marktes?«

»Ja. Hinter den Kulissen wird wahrscheinlich mit harten Bandagen um Macht und Einfluss gekämpft. Bisher gibt es hier ja keine Atomkraftwerke. Die Hälfte des Stroms wird mit importiertem Erdgas aus Russland produziert, ein Drittel mit Kohle, der Rest mit Wasserkraft und erneuerbaren Energien. Wenn es nach Erdoğan geht, kommen in zehn Jahren zwanzig Prozent des Stroms aus Atommeilern.«

»Und wie steht es um die Protestbewegung?«

»Als die Regierung 2005 ihre Atompläne erstmals präsentierte, herrschte helle Aufregung. An den bisher bekannten Standorten Sinop und Akkuyu gingen Tausende auf die Straße. Am Schwarzen Meer ebbte die Bewegung jedoch wieder ab. Denn die Regierung konzentrierte sich auf den Standort am Mittelmeer. Hier in Sinop sind im Moment nur wenige Leute aktiv, aber du wirst die Szene ja heute Abend kennenlernen.«

»Ist das eine Veranstaltung von Greenpeace? Ich habe in der Stadt Plakate gesehen.«

Önder fragte Aydan, die gerade ein längeres Telefongespräch beendete.

»Da wird heute ein Film gezeigt, *Uranium is it a Country?*, anschließend gibt es einen Bericht über den Uranabbau in Kasachstan.«

»Spannend.«

»Die Türkei hat im Kaukasus ja enorme politische und ökonomische Interessen. Aber auf dem Gebiet bin ich absolut kein Experte.«

»Ich auch nicht. Was meinst du, sollen wir den Rest des Tages nutzen und nach İnceburun fahren? Wie kommen wir da hin?«

»Aydan hat ein Auto. Ich frage sie mal. Vielleicht hat sie Lust mitzukommen.« Önder übersetzte. »Morgen könnten wir gemeinsam fahren. Sie leiht uns aber auch gern ihr Auto.«

»Was meinst du?«

»Das ist jetzt vielleicht etwas knapp. Morgen müssen wir unbedingt zur Atombehörde. Da gibt es eine Ausstellung und vielleicht auch jemanden, der dir ein paar Fragen beantwortet. Übermorgen bist du ja schon wieder weg. Ich fliege übrigens mit nach Istanbul, treffe ein paar Freunde und habe dort eine Verabredung mit Greenpeace. Sie spielen ja eine wichtige Rolle in der Szene.«

Aydan verabschiedete sich mit Küsschen.

»Sie muss zu einer Vorlesung in die Uni und kommt später nach«, erklärte Önder.

Anschließend gingen sie ins Nazım Kulturhaus, das sich unweit der Hauptstraße im dritten Stock eines Geschäftshauses befand. Dazu gehörte ein Versammlungsraum, der etwa fünfzig Personen Platz bot, eine Teeküche, ein kleines Archiv, voll gestopft mit Büchern und Zeitschriften, und ein Büro. In allen Räumen hingen Ankündigungen für Filme, Lesungen, Theatervorstellungen und

Informationsveranstaltungen und jede Menge Fotos von Demos gegen das AKW und vom 1. Mai. Sie waren offensichtlich die ersten Gäste. Nichts wies darauf hin, dass am Abend eine Filmveranstaltung geplant war. Zwei ältere Männer, die an einem der Tische im Versammlungsraum Tee tranken und würfelten, wirkten, als gehörten sie zum Inventar. Önder begrüßte sie wie alte Bekannte und stellte Thomas als befreundeten Kölner Journalisten vor. Eine junge Frau, die sich in der Teeküche zu schaffen machte, führte sie ins Büro von Ertuğrul, dem Vereinsvorsitzenden. Die junge Frau hieß Ayşe und ließ die drei Männer allein. Ertuğrul residierte hinter einem großen schwarzen Schreibtisch, vor dem zwei Sessel aus abgewetztem Kunstleder standen. Ertuğrul erkundigte sich, was Thomas nach Sinop verschlagen habe, schien sich aber nicht weiter dafür zu interessieren. Er führte ein langes Gespräch mit Önder, von dem Thomas nur Bruchstücke mitbekam. Es ging um gemeinsame Freunde in Istanbul und Ankara, hörte er heraus. Er gab es aber bald auf, etwas zu verstehen, und wartete geduldig, bis die beiden ihren Dialog beendet hatten und der Vorsitzende mit ihnen einen Rundgang durch die Etage machte. Der Versammlungsraum hatte sich inzwischen etwas gefüllt. Thomas musste viele Hände schütteln, ohne dass er mit jemandem ins Gespräch kam. Niemand schien Englisch zu sprechen. Und sein Türkisch reichte nur für das Nötigste, stellte er mal wieder schmerzlich fest. Lieber machte er sich etwas nützlich und half Ayşe, Stühle und Tische für die Vorstellung zu rücken. Sie sprach sehr gut Englisch, und so erfuhr er, dass sie von Anfang an im lokalen Anti-Atomforum mitarbeitete, ihre Eltern eine kleine Pension am Hafen betrieben und sie in der Saison dort aushalf. Sonst arbeitete sie in einem Telefonladen, hatte gerade erfolgreich ihr Examen als Lehrerin abgelegt und war nicht verheiratet. Ihr Freund war Archäologe und in Ankara an einem Museum. Sie wollte natürlich auch wissen, was Thomas hier machte und wie es um die Antiatom-Bewegung in Deutschland stand. Sie wirkte sehr gut informiert und schien enttäuscht, dass er ihr nichts Neues erzählen konnte. Dann bauten sie gemeinsam den Beamer auf, schlossen ihn an einen Laptop an, hefteten ein weißes Tuch an eine Wand und machten einen Probelauf mit der DVD. Nach einigem Zögern sagte sie schließlich zu, ihm am nächsten Tag für ein Interview zur Verfügung zu stehen. Zur staatlichen Atombehörde wollte sie gern mitkommen.

Der Film über den Uranabbau war auf Englisch und ohne Untertitel. Thomas erstaunte es aber nicht, dass dem Film trotzdem alle folgen konnten. Denn es war ein sehr anschauliches Werk über die katastrophalen Folgen des Uranabbaus. Ein Aktivist der Plattform berichtete anschließend über seine Reise durch Kasachstan. Önder setzte sich neben Thomas, damit er ihm die wichtigsten Fakten übersetzen konnte. Das Land sei hinter Australien weltweit der zweitgrößte Lieferant des begehrten gelben Uranpulvers. Yellowcake wird im Tagebau gewonnen. Um Uran zu lösen, wird jede Menge Schwefelsäure in den Untergrund gepresst. Nach einigen Monaten wird der Schlamm abgesaugt und zu Pulver verarbeitet. Die Urankonzentration im Erz liegt unter einem Prozent, das heißt neunundneunzig Prozent des abgebauten Gesteins sind Abraum. Der radioaktiv und chemisch verseuchte Staub gelangt genauso ungehindert in die Umwelt wie die Abwässer, die beim Uranabbau anfallen. Untersuchungen über die langfristigen Folgen gibt es nicht. Manche Teile des Landes sind wegen der Atomtests, die dort während des Kalten Krieges durchgeführt wurden, bereits stark radioaktiv verseucht. Profiteure des Uranabbaus sind internationale Konzerne, darunter Russen, Japaner und Franzosen, und natürlich die postsowjetische Oberschicht Kasachstans. In der DDR seien Tausende, die im Uranabbau gearbeitet haben, an Lungenkrebs gestorben, erzählte Thomas bei der anschließenden Diskussion.

Mitten in die Diskussion hinein platzte Aydan mit der Nachricht von einem Attentat auf den Leiter der staatlichen Atombehörde, mehr sei noch nicht bekannt. Thomas verstand die Bestürzung zunächst nicht, die er im Raum verspürte, bis Ayşe ihn später im Restaurant aufklärte.

»Das ist der dritte Atommanager, der innerhalb von zweieinhalb Jahren getötet wurde«, sagte sie.

»Das ist ja wie im Iran«, meinte er.

Önder widersprach entschieden. »Das kann man nicht vergleichen. Die iranische Regierung macht Agenten Israels und der USA für die Mordanschläge verantwortlich. Hier sucht die Polizei die Attentäter unter heimischen AKW-Gegnern.«

»Das ist doch absurd!«

»Klar.«

»Das glaubt hier auch niemand. Trotzdem hat die Polizei vor zwei Jahren Büros von Umweltschützern in Istanbul, Ankara und Mersin durchsucht. Auch bei uns haben sie alles auf den Kopf gestellt«, berichtete Ayşe.

»Was heißt *bei uns*?«, fragte Thomas.

»Hier im Kulturhaus, bei Ertuğrul und einem zweiten Vorstandsmitglied der Plattform gegen das AKW.«

»Davon habt ihr nie etwas erzählt«, beschwerte sich Önder.

»Ich hatte es verdrängt«, meinte Aydan.

Bei CNN-Turk war das Attentat die Topmeldung. Die Gespräche am Tisch verstummten. Alle scharten sich um den Bildschirm. Der Nachrichtensender zeigte eine Karte mit dem markierten Tatort auf der Küstenstraße zwischen Sinop und Gerze, außerdem erste Bilder. Hinter einer Polizeiabsperrung war das ausgebrannte Wrack eines PKW im Straßengraben zu erkennen. Der Direktor und sein Fahrer waren tot. Die Polizei vermutete einen Terrorakt. Die Untersuchung lief auf Hochtouren. Zeugen wurden gebeten, sich bei der Präfektur oder bei der örtlichen Polizei zu melden.

Am Tisch schossen wilde Spekulationen ins Kraut. Einer vermutete Geheimdienste am Werk, ein anderer die Mafia und einer sogar Reste der bewaffneten Volksbefreiungsfront THKPC. So viel Türkisch verstand Thomas.

»Blanker Unsinn!«, raunte Önder ihm zu. »Ökologie ist für die THKPC ein Fremdwort. Das sind traditionelle Marxisten-Leninisten, und wenn du mich fragst, Spinner.«

»Welche Rolle spielt die Atombehörde überhaupt bei den Bauprojekten?«, wollte Thomas wissen.

»Gute Frage«, bemerkte Önder und warf sie gleich in die Runde. Wieder redeten alle gleichzeitig, bis sich Ertuğrul Gehör verschaffte. Önder übersetzte.

»Die Nationale Atomenergiekommission gibt es seit den fünfziger Jahren. Sie untersteht dem Energieministerium, sitzt in Ankara und unterhält Zweigstellen an den geplanten Standorten, auch in Sinop. Die Behörde erteilt die Lizenzen für die Kraftwerke und führt die Aufsicht, von der Planung über den Bau bis hin zum Betrieb der Reaktoren. 1976 genehmigte sie bereits den Bau eines AKW in Akkuyu. Die Pläne scheiterten jedoch am Geld, dem Widerstand der Bevölkerung sowie am Desinteresse der Politiker nach Tschernobyl. Neben der Atomkommission spielt die türkische Elektrizitätsgesellschaft eine wichtige Rolle. Sie sitzt als Hauptabnehmerin des Stroms mit am Tisch, wenn mit internationalen Konzernen um Aufträge verhandelt wird. Entscheidend ist dabei letztlich das Votum des Ministers. Bei der Vergabe der Lizenzen für den Bau der AKW soll es zu erheblichen Unregelmäßigkeiten gekommen sein.«

»Heißt das, es gibt Bestechungsvorwürfe?«, fragte Thomas nach.

»Ja, davon war wiederholt die Rede. Schließlich geht es bei den Projekten um Milliarden. Die Atombehörde ist federführend beim Poker um Standorte, Auftragsvergabe, Gutachten, Projektplanung und so weiter. Hier läuft praktisch nichts ohne Bakschisch«, ergänzte Ertuğrul.

Thomas grinste. »Das kann ich mir vorstellen. Deutschlands führender Elektrokonzern geriet vor ein paar Jahren in Verdacht, in Griechenland in großem Stil Geschenke verteilt zu haben, um Millionenaufträge zu bekommen. Diese Art der Akquise ist nicht nur in der Türkei gang und gäbe.«

»Bei uns hält doch jeder die Hand auf, um sich einen Vorteil zu verschaffen«, bekräftigte Ayşe. »Um im Atomgeschäft Einfluss nehmen zu können, sind die wichtigsten Empfänger für Geschenke der Minister, hohe Beamte im Ministerium, in der Atomkommission und die Chefs der privatisierten Elektrizitätsgesellschaft.« Alle redeten wieder durcheinander.

»Wer waren denn die ersten beiden Anschlagsopfer?«, fragte Thomas.

»Ein Manager der Elektrizitätsgesellschaft und ein Abteilungsleiter im Energieministerium«, antwortete Aydan.

»Und wie wäre es, wenn ihr an die Presse geht, bevor die Sicherheitsbehörden euch wieder mit dem Anschlag in Verbindung bringen? Ihr könntet ja die Frage aufwerfen, ob die Anschlagsopfer bestechlich waren. Angriff ist schließlich die beste Verteidigung«, erklärte Thomas nach einer Weile.

»So läuft das hier nicht«, entgegnete Önder. »Die Medien interessieren sich nicht für Hintergründe und Zusammenhänge, sondern für spektakuläre News und Aufsehen erregende Bilder, die sie gut vermarkten können.«

»Das ist in Deutschland auch nicht anders. Doch diese mysteriösen Anschläge bieten Raum für wilde Spekulationen. Das ist der Stoff, aus dem News gemacht werden«, widersprach Thomas.

»Unser deutscher Freund hat vollkommen recht«, meinte Aydan. »Die Idee, der Polizei zuvorzukommen und selbst ein Kommuniqué zu verbreiten, bringt die Gegenseite doch in Zugzwang. Ich habe auch schon einen Vorschlag für eine Schlagzeile: War der getötete Direktor der Atomkommission gekauft? Wer ist das nächste Opfer?« Aydan hatte die Lacher auf ihrer Seite, und Önder bestellte einen weiteren Tee. Anschließen zogen sie in eine Bar. Der Abend wurde noch lang, die Nacht kurz.

Es war noch stockdunkel, als der Ruf des Muezzins an Thomas' Ohr drang. Minuten später war er hellwach und konnte bereits mehrere Gebetsrufer unterscheiden. Der Chor schwoll zu einem Dröhnen an, das nur von hupenden Autos unterbrochen wurde. Sein Kopf schmerzte, vom Rakı und von einem beißenden Geruch. Der Gestank nahm ihm die Luft zum Atmen. Er konnte sich nicht erinnern, wie er ins Hotel gekommen war, und quälte sich aus dem Bett, um die Tür zum Balkon zu schließen. Aus einem Schornstein gegenüber quoll schwarzer Rauch, der sich mit dem Wind vom Meer in seinem Zimmer ausbreitete. Er fühlte sich um den Schlaf betrogen.

Als er um halb neun zum Frühstück ging, saßen Önder und Aydan bereits in der Lobby und diskutierten lautstark über irgendetwas. Auch der Wirt beteiligte sich an dem Gespräch.

»Worüber streitet ihr schon am frühen Morgen?«, fragte Thomas.

»Mann, du kennst das doch. Wir Türken stehen auf Verschwörungstheorien und streiten über die Atommafia. Wie siehst du überhaupt aus?«

»Ich habe kein Auge zugemacht und bin seit Stunden wach. Du weißt schon, der Muezzin.«

»Du Ärmster, aber das ist wie mit dem Gebimmel der Kirchen, irgendwann gewöhnst du dich daran.«

»Habt ihr schon gefrühstückt?«

»Nein, wir haben auf dich gewartet.«

»Das ist nett.«

»Möchten Sie Tee oder Kaffee?«, fragte der Wirt auf Deutsch. Aydan und Thomas bestellten Tee, Önder Kaffee. Eine ältere Dame brachte Brot, Honig, geschnittene Gurken, Tomaten und weißen Käse, der Wirt die Getränke.

»Gibt es etwas Neues zum Attentat?«, fragte Thomas während des Frühstücks.

»Nein, das Fernsehen bringt immer dieselben Bilder. Aber es ist nach wie vor eine Topmeldung.«

»Die Plattform trifft sich gleich, um ein Statement abzusprechen«, erläuterte Önder. »Ayşe schreibt einen Entwurf und begleitet uns deshalb nicht zur Atomkommission. Wir treffen sie nachher im Kulturhaus und fahren dann gemeinsam nach Inceburun raus. Was hältst du davon?«

»Schön. Gibt es eigentlich Informationen über die Karrieren der Anschlagsopfer?«

»Nein, aber wir können Erturul und Ayşe nachher danach fragen. Vielleicht wissen sie ja mehr. Aber noch was anderes, mir ist heute Nacht etwas eingefallen, was Holger betrifft. Er besaß irgendwelche Papiere, brisantes Zeug.«

»Was für Papiere?«

»Irgendwelche Dokumente. Ich glaube, sie waren geklaut.«

»Und weiter?«

»Mehr weiß ich nicht, nur dass Holger so etwas mal angedeutet hat.«

»Wem gegenüber?«

»Nadine.«

»Und in welchem Zusammenhang?«

»Keine Ahnung. Holger wollte die Bombe irgendwann platzen lassen.«

Typisch Holger, dachte Thomas. Er war genervt, von Holger, von Nadine und von Önder, dem er alles aus der Nase ziehen musste. »Ist dir klar, was das bedeutet?«, fragte er vorwurfsvoll.

»Was meinst du?«

»Vielleicht hat das etwas mit seinem Tod zu tun. Warum habt ihr mir das nicht neulich im Wendland erzählt?«

»Ich verstehe ja, dass du sauer bist, aber ich habe damit nichts zu tun. Ich hatte keine Ahnung.«

»Und Nadine, warum hat sie nichts gesagt?«

»Sie war sich nicht sicher, ob sie darüber reden kann.«

»Menschenskind! Wir wollten doch mit offenen Karten spielen.«

»Nadine hat es mir auch erst vor ein paar Tagen anvertraut. Ich sollte es dir stecken.«

»Okay. Und hat sie sonst noch etwas gesagt?«

»Sie weiß auch nicht mehr. Am besten, du sprichst mit Erika.«

Ihm gefiel der Gedanke zwar gar nicht, aber er müsste auch mit Willy reden, dachte Thomas plötzlich.

Aydan drängte zum Aufbruch. Bis zur Atombehörde am Hafen war es nur ein Katzensprung. Das Quartier der Kommission war vermutlich aus osmanischer Zeit und bei Weitem das repräsentativste Gebäude weit und breit. Das Eingangsportal im Hochparterre war über eine Marmortreppe zu erreichen und wurde von zwei Säulen mit Kuppeln gesäumt. Rechts und links des Eingangs hingen zwei Banner schlaff im Wind, links die Fahne der Internationalen Atomenergiekommission, rechts die der Republik. Doch das Gebäude war geschlossen, wegen eines Todesfalls, lautete die knappe Information, die an der Eingangstür heftete.

»Kommt, ich zeig euch was!« Sie folgten Aydan in die Gasse, die links am Gebäude vorbei zum Meer führte. Dort gerieten sie ins Blickfeld einer Überwachungskamera. Am Ende des Gebäudes blieb sie stehen und zeigte auf die Schautafeln im Wintergarten. Die Ausstellung, von der Önder erzählt hatte, beschäftigte sich mit dem Thema Erdbeben und Atomkraftwerke.

»Die Bedrohung durch Erdbeben ist natürlich sehr groß und die Leute lassen sich deshalb nicht so leicht etwas vormachen«, meinte Önder.

»Ich weiß, wovon du redest. 1999 bin ich dem schweren Erdbeben in Düzce selbst nur knapp entkommen«, erzählte Thomas.

Hier hatten sie genug gesehen. Sie machten sich direkt auf den Weg nach İnceburun. Unterwegs gabelten sie Ayşe auf. Sie hatten das Kommuniqué abgeschickt und warteten gespannt auf Reaktionen, erzählte sie.

»Hast du eigentlich noch mehr Familie hier in der Gegend?«, fragte Thomas Önder.

»Meine Großmutter lebt in der Nähe von Samsun. Die meisten Verwandten sind in den letzten Jahren in die Westtürkei gezogen. Hier am Schwarzen Meer herrscht hohe Arbeitslosigkeit und mit der Fischereiindustrie geht es bergab. In den letzten Jahren haben mehrere große Fischfabriken dichtgemacht. Der Fang und die Verarbeitung von Sardinen ist hier trotzdem immer noch der wichtigste Wirtschaftszweig, neben dem Tourismus natürlich. Das ist die Kehrseite des sagenhaften Wirtschaftsbooms in der Türkei.«

»Und das da ist vermutlich die Schokoladenseite von Sinop«, meinte Thomas und deutete auf den kilometerlangen gelben Sandstrand vor ihnen.

»Diese Gegend ist zu Recht ein beliebtes Reiseziel für türkische Touristen. Wenn das AKW gebaut wird, ist damit auch Schluss.«

»Sag mal, müssen wir hier nicht abbiegen?« Thomas wunderte sich, dass Aydan an der Abzweigung nach İnceburun geradeaus weiterfuhr.

»Keine Sorge, wir machen nur einen kleinen Abstecher«, meinte Önder. Der Weg wurde jetzt schmaler. Die Küste war hügelig und bewaldet. Von einer Anhöhe hatten sie einen atemberaubenden Blick aufs Meer. Aydan fuhr rechts ran, und sie stiegen aus.

»Ist das nicht wunderbar? Das sind die Fjorde von Hamsilos«, erklärte Önder. »Die meisten Boote, die du da unten in der Bucht liegen siehst, gehören Fischern aus der Gegend. Einige von ihnen sind immer bei den Anti-Atom-Demos, sagt Ayşe. Sie wissen genau, dass sie ihre Einkommensquelle verlieren, wenn sie sich jetzt nicht wehren.«

»Wie die Bauern im Wendland.«

»Der Unterschied ist nur, dass die kleinen Fischer hier von Agrarsubventionen und Stilllegungsprämien nur träumen können«, erwiderte er. »Und eine Grundsicherung gibt es in der Türkei auch nicht.«

»Kommt, steigt ein. Wir fahren weiter«, rief Ayşe. Eine halbe Stunde später sahen sie den schneeweißen Leuchtturm am Kap İnceburun. Sie stellten das Auto ab und gingen zum Turm. Von dort konnten sie die gesamte Bucht bis nach Sinop überblicken.

»Das AKW soll ein paar Kilometer weiter südwestlich von hier gebaut werden«, erklärte Ayşe. »Am besten, wir fahren dahin. Wir könnten von hier aus auch dem Fußweg über die Klippen folgen, aber das ist ein bisschen weit.«

»Okay, dann lasst uns fahren«, meinte Önder. Die Straße führte wieder über die Hügel zurück Richtung Sinop. Nach ein paar Kilometern bogen sie Richtung Westen ab. Die Landschaft wurde jetzt flacher.

»Seht ihr da drüben den See?«, fragte Ayşe. »Der Sarikum-See ist Teil eines großen Naturschutzgebietes. Hier nisten um diese Jahreszeit Hunderttausende von Seevögeln, und in den Wäldern rings herum leben Hirsche und sogar Wildpferde«, erzählte Ayşe. Nach einer Weile bog Aydan auf eine Sandpiste ab, die sie wieder Richtung Meer führte.

»Hier ist es«, sagte Aydan. Sie stiegen aus. Außer einem verfallenen Holzschuppen und einer wilden Müllkippe gab es nichts, keinen Hinweis auf das geplante AKW. Etwas weiter vorn fiel das Gelände leicht ab zum Meer. Unten am Strand lag ein verrottetes Fischerboot.

»Tatsächlich nicht viel mehr als Sand und Meer. Kaum zu glauben, dass hier mal ein riesiges Kraftwerk stehen soll«, meinte Thomas. Die Bucht war nur ein paar Hundert Meter breit.

»Wahrscheinlich setzen sie das Atomklo hierher, weil es in diesem Zipfel der Türkei seit Menschengedenken kein Erdbeben gegeben hat«, vermutete Önder. »Warum sollten sie das Ding sonst in dieser idyllischen Landschaft bauen?«

»Das müsste man die Atombehörde fragen. Sollen wir das Interview nicht jetzt gleich vor Ort führen?«, fragte Thomas. »Ich hole nur mal kurz das Aufnahmegerät und das Mikrofon aus dem Auto. Ich brauche fürs Radio eh ein paar O-Töne und ein wenig Atmosphäre.« Sie sprachen fast eine Stunde über die Atompläne und den Widerstand in der Region.

Am nächsten Morgen brachten Aydan und Ayşe Thomas und Önder zum Flughafen. Auf einem Bildschirm in der

Abfertigungshalle lasen sie: »Mysteriöse Mordserie auf Atommanager, Atomgegner fordern Aufklärung«. Der Sprecher zitierte sogar das Kommuniqué der Anti-Atom-Plattform Sinop. Thomas und Önder freuten sich und trennten sich nach der Landung in Istanbul.

Zwei Tage später ereignete sich vor Japan ein folgenschweres Erdbeben und löste einen verheerenden Tsunami aus. Die Flutwelle traf mit voller Wucht auf die Küste und führte zur unkontrollierten Kettenreaktion in mehreren Blöcken eines Kernkraftwerks. Trotzdem blieb die Betreibergesellschaft des havarierten Reaktors im Rennen um den Auftrag für den Bau des Atomkraftwerks Sinop, berichtete Thomas Krüdewagen später in einer Rundfunkreportage über die Proteste gegen die Atompläne in der Türkei.

9

November 2008

In den letzten Monaten war Holger immer häufiger überwacht worden. Sogar Erika waren sie nachgestiegen. Sie galt vermutlich als Kontaktperson, weil sie oft zusammen bei Protesten aufgetreten waren. Es würde ihn nicht wundern, wenn Erika sogar als Verdächtige geführt würde. Dabei hielt sie sich seit Langem aus allem raus, außer es betraf den Kinderladen. Holger bemühte sich seit der nächtlichen Personenkontrolle vom Frühjahr vergangenen Jahres, den Fahndern keine weiteren Verdachtsmomente zu liefern. Bei der Protestaktion vor der WEAG-Zentrale hatte er sich bewusst im Hintergrund gehalten. Die DNA-Analyse vom Strommasten war laut seinem Anwalt negativ gewesen. Trotzdem gab sich Holger keinerlei Illusionen hin. Aufgrund seiner beruflichen Qualifikationen und weitreichenden Kontakte im Netz würde er bestimmt mit der Online-Attacke auf die Konzernplattform in Verbindung gebracht, auch wenn es dafür keine Belege gab. Von seiner Verbindung zu Steffen wussten sie jedoch nichts, außer sie kannten einen der persönlichen PGP-Schlüssel, mit deren Hilfe sie miteinander kommunizierten. Steffen war ein Nerd, gehörte zu Tills Clique und war für den Staatsschutz vermutlich ein unbeschriebenes Blatt.

Holger wusste, dass es wider jede Vernunft war, sich auf die neue Geschichte einzulassen. Bernd hatte ihn dazu gedrängt. Außerdem mochte Holger die drei, besonders Nadine. Die Idee, die Castor-Strecke zu sabotieren, war nicht neu und gehörte seit vielen Jahren zur Praxis der Bewegung. Auch das Repertoire hatte sich bewährt: Wurfanker auf Oberleitungen, Brandsätze gegen Signalanlagen und Kabelschächte sowie Hydraulikwerkzeug gegen

Schienenstränge. Geradezu verwegen war jedoch der Plan, drei Nächte bevor die Castoren in Frankreich auf Eisenbahnwaggons umgeladen würden, alle wichtigen Knotenpunkte der potenziellen Strecke, vom französischen Verladebahnhof bis Dannenberg, auf einen Schlag lahmzulegen. Gleichzeitig wollten sie mit einem Appell an die Öffentlichkeit treten und die Bürger beider Länder auffordern, ihre Regierungen zu zwingen, die gefährlichen Transporte durch Europa einzustellen und alle AKWs und Atomfabriken stillzulegen. Außerdem würden sie an Sébastien Briat erinnern, der im November 2004 bei dem Versuch, den Castor in Frankreich zu stoppen, von einem Zug überrollt und getötet worden war.

Holger liebte kühne Ideen, und er hatte sich von der Ernsthaftigkeit des Vorhabens überzeugen lassen. Er konnte seine Erfahrung einbringen, bei der Planung mitwirken und mit ihnen losziehen. Aber er bestand darauf, im Hintergrund zu bleiben, und wollte auf gar keinen Fall bei der Koordination mitwirken und auch keine Kontakte zu anderen Gruppen oder Einzelpersonen aufnehmen. Außer ihnen durfte niemand von seiner Beteiligung wissen. Für ihn stand viel auf dem Spiel. Doch er fand, dass der Plan das Risiko rechtfertigte.

Sie hatten zwei Streckenabschnitte in Frankreich ausgewählt. Holger kannte sich dort gut aus, sprach perfekt Französisch und hatte über einen Freund die Unterkunft angemietet. Das Haus war ideal. Es lag weit ab vom Schuss im nördlichen Teil der Vogesen, am Ende einer Stichstraße am Waldrand. Er hatte Anfang September bereits ein paar Tage mit Bernd und Sophie dort verbracht, um die Strecken zu erkunden. Seitdem war niemand mehr in dem Haus gewesen. Es war kalt und feucht und roch muffig. Holger war vorgestern angereist, hatte Holz besorgt, eingeheizt und den Einkauf erledigt. Er hasste böse Überraschungen und hatte bereits eine Nacht an den Gleisen verbracht. Das Auto mit dem französischen Kennzeichen hatte ein Freund organisiert. Holger wartete jetzt bereits seit einer halben Stunde am Bahnhof von Haguenau auf die Crew aus dem Wendland. Nadine wollte mit dem Zug kommen, und Bernd und Sophie mit einem zweiten französischen Fahrzeug, das sie von befreundeten Gewerkschaftern ausleihen konnten.

Mit einer Stunde Verspätung stand Nadine plötzlich vor dem Bahnhof, mit schwerem Gepäck und in Treckingkleidung. Sie sah aus, als wollte sie eine Wanderung über die Vogesen machen. Holger stürzte auf sie zu.

»Bonjour, Madmoiselle!«, rief er, und bevor sie sich versah, küsste er sie rechts und links auf die Backe. »Vous avez fait bon voyage?«, erkundigte er sich und nahm ihr die schwere Tasche aus der Hand.

»Oui, merci«, antwortete sie lachend und hakte sich bei ihm ein. Er führte sie ins nächste Café, wo er die ganze Zeit gewartet hatte.

»Wo ist Sophie?«, fragte sie. »Bernd fällt übrigens aus. Er ist gestürzt und hat sich einen komplizierten Bruch am Knie zugezogen.«

»Au Backe! Und wie ist es passiert?«

»Er ist in der Kneipe gewesen und besoffen aufs Rad gestiegen.«

»Sag, dass das nicht wahr ist!«

»Doch, leider. Dann hat er versucht, Önder zu überreden, mitzumachen.«

Holger kochte. »Das wird ja immer schöner!«, schimpfte er.

»Ja, das hab ich auch gesagt. Önder war ja von vornherein draußen.«

»Wieso eigentlich?«

»Weil wir uns nicht drei Tage vor dem Castor alle aus dem Staub machen können, ohne dass das im Landkreis auffällt.«

»Verstehe. Und jetzt?«

»Die französischen Anarchos übernehmen den Abschnitt bei Metz. Ich war letzte Woche auf dem Delegiertentreffen und habe alle Infos an sie weitergegeben. Sie meinen, sie kriegen das hin.«

»Und was ist mit dem Material?«

»Hendrik hat das Zeug mitgenommen.«

Holgers Laune stürzte vollends in den Keller.

»Wieso Hendrik?«

»Jetzt hab dich nicht so! Er war auf dem Treffen und mit den Franzosen unterwegs nach Frankreich.«

»Was ist denn mit euch los?«, fragte Sophie. Die beiden Streithähne hatten nicht bemerkt, dass sie reingekommen war.

»Hallo Sophie!« Holger stand auf und umarmte sie. »Schön, dass du da bist.«

»Puh«, stöhnte sie und begrüßte Nadine. »Es tut mir leid, dass ihr so lange auf mich warten musstet. Ich musste zu Bernd ins Krankenhaus.«

»Kein Problem. Wir haben alle Zeit der Welt. Wie geht es ihm?«, fragte Holger.

»Scheißgeschichte. Du kannst dir nicht vorstellen, wie sauer ich war. Aber es ist nun mal nicht zu ändern«, seufzte sie.

»Komm, setz dich! Was willst du trinken?«

»Einen Kaffee.«

»Ich nehme auch noch einen«, sagte Nadine.

»Gut«, sagte Holger, gab die Bestellung an der Theke auf und ging aufs Klo.

»Zu mir ist er nicht so charmant«, meinte Nadine.

»Hat er sich sehr aufgeregt?«

»Nein, gar nicht. Erst als ich Hendrik erwähnt habe, ist er abgegangen.«

»Schön.« Sophie prustete los. »Hast du es ihm gesagt?«

»Was?«

»Na, das mit Hendrik.«

»Bist du verrückt! Wir haben doch keine Liebesbeziehung!«

»Nein?« Jetzt begannen beide herzhaft zu lachen.

»Was habt ihr denn?«, fragte Holger.

»Ach nichts.«

»Müssen wir noch zum Supermarkt?«, fragte Sophie.

»Nein. Ich habe schon eingekauft.« Als sie den Kaffee getrunken hatten, machten sie sich auf den Weg.

In der Unterkunft angekommen, deckte Holger den Tisch, während sich die beiden Frauen in einem Zimmer einrichteten und das Material auspackten, um zu überprüfen, ob sie nichts vergessen hatten. Beim Essen erzählte Holger, dass eine große Computerzeitschrift ausführlich über den Online-Angriff auf das WEAG-Portal berichtet hatte und die Sache immer noch Kreise zog. Nach dem Abwasch stellten sie einen Zeitplan auf.

»Die gute Nachricht ist, ich habe gestern eine Nachtschicht eingelegt, so dass wir uns heute nicht die ganze Nacht um die Ohren hauen müssen«, berichtete Holger.

»Und wie war es?«, fragte Sophie.

»Kühl und regnerisch. Aber die Stelle ist wirklich super. Nach elf ist da niemand mehr. Erst um halb fünf ist ein Radfahrer über die Brücke gekommen.«

»Und der Fahrplan?«

»Auf die SNCF ist Verlass, ihre Züge fahren genau nach Plan.«

»Toll.«

»Trotzdem müssen wir heute Abend an die Strecke. Ich habe noch keine Ortskenntnisse«, sagte Nadine. »Wir sollten nicht so spät losfahren.«

»Gut, gehen wir noch mal alles durch«, entschied Sophie. »Ich fange mal mit dem Delegiertentreffen an. Um es vorwegzuschicken, die Geschichte steht, vorausgesetzt, niemand blufft.«

»Wie meinst du das? Hast du ein ungutes Gefühl bei der Sache?«, hakte Holger ein.

»Nein, im Gegenteil. Ich finde es unglaublich, aber es scheint wirklich zu klappen.«

»An allen verabredeten Orten? Das hört sich gut an. Und was ist mit der Technik? Sind alle mit Material versorgt?«

»Ja, die meisten bevorzugen die Haken.«

»Das hätte ich nicht gedacht.«

»Aber wir benutzen die Dinger ja auch. Wir sind anscheinend nicht die Einzigen, die davor zurückschrecken, an den Signalanlagen Feuer zu legen.«

»Das stimmt, und was ist mit dem Zeitpunkt?«

»Es bleibt bei der Absprache, plus fünf Minuten.« Nadine streckte drei Finger in die Höhe. Also drei Uhr nachts.

»Wenn das mal nicht zu knapp kalkuliert ist.«

»Ja, das fürchte ich auch«, bekräftigte Sophie.

»Okay, aber je enger das Zeitfenster, desto größer die Sicherheit«, erwiderte Holger.

»Korrekt.«

»Was ist mit dem Papier?«, fragte er.

»Papier ist gut.«

»Ihr wisst schon, was ich meine.«

»Ja, ich habe die CD hier«, sagte Sophie.

»Die deponieren wir hier am Haus und ich setze den Appell wie abgesprochen ins Netz, wenn die Sache gelaufen ist«, sagte Holger.

»Wie auch immer. In diesen Dingen bist du der Experte.«

»Das ist keine Kunst. Ich werde übrigens die Castor-Proteste hier abwarten und erst danach über die Grenze fahren.«

»Du hast es gut«, meinte Sophie.

»Unsinn! Ich würde auch gern im Wendland dabei sein. Aber ehrlich gesagt scheue ich das Risiko des Grenzübertritts. Nach der Aktion werden sie mit Sicherheit die Übergänge kontrollieren.«

»Du kannst doch über die grüne Grenze gehen.«

»Ja, das wäre tatsächlich eine Möglichkeit. Ich kenne einen sicheren Wanderweg in die Pfalz.«

»Vielleicht sollten wir da mitgehen, Nadine. Wir sind schließlich alle polizeibekannt, und wenn wir in eine Kontrolle geraten, gute Nacht.«

»Es ist keine gute Idee, von hier aus direkt nach Hause zu fahren. Das ist Kamikaze«, sagte Holger, »außerdem stehen der Bahn die ultimativen Chaostage bevor. Zu dumm, dass wir vorher nicht daran gedacht und ein Auto auf der anderen Seite der Grenze abgestellt haben. Eigentlich bleibt uns gar nichts anderes übrig, als hier ein paar Tage in Ruhe abzuwarten. Wenn ihr mich fragt, vergesst das Wendland.«

Die nächtliche Ortsbesichtigung an der Strecke verlief ohne Zwischenfälle, alles wie gehabt, keine Fußgänger, keine Radfahrer. Die Brücke lag am Rande eines Neubaugebietes mit einem gut frequentierten Parkplatz, wo sie das Auto abstellen konnten. Von dort mussten sie drei Minuten zu Fuß laufen. Da die Bahnlinie mit Lärmschutzwänden abgeschottet war, konnte sie niemand von der Siedlung aus beobachten, außer es würde in dem Moment jemand über die Brücke kommen. Sophie und Holger würden Schmiere stehen. Nadine würde über Funk das Signal bekommen, dass die Luft rein war, den Wurfanker auf die Oberleitung hangeln und das Abbruchsignal geben. Acht Minuten später würde der erste Güterzug kommen. Viel Zeit bliebe nicht, um Land zu gewinnen. Sie müssten bis zur Lärmschutzwand rennen und von dort zügig zum Auto gehen. Zu ihrer Unterkunft brauchten sie eine knappe Stunde, exakt dreiundfünfzig Minuten, hatte Holger gestoppt. Sie waren die Strecke mehrmals abgefahren und hatten eine Stelle entdeckt, wo sie ihre Kleidung unauffällig wechseln konnten. Radarkontrollen oder Überwachungskameras gab es unterwegs keine. Zusätzliche Sicherheit verschaffte ihnen der dunkelblaue Citroën mit dem Kennzeichen aus dem benachbarten Departement. Nichts sprach dagegen, dass das Unternehmen in der folgenden Nacht ebenso ruhig über die Bühne gehen würde wie die Besichtigungen. Die Technik war simpel und zuverlässig. Der Wurfanker war aus fünf Millimeter dickem Baustahl gefertigt, eigentlich nur eine massive Schlaufe, deren gleich lange Enden zu Haken gebogen waren. Diese Hakenkralle würde mit zwei Seilen auf die Oberleitung der Bahn hinuntergelassen. Der Stromabnehmer der ersten Lok würde sich darin verfangen und die gesamte Oberleitung mitreißen, bei hohen Geschwindigkeiten auf einer Länge von mehreren Hundert Metern. Die Signalanlagen würden automatisch auf Rot springen und der gesamte Streckenabschnitt bliebe gesperrt, bis die Anlage repariert war. Und das konnte dauern.

Am nächsten Morgen standen sie früh auf, frühstückten in aller Ruhe und beredeten anschließend die offenen Fragen.

»Wir haben hin und her überlegt und sind zu dem Schluss gekommen, dir hier ein paar Tage Gesellschaft zu leisten. Uns ist das Risiko, über die Grenze zu gehen, ehrlich gesagt auch zu hoch«, sagte Sophie. Sie gingen noch einmal alles durch, verstauten das Material, Handschuhe, Kleidung, Turnschuhe, Wasser, Schokoriegel und testeten die Walkie-Talkies. Holger las aufmerksam den Appell. Er fand ihn nicht berauschend, wollte aber keine Grundsatzdebatte und schüttelte nur den Kopf, vor allem wegen der Länge.

»Kann ich den Text kürzen?«, fragte er.

»Nein, kommt nicht in Frage!«, erwiderte Nadine. »Was meinst du, was das für eine schwere Geburt war. Mit so vielen Beteiligten. Wenn wir nur einen Satz ändern, gibt es hinterher den totalen Zoff.«

»Aber du kannst nicht erwarten, dass alle deshalb zu dem Text uneingeschränkt Ja sagen.«

»Doch«, entgegnete Nadine patzig und lachte.

Tatsächlich verlief die Aktion wie geplant, auch der Rückzug. Trotz der frühen Stunde, es war kurz nach vier, köpften sie eine Flasche Crémant. Selbst Nadine, die sich nichts aus Alkohol machte, war hingerissen von dem Tropfen. Nach einer Stunde legten sich die beiden Frauen hin. Holger blieb wach und hörte Radio. Um sechs brachte ein Regionalsender endlich die ersehnte Nachricht. Anschlagserie auf Liniennetz der SNCF. Signalanlagen und Oberleitungen zerstört. Streckensperrungen in der Umgebung von Caen, Rouen, Reims und Straßburg. Bei Metz habe es zwei Festnahmen gegeben. Es handele sich um zwei Männer im Alter von neunundzwanzig und einunddreißig Jahren. Die Polizei spreche von Anarchisten. Es habe in der Vergangenheit wiederholt Proteste gegen die Transporte von Atommüll aus der Wiederaufbereitungsanlage La Hague nach Deutschland gegeben. Auch auf das Netz der Deutschen Bahn seien in derselben Nacht Anschläge verübt worden. Der Schaden gehe in die Millionen. Die Fahndung nach den Tätern laufe auf Hochtouren.

Und jetzt? Holger setzte Kaffee auf und überlegte angestrengt, was zu tun war. Wenn es nach ihm ginge, würden sie hier abbrechen und die Presseerklärung verschwinden lassen. Als Erstes mussten sie entscheiden, ob der Appell unter diesen Umständen veröffentlicht werden sollte. Er weckte die beiden Frauen und machte Frühstück. Sie waren schockiert. Wie war das möglich? Ruhe bewahren, war Holgers Devise.

»Vielleicht haben wir etwas übersehen«, überlegte er, »eine Kamera, einen zufälligen Zeugen, der Verdacht geschöpft hat. Jemand hatte die Bullen drauf, oder der Plan ist durchgesickert. Richtig schlimm wäre, jemand hat gequatscht.«

»Du machst einem Mut«, stöhnte Nadine.

»Ich glaube, Holger hat recht. All das lässt sich frühestens nach einem Gespräch mit den Verhafteten klären oder wenn sie Akteneinsicht hatten«, sprang Sophie ihm bei.

»Gibt es eine Absprache darüber, ob der Appell unter diesen Umständen veröffentlicht werden soll?«, fragte Holger.

»Warum sollten wir den Text nicht rauslassen?«, erkundigte sich Nadine.

»Weil ein Bekennerschreiben vor Gericht Auswirkungen auf das Strafmaß hat. Habt ihr diesen Fall besprochen?«, insistierte er.

»Nein«, erwiderte Sophie. »Ich fürchte, dann müssen wir entscheiden und eventuell hinterher die Prügel einstecken.«

»Aber das macht den Kohl doch nicht fett«, entgegnete Nadine.

»Ich schlage vor, wir frühstücken erst und entscheiden dann«, sagte Holger.

»Das ist gut. Ich mache mich mal frisch«, sagte Sophie. Auch Nadine huschte ins Bad. Die französischen Medien, die sich sonst ausführlich mit der Garderobe der Präsidentengattin beschäftigten, kannten nur noch ein Thema, die Anschläge auf die Bahn und die Frage, ob ein internationales Terrornetzwerk dahintersteckte.

»Ich denke, wir sollten das Ding durchziehen und den Text ins Netz stellen«, schlug Nadine beim Frühstück vor. »Von einem Organisationsdelikt gehen die Bullen eh aus. Die zeitliche Koordination und die Verwendung baugleicher Hakenkrallen reichen allemal aus, um eine kriminelle Vereinigung zu konstruieren. Das Schreiben macht die Sache für die Verhafteten nicht schlimmer. Im Gegenteil, der Medien-Hype vergrößert die Chance, mit dem Appell Gehör zu finden und eine politische Debatte in Gang zu setzen.«

»Mit dem Appell haben Freunde und Anwälte außerdem von vornherein etwas in der Hand, mit dem sie argumentieren können«, meinte Sophie. »Sie werden geradezu gezwungen, die Aktion politisch zu verteidigen. Jetzt, wo sie einmal in der Welt ist, gibt es eh keine Möglichkeit mehr, die Sache herunterzuspielen und auf eine milde Strafe zu hoffen.«

»Spontan hätte ich anders entschieden, aber ihr habt mich überzeugt«, gab Holger zu. »Der Appell ist auch eine Antwort auf den Terrorvorwurf, mit dem die Bullen jetzt bereits hausieren gehen. Insofern wäre das im Sinne der Verhafteten und erleichtert eine Solidarisierung. Gut wäre, den Appell außerdem als Papier zu verbreiten.«

»Kannst du den Text nicht auch an die Bürgerinitiative Lüchow-Dannenberg schicken? Vielleicht sagen sie ja etwas dazu auf der Auftaktdemo am Samstag«, regte Sophie an.

»Das glaube ich zwar nicht, die Adressen sind aber mit auf dem Verteiler, und ich stelle den Text auf Indymedia.«

»Willst du das alleine machen oder soll dich jemand ins Internetcafé begleiten?«, fragte sie.

»Wenn du eine Perücke hast und dein Aussehen veränderst, so dass du nicht wiedererkannt wirst, kannst du gern mitkommen«, entgegnete Holger.

»Sag bloß, du ziehst mit Perücke los?«

»Nein, aber mit Anzug und Krawatte.«

»Im Ernst? Ein Kostüm haben wir nicht im Gepäck, ein paar schicke Klamotten schon. Aber ist diese Maskerade überhaupt nötig?«

»Auch wenn es unwahrscheinlich ist, dass die Bullen die IP-Adresse des Rechners im Internetcafé zurückverfolgen können, weil wir mit TOR ins Netz gehen, ist Vorsicht angebracht.«

»Wenn das so ist, mache ich eben auf Tussi, genug Schminke haben wir ja«, bemerkte Sophie.

»Ich helfe dir.«

»Habt ihr an die französische Version des Textes und den französischen Presseverteiler gedacht?«, fragte Holger.

»Hältst du uns für blöd?«, empörte sich Nadine.

»Ich halte euch für zwei kluge, umsichtige und zuverlässige junge Damen«, versicherte er schnell. Sie lachten.

Zwei Stunden später hatten sie den Job erledigt. Es war kein Problem gewesen, in Straßburg ein Café mit Wireless LAN zu finden. Sie waren mit beiden Autos unterwegs, parkten das von Sophie bei den Gewerkschaftern und warfen den Schlüssel in den Briefkasten. Holgers Wagen ließen sie in Wissembourg stehen. Sein Kumpel würde ihn dort abholen. Sie nahmen den Bus ins nächste Dorf und wanderten von da aus durch den Oberen Mundatwald über die grüne Grenze nach Bad Bergzabern. Dort quartierten sie sich mit Holger in einer Pension ein. Holger fuhr am nächsten Tag weiter, zu einem Termin mit Willy. Sophie und Nadine blieben ein paar Tage. Dann nahmen sie den Bus nach Mannheim und fuhren von da mit dem Zug nach Hause. Zur Auftaktkundgebung gegen den Castor-Transport kamen über sechzehntausend Menschen ins Wendland. Der deutsch-französische Appell wurde mit großem Jubel bedacht, die Forderung nach Freilassung der in Frankreich verhafteten Aktivisten ebenfalls. Dem elften Castor-Transport hatten sich so viele Menschen wie noch nie in den Weg gestellt.

10

April 2011

Nach seiner Rückkehr aus der Türkei suchte Thomas Krüdewagen vergeblich nach Hinweisen auf die Hintergründe des Attentats auf den Atommanager. Auch Önder konnte ihm nicht weiterhelfen. Er begnügte sich deshalb damit, den Informationen nachzugehen, die er bei seiner Reise notiert hatte, vor allem Önders Hinweis auf die Strombörse, die der WEAG-Konzern dort aufbaute. Erika wollte er am nächsten Wochenende besuchen. Im Netz gab es einige sehr aufschlussreiche Analysen zum türkischen Energiemarkt. Die Regierung bemühte sich seit ein paar Jahren intensiv um ausländische Investoren und versprach satte Gewinne. Der Energiebedarf stieg seit 1970 jährlich um über acht Prozent. Analysten erwarteten, dass sich der Strombedarf bis zum Jahr 2020 vervierfachen würde. Erklärtes Ziel der Regierung war es, die Abhängigkeit von Stromimporten zu verringern und die eigenen Kraftwerkskapazitäten auszubauen, nicht nur mit AKWs, sondern auch mit erneuerbaren Energieträgern. Die Strompreise in der Türkei lagen weltweit an zweithöchster Stelle, aufgrund umfangreicher Öl- und Gasimporte. Das hohe Preisniveau und die erwarteten Strompreissteigerungen machten auch Investitionen in Windenergieprojekte zu einem lukrativen Geschäft.

Die Regierung wollte die Liberalisierung des Marktes weiter vorantreiben, vor allem durch Privatisierungen. Zwei staatliche Strom-Verteilnetze standen bereits zum Verkauf. Nach und nach sollten alle zwanzig regionalen Netze veräußert werden. Deutsche Unternehmen wurden ebenfalls als potenzielle Käufer gehandelt, auch für jenen staatlichen Kraftwerksbetreiber, der fünfzehn Wärme- und über hundert Wasserkraftwerke besaß.

Auf Drängen ausländischer Investoren plante die Regierung, eine Strombörse nach dem deutschen Modell zu etablieren. Da der türkische Staat bisher Haupteigner der Kraftwerke war, bestimme er indirekt die Preise, klagten die Investoren. Eine Börse garantiere dagegen Transparenz, ermögliche eine effektive Auslastung der Kraftwerkskapazitäten sowie Termingeschäfte. Die Westdeutsche Energie AG arbeitete mit türkischen Gesellschaften, Finanzdienstleistern und der deutschen Strombörse an einem Vorschlag für die Regierung, wie eine Strombörse in der Türkei funktionieren könnte, erfuhr Thomas in einem Wirtschaftsblatt. So wird der Bock zum Gärtner gemacht, dachte er. An der deutschen Strombörse gehörten Insidergeschäfte zur Geschäftsgrundlage. Im Aktienhandel waren sie verboten. Fiel ein Großkraftwerk aus, schnellte der Strompreis in die Höhe. Wer vom Ausfall vorher wusste, kaufte rechtzeitig günstig Stromreserven auf. So informierten die Kraftwerksingenieure die Händler ihres Unternehmens an der Börse, wann ein Werk überholt oder abgeschaltet werden sollte. Dann kauften sie große Mengen Strom und verkauften überschüssige Kapazitäten anschließend mit Gewinn weiter.

Während die großen Energiekonzerne ihre Marktmacht gnadenlos ausnutzten und Millionengewinne einfuhren, zahlten die Verbraucher immer höhere Preise. Dieses Geschäftsmodell sollte auch in der Türkei fest etabliert werden. Das Motiv für die Attentate auf die Chefs der Atombehörde, des Energieministeriums und des Strombetreibers könnte in einem Dickicht aus Zuwendungen, Geld, Jobs und Geschenken zu finden sein, vermutete Thomas. Schließlich gab es auch Verlierer auf dem hart umkämpften Markt. Das waren die Geschichten, die ihn als Journalist brennend interessierten. Sie ließen sich jedoch von Köln aus nicht einmal ansatzweise klären. Kontakte zu türkischen Kollegen besaß er keine. Aber vielleicht war Önder ja bei Greenpeace fündig geworden.

Ein paar Tage später war er mit Holgers Anwalt verabredet.

»Was macht die Recherche?«, fragte Riedel.

»Ich war im Wendland und habe jetzt ein paar Fragen.«

»Nur zu«, sagte der Anwalt aufmunternd.

»Der Mühlenbach ist an der Stelle, wo Holgers Leiche gefunden wurde, äußerst unzugänglich. Zuerst fanden wir überhaupt keinen Weg durch das Dickicht. Erst auf dem Rückweg entdeckten wir schließlich doch einen schmalen Pfad, der durch das Unterholz zum Wasser führt. Genau genommen ist das ein Rinnsal. Ich kann mir nicht vorstellen, dass dort jemand ertrinken kann. Dafür ist der Wasserstand viel zu niedrig und das Bachbett zu schmal.«

»Außer bei Hochwasser«, wandte der Jurist ein.

»Stimmt, aber es hat Anfang November kaum geregnet.«

»Hm. Sie meinen also, Holger müsste dort, wo sein Leichnam gefunden wurde, ins Wasser gelangt sein? Er wurde dort nicht angeschwemmt?«

»Genau. Es stellt sich dann natürlich die Frage, was Holger da gemacht hat. Denn da geht man nicht einfach so pinkeln.«

»Haben Sie den zeitlichen Ablauf mal rekonstruiert? Der Todeszeitpunkt ließ sich laut Polizeibericht nicht bestimmen.«

»Darüber haben wir uns natürlich auch Gedanken gemacht. Unsere einzige Quelle war der Protest-Ticker auf der Website der Castor-Gegner. Der Zeitraum, als Holger zuletzt gesehen wurde, ist klar einzugrenzen. Das war am 7. November gegen 13 Uhr 30 südlich von Leitstade. Holger wollte laut Demo-Sani ja in die Unterkunft zurück. Die lag aber in entgegengesetzter Richtung. Eine halbe Stunde später hat es in Tangsehl vor Polizei nur so gewimmelt. Just zu diesem Zeitpunkt haben mehrere Hundert Aktivisten hinter der Mühle, nur einen Steinwurf vom Fundort der Leiche entfernt, den Bahndamm erklommen, um das Gleisbett zu unterhöhlen, und es kam zu heftigen Auseinandersetzungen mit der Polizei.«

»Das ist interessant«, bemerkte der Anwalt und machte sich eine Notiz.

»Außerdem kann sich niemand vorstellen, dass Holger sich nach seiner Verletzung noch einmal allein in eine Auseinandersetzung mit der Polizei begeben hat. Er war kein Draufgänger.«

»Das kann ich nicht beurteilen.«

»Unwahrscheinlich ist auch, dass er im Zuge eines größeren Polizeieinsatzes von einzelnen Beamten verfolgt und ins Dickicht getrieben worden wäre, ohne dass andere Demonstranten das mitbekommen hätten. Also muss Holger dort gewesen sein, als das Gros der Polizeikräfte bereits abgerückt war, frühestens am späten Samstagnachmittag.«

»Bleibt die Frage, was dann passiert ist.«

»Ich halte zwei Szenarien für denkbar. Er wurde, von wem auch immer, verfolgt, ist ins Dickicht geflüchtet, in den Sumpf geraten, hat einen Schwächeanfall erlitten und ist ertrunken. Oder er ist umgebracht geworden.«

»Aber das hatten wir ja schon einmal, für einen gewaltsamen Tod gibt es in der Akte keinerlei Anhaltspunkte. Damit wären wir wieder bei den Geheimdiensten.«

»Ich weiß, wir drehen uns im Kreis. Könnte man Akteneinsicht beim VS beantragen?«

Der Anwalt grinste.

»Schon gut. Blöde Frage.«

»Selbst wenn wir Akteneinsicht beantragen würden, was hätten wir gewonnen?«, fragte Riedel mit gerunzelter Stirn.

»Geschwärzte Unterlagen.«

»Genau.«

»Hat Holger Ihnen gegenüber mal erwähnt, dass er im Besitz brisanter oder geheimer Unterlagen war?«

»Nein, was für Unterlagen?«

»Das weiß ich noch nicht. Ich weiß nur, dass Holger auf brisanten Dokumenten gesessen haben soll.« Der Anwalt zuckte ratlos mit den Schultern, und Thomas wurde das Gefühl nicht los, dass er sich wieder zum Depp machte. Trotzdem fragte er, wer die Geschädigten beim Sprengstoffanschlag in der Nähe von Hameln gewesen waren.

»Na, die Betreibergesellschaft des nahe gelegenen Kernkraftwerks, die Westdeutsche Energie AG«, antwortete er.

»Und im Strafverfahren wegen des DDoS-Angriffs?«

»Ebenfalls die WEAG, aber worauf wollen Sie hinaus?«

»Ich frage mich, wem Holger so gefährlich geworden ist, dass er vor Mord nicht zurückschreckte.«

»Steile These.«

»Zugegeben, ich gehe davon aus, dass der Mörder sich nachrichtendienstlicher Mittel zu bedienen wusste.«

»Soweit kann ich Ihnen folgen. Aber mir liegt auch noch eine Frage am Herzen. Können Sie persönliche Feinde ausschließen?«

»Nein, aber mir sind keine bekannt.« Thomas dachte einen Moment nach, bevor er fortfuhr: »Eine letzte Frage, dann sind Sie mich los. Haben Sie den anderen Aktivisten, gegen die wegen des DDoS-Angriffs ermittelt wird, meine Kontaktdaten übermittelt?«

»Selbstverständlich.«

»Sollten in anderen Strafsachen Querverweise zu Holger auftauchen, wäre ich für eine Nachricht dankbar«, sagte Thomas und verabschiedete sich.

Auf dem Weg zu Erika dachte Thomas über das Gespräch nach. Die Möglichkeit eines persönlichen Motivs erschien ihm so abwegig, dass er bislang überhaupt nicht daran gedacht hatte. Aber ausschließen konnte man das nicht. Erika freute sich sehr, ihn zu sehen. Sie hatte wieder Apfelkuchen gebacken. Thomas berichtete vom Wendland, der Türkeireise und dem Anwaltstermin. Persönliche Feinde schloss Erika kategorisch aus. Das würde sie wissen. Thomas wunderte sich, dass sie von den brisanten Dokumenten, die Holger besessen hatte, nichts wusste. Schließlich hatte Önder ihn ausdrücklich an sie verwiesen. Zum Schluss gab Erika ihm einen Brief von Willy. Er war sechs Monate auf Reisen gewesen und hatte erst jetzt von Holgers Tod erfahren. Er schlug einen Termin am Mittwoch in Köln vor, neunzehn Uhr im Café am Stadtgarten.

»War Willy hier?«, fragte Thomas.

»Letzte Woche stand er plötzlich vor der Tür. Er ist auf Kuba gewesen. Weiß Gott, wie er es dort erfahren hat. Er ist sofort in den nächsten Flieger gestiegen. Willy wäre gerne zur Trauerfeier gekommen. Holgers Tod scheint ihn sehr mitgenommen zu haben. Er wirkte total niedergeschlagen und freut sich, dich zu sehen.«

»Das wundert mich. Wir konnten uns nämlich nicht riechen.«

»Wir waren auch nicht besonders dicke. Aber ich fürchte, du verwechselst da etwas. Du warst eifersüchtig und hast ihn immer geschnitten.«

»Wie dem auch sei, ich werde ihn treffen.«

»Das solltest du, Holger zuliebe. Willy kannte ihn in mancher Hinsicht besser als ich.« Thomas versprach, wieder vorbeizukommen.

Thomas mochte das Café am Stadtgarten nicht, wegen der Bahnhofsatmosphäre. Draußen war es kalt und regnerisch, typisches Aprilwetter mit kurzen, heftigen Schauern. Missmutig trottete er durch die Tropfen. Um diese Zeit würde der Laden bis auf den letzten Platz besetzt sein. Doch Willy war schon da. Er saß an einem ruhigen Tisch im Hinterraum und las Zeitung. Er war braun gebrannt, trug eine Schiebermütze, Dreitagebart, genau so, wie er ihn in Erinnerung hatte. Er sah müde aus. Als Thomas an seinen Tisch trat, stand er auf und reichte ihm die Hand.

»Schön, dass du kommst«, sagte Willy freundlich.

»Wie lange haben wir uns nicht mehr gesehen, zwanzig Jahre?«

»Fünfundzwanzig, zuletzt auf einer Geburtstagsfeier von Holger im Zentrum.«

»Ich hatte übrigens auch überlegt, mich bei dir zu melden«, sagte Thomas. »Aber ich hätte gar nicht gewusst, wie.«

»Schön, dass es so schnell geklappt hat. Ich weiß, du magst den Schuppen hier nicht besonders, aber ich kenne kein anderes Lokal in Köln.«

»Mach dir keinen Kopf«, erwiderte Thomas.

»Hast du ein Handy dabei?«, fragte Willy.

»Ja, sicher«, antwortete er verwundert.

»Dann mach es bitte aus.«

Thomas kramte das Smartphone aus dem Mantel.

»Nimm bitte zur Sicherheit auch den Akku raus. Man weiß ja nie.«

Thomas standen die Fragezeichen nur so auf der Stirn geschrieben, machte es aber.

»Danke! Es tut mir leid, wenn ich dich so überfalle. Ich will ganz offen sein. Holger hatte ein massives Problem mit den Bullen, und ich fürchte, er war nicht der Einzige in seinem Freundeskreis. Das gilt nebenbei bemerkt auch für seine jungen Genossen im Wendland und ich weiß nicht, für wen noch. Erika hat mir erzählt, dass du die Kommune besucht hast. Ich weiß, dass du früher ein Problem mit mir hattest, wegen meinem vorlauten Mund, warum auch immer. Ich will es gar nicht wissen. Ehrlich gesagt, wäre ich auch gar nicht auf die Idee gekommen, mich mit dir zu treffen. Aber Erika hat mir erzählt, dass du Nachforschungen über Holgers Tod anstellst. Holger hielt große Stücke auf dich und schleppte immer irgendwelche Artikel von dir an. Hier, lies mal, sagte er oft und drückte mir eine Zeitung in die Hand. Er behauptete, dass du einer der ganz wenigen wärst, die sagen, was sie denken. Ich kann das nicht beurteilen und möchte dir keinen Honig ums Maul schmieren. Ich will nur etwas klarstellen. Holger vertraute dir blind, und ich habe keinen Grund, es nicht zu tun. Wenn du herausfinden willst, wer Holger auf dem Gewissen hat, kannst du auf mich zählen.«

Thomas war sprachlos. Einen Moment schwiegen beide, bis Thomas sich ein Herz fasste.

»Ich weiß gar nicht, was ich sagen soll. Deine Offenheit beschämt mich. Ich habe Holger auch sehr gemocht. Obwohl wir seit Jahren keinen Kontakt mehr hatten, war sein Tod ein echter Einschnitt für mich. Ich habe so viele Fragen und beschäftige mich seitdem mit nichts anderem mehr. Ich knüpfe Kontakte zu Leuten und interessiere mich für Themen, die in meinem Leben keine Rolle mehr spielten. Letzte Woche war ich in der Türkei und habe dort einen von Holgers jungen Freunden getroffen, in Sinop am Schwarzen Meer. Er heißt Önder. Ich habe ihn kürzlich im Wendland das erste Mal gesehen. Er wohnt in einer Kommune mit Nadine. Vielleicht kennst du sie. Önder hat mir erzählt, dass es in der Türkei Proteste gegen den Bau von AKWs gibt und ich bin hin geflogen, einfach so. Ich war in den letzten fünfzehn Jahren zwar häufig in der Türkei, habe mich aber nie für die Energiepolitik dort interessiert. Ohne Holgers Freunde wäre ich nie auf die Idee gekommen, dahin zu fliegen, zu recherchieren und Radiobeiträge über Anti-Atom-Proteste zu machen. Ich habe in den letzten Jahren fast nur fürs Feuilleton gearbeitet. Und wie ich mit Önder und einer Freundin im Hotel sitze, erzählt mir Önder fast nebenbei, dass Holger irgendwelches brisantes Zeug besaß. Weißt du, an was ich dabei denke? An die Atommafia.«

Willy schmunzelte.

»Wieso lachst du? Hältst du mich für total bekloppt?« Thomas ließ sich von Willy seit eh und je leicht verunsichern.

»Das ist wirklich komisch, ich habe das Zeug, von dem du redest, dabei, und ich beginne zu begreifen, worum es dabei gehen könnte. Bisher konnte ich mir nämlich keinen Reim darauf machen.«

»Ich verstehe nur Bahnhof.«

»Am besten, du schaust es dir selbst an. Es sind Mails, unverschlüsselt, und ein paar Notizen. Aber man versteht sie nur, wenn man den Kontext kennt.«

»Was für Mails?«

»Aus der Zentrale der Westdeutschen Energie AG mit ihren Auslandsvertretungen«, erklärte Willy leise. »Ich glaube, da ging es auch um die Türkei.«

Thomas beugte sich zu ihm über den Tisch. »Und die sind Holger zugeflogen, einfach so?«

»Nein, natürlich nicht«, erwiderte Willy.

»Muss man dir denn alles aus der Nase ziehen?«, stöhnte er.

»Holger hat seine Quelle nicht genannt, nur dass die Mails gehackt worden seien, bei einem größeren Hackerangriff, Tausende von Mails. Er wusste zuerst auch nicht, was er damit anfangen sollte, hat sich aber durchgewühlt. Das Zeug ist total brisant, behauptete er. Aber er hatte keinen Plan, wie man das aufbereiten könnte. Er überlegte, es dir zuzuschieben.«

»Was?!« Thomas seufzte. »Ich schaue es mir mal an.«

»Aber sei vorsichtig. Keine Telefonate, keine Mails, kein Internet. Die CD ist verschlüsselt. Die PIN und ein Notebook habe ich dabei. Damit kannst du die Dokumente lesen. Das Programm ist so benutzerfreundlich, dass sogar ich es bedienen kann. Ich zeige dir nachher, wie das funktioniert, und gebe dir die PINs, die du dafür brauchst. Und lass die CD bitte nicht zu Hause herumliegen.«

Thomas nickte und wechselte das Thema. »Du warst doch mit Holger im Wendland.«

»Ja, aber wir haben uns im Handumdrehen aus den Augen verloren. Ich dachte, er sei verhaftet worden. Als er nicht wieder aufgetaucht ist, haben wir beim EA und sogar in Krankenhäusern angerufen. Nichts. Keine Spur von Holger. Ich habe mir ehrlich gesagt nichts weiter dabei gedacht.«

»Aber er muss enorm unter Druck gestanden haben, sagt Erika.«

»Holger stand doch ständig unter Strom, und er verschwand ab und zu für ein paar Tage von der Bildfläche. Er hatte seine kleinen Geheimnisse.«

»Gab es eine andere Frau?«

»Holger lebte nicht in einer Klosterschule. Aber ich habe keine Ahnung. Ich bin ein paar Tage später nach Caracas geflogen.«

»Seltsam, ohne dass du wusstest, was mit Holger war?«

»Ja, das klingt vielleicht verrückt, aber ich habe mir wirklich nichts dabei gedacht. Er machte sich schließlich öfter mal aus dem Staub, ohne jemandem was zu sagen. Jetzt mache ich mir natürlich Vorwürfe.«

»Verstehe.«

»Was hältst du eigentlich von der Sache? Du kennst den Polizeibericht und warst inzwischen im Wendland, nehme ich an.«

»Holger ist am Mühlenbach, in der Nähe von Tangsehl, gefunden worden.«

»Die Ecke kenne ich. Da gibt es einen Biohof und mehrere Ferienanlagen.«

»Hast du eine Idee, was er dort gewollt haben könnte?«

»Nein, absolut nicht.«

»Hatte er an dem Abend noch eine Verabredung?«

»Ich weiß nicht, ob und wen er dort noch treffen wollte. Er hat mir nicht jedes Detail auf die Nase gebunden und hielt, wie gesagt, auch mir gegenüber mit manchem hinterm Berg.«

»Das verstehe ich nicht.«

»Ich würde sagen, er hatte die Regeln der Konspiration so verinnerlicht, dass sie zur zweiten Haut geworden waren.«

»Ach so.«

»Du bist doch am Tatort gewesen. Hast du eine Vorstellung, was da abgelaufen sein könnte?«

»Ich habe bisher kein eindeutiges Bild davon. Die Version, wonach er beim Pinkeln zusammengebrochen und ertrunken ist, halte ich für Quatsch. Um vom Weg hinter der Mühle zum Fundort der Leiche zu kommen, musst du dich erst einmal durch ein unzugängliches Dickicht aus Büschen und Dornen schlagen. Da geht man nicht einfach so rein, um zu pissen.«

»Ja, ich kenne die Mühle. Kann es nicht sein, dass Holger weiter oberhalb in den Bach gefallen ist und sein lebloser Körper dort angeschwemmt wurde?«

Thomas schüttelte entschieden den Kopf. »Nein, auf keinen Fall.«, erwiderte er. »Im Mühlenbach ist dafür viel zu wenig Wasser. Außerdem ist er zu schmal. Was ich mir vorstellen kann, ist, dass es eine Hetzjagd gegeben hat. Er wurde in den Sumpf getrieben, hat einen Herzstillstand oder Schwächeanfall erlitten und ist ertrunken. Oder die Leiche wurde dort abgelegt, um einen Mord wie einen Unfall erscheinen zu lassen.«

»Hat der Anwalt keine Möglichkeit, etwas herauszubekommen?«

»Ich glaube nicht. Er war relativ offen, hat mir gesagt, welche Verfahren gegen Holger liefen, ist mit seinem Latein aber am Ende. Außer er stößt in anderen Ermittlungsakten zufällig auf Querverweise zu Holger.«

»Gut.«

»Diese Observationen, standen die im Zusammenhang mit dem Anschlag auf den Hochspannungsmast?«, fragte Thomas.

»Möglich. Jedenfalls war er seitdem verbrannt. Er wusste, dass sie alle verdeckten Mittel gegen ihn einsetzen würden.«

»Und hat er sich entsprechend verhalten?«

»Davon war ich ausgegangen. Aber seit seinem Tod habe ich da meine Zweifel. Wir haben uns in den vergangenen fünf Jahren nur beim Castor und einmal zwischendurch gesehen. Im Grunde hatte ich keine Ahnung, was er trieb, außer, dass er in der Szene aktiv war.«

»Und du?«

»Ich bin Rentner, reise viel, besuche Freunde, vor allem in Lateinamerika und Afrika. Die Castor-Proteste waren eine feste Verabredung mit Holger. Letztes Jahr bin ich aber erst Samstag früh angereist. Wir hatten deshalb keine Zeit, ausführlich zu quatschen. Das wollten wir am Sonntag machen.«

»Aber woher hast du dann die CD?«

»Von Holger. Wir haben uns im Herbst 2009 ein paar Tage gesehen. Die Unterlagen stammen, wie gesagt, aus einem Hackerangriff. Ich glaube, du solltest Bernd und Nadine auf den Zahn fühlen. Denn was die Szene angeht, blicken sie am besten durch. Außerdem gehörten sie zu Holgers Freundeskreis.«

»Hatte er etwas mit ihr?«

»Ich glaube nicht. Sprich mit ihnen. Sie sollen dir genau erzählen, was sie von ihm in den letzten Jahren mitbekommen haben. Vielleicht ergeben sich dann neue Ansatzpunkte.«

»Und warum übernimmst du diesen Part nicht selbst?«

»Ich will nicht ins Fadenkreuz der Ermittler geraten. Du bist schließlich Journalist.«

»Ja, aber selbst wenn ich einen gewissen Schutz durch den Sender genieße, gegenüber Geheimdiensten bin ich nicht immun.«

»Das ist mir klar. Was meinst du, wenn wir uns bis auf Weiteres immer am ersten Mittwoch im Monat um dieselbe Uhrzeit wie heute hier treffen? Von mir aus auch woanders. Wenn du keine Zeit hast oder sich keine neuen Gesichtspunkte ergeben, bleibst du einfach weg.«

Thomas ließ sich mit der Antwort Zeit.

»Trinken wir noch etwas?«, fragte Willy.

»Nein, danke. – Ich bin einverstanden. Aber alle zwei Monate genügt, am besten in der Südstadt, im Großen Kurfürst. Das ist in der Bonner Straße kurz hinter dem Chlodwigplatz. Du kommst mit der Linie sechzehn vom Hauptbahnhof dahin. Für mich ist es auch gut zu erreichen, und ich muss mich zumindest aus dem Stadtteil hinausbewegen.«

»Gut, einverstanden. Jetzt zeige ich dir, wie du an die Daten herankommst.« Willy packte das Notebook und die CD aus und gab ihm eine kurze Einführung in das Programm. »Falls du es vergisst, auf dem Desktop liegt eine kleine Einführung. Die PIN für den Rechner darfst du auf keinen Fall vergessen, sonst kommst du da nicht mehr rein. Wenn man das Medium dann nicht mehr so häufig nutzt, sollte man sich die PIN wieder aufschreiben. Alles klar?«

»Ja, danke, Willy.«

»Und hast du eine Idee, wo du das Zeug heute Nacht unterbringst?«

»Nein, aber ich habe eine Kollegin, mit der ich mir das Büro teile. Ich werde sie morgen bitten, die CD für mich aufzubewahren.«

»Gut. Was meinst du, sollten wir uns nicht doch schon in vier Wochen wieder treffen? Mit einer Veröffentlichung des Materials sollten wir jetzt unter dem Eindruck von Fukushima nicht zu lange warten. Vorausgesetzt natürlich, Holger lag mit seiner Einschätzung richtig.«

»Heißt das, ich habe freie Hand, und was die Publikation betrifft, bedarf es keiner weiteren Absprachen?«

»Genau. Ich verstehe mich nur als Holgers Postbote.«

»Mir wäre ein Treffen im Juni lieber«, sagte Thomas.

»In Ordnung, Anfang Juni in der Südstadt.« Thomas brachte Willy noch bis zur U-Bahn. Dort verabschiedeten sie sich mit einer Umarmung.

11

April 2009

Jürgen Kleinschmidt schäumte. Zwei Mal musste er seine Rede schon unterbrechen, wegen dieser unverschämten Sprechchöre. »Ab-schal-ten! Ab-schal-ten! Ab-schal-ten!« hallte es durch den Saal. Sein heutiger Auftritt vor den Aktionären hätte der Höhepunkt seiner glanzvollen Karriere werden sollen, das I-Tüpfelchen. Doch jetzt stahlen ihm diese Spinner die Schau. Seit neun Jahren stand er als unangefochtene Nummer eins an der Spitze der Westdeutschen Energie AG. Er hatte alle Erwartungen übertroffen. Das Unternehmen stand so gut da wie noch nie. Seine Zahlen waren grandios, die Aussichten vielversprechend. Die Aktionäre konnten zufrieden sein. Unterwegs hatte er im Autoradio von Demonstrationen gehört. Das war kein gutes Omen. Aber kein Grund zur Beunruhigung, hatte Wegemann am Telefon versichert. Es gebe nur einen kleinen Aufzug vor der Halle, ein verlorenes Häufchen kritischer Aktionäre, die üblichen Verdächtigen. Aber kaum hatte Kleinschmidt die Begrüßung hinter sich gebracht und etwas Fahrt aufgenommen, waren diese beiden Männer auf die Bühne gestürmt, hatten ein Transparent ausgebreitet und Parolen geschrien. Dreißig Sekunden hatte die Security gebraucht, um sie aus dem Saal zu schaffen. Gleich morgen würde er Wegemann in die Wüste schicken. Sollte er doch stempeln gehen. Jetzt war wieder Ruhe im Saal. Kleinschmidt stierte auf seinen Bildschirm, atmete tief durch, fand die Zeile, die ihm die Müller angesagt hatte, und setzte wieder an. Er redete mit fester Stimme über das Ergebnis, die Stellung und die Strategie am Markt, die Entwicklung der Marke und die Rendite. Er spürte es, sie klebten an seinen Lippen, bewunderten ihn für die klaren Worte, die Zuversicht, die Vision, die er verkörperte. Alle beneideten oder fürchteten ihn. Sein Name würde tagelang in aller Munde sein und sein Porträt die Titelseiten der Wirtschaftsmagazine schmücken.

Nadine lachte Sophie an. Niemand hätte sie in dieser Kluft erkannt. Sophie trug ein eng anliegendes dunkles Kostüm, eine weiße Bluse, Feinstrumpfhosen, hochhackige Schuhe und hatte ihre Haare hochgesteckt, sie sah aus wie Frau Mustermann. Nadine trug einen schwarzen Hosenanzug, Pumps, eine blonde Perücke und hatte auch nicht mit Schminke gespart. Bisher war alles sehr gut gelaufen. Sie hatten am Eingang die Einladung vorgezeigt, sich an einem Schalter angemeldet und ihre Stimmkarten abgeholt. Dann hatten sie sich unter die Aktionäre gemischt, an einem Stehtisch Kaffee getrunken, Schnittchen gegessen und sich frühzeitig einen Platz gesichert, direkt oberhalb der ersten Balustrade. Sie saßen in der Mitte der Sitzreihe, so dass die Security erst an allen vorbei müsste, und von vorne könnte ihnen niemand das Banner entreißen. Sie brauchten es nur über die Brüstung zu halten. Zwei, drei Minuten würde es auf jeden Fall dauern, bis sie aus der Halle raus wären. Die erste Staffel mit Önder und Bernd war super gelaufen. Sie hatten es tatsächlich geschafft, auf die Bühne neben Kleinschmidt zu springen, das Spruchband hochzuhalten und unablässig »Ab-schal-ten! Ab-schal-ten!« zu skandieren. Alle Kameras hatten sich auf sie gerichtet: VORANGEHEN: ATOMSTROM ABSCHALTEN! Dann griffen die Securities durch. Bernd fiel zu Boden, Önder verdrehten sie den Arm. Die Ordner schleiften sie aus der Halle. Sie riefen weiter, und auch als sie längst draußen waren, hörte man drinnen ihre Parolen. Die Bilder sind bestimmt beeindruckend, dachte Nadine. In diesem Moment setzte die Videoprojektion im Rücken des Podiums, auf dem die Vorstände und Aufsichtsräte residierten, plötzlich aus. Unter den Managern herrschte Verwirrung. Sie starrten auf die Wand hinter sich. Die Übertragung von Kleinschmidts Rede war unterbrochen. Nadine frohlockte, die DDoS-Attacke auf die Konzernplattform schien tatsächlich zu funktionieren. Sie zog das Transparent aus der Hose und gab Sophie das Zeichen. Dann sprangen sie beide auf. Nadine faltete das Banner schnell auseinander, reichte Sophie ein Ende, und sie warfen es über die Brüstung. Dann brüllten sie so laut sie konnten »Ab-schal-ten! Ab-schal-ten!« und zogen die ganze Aufmerksamkeit auf sich.

Kleinschmidts Stimme versagte. Der Radau auf der Balustrade gegenüber hatte ihn aus dem Konzept gebracht. Hilflos sah er auf seinen Monitor. »Bitte fordern Sie die Störer auf, den Saal zu verlassen!«, lautete Müllers Rat. »Und weisen sie unsere Leute bitte unmissverständlich an, sie hinauszubegleiten! Fahren Sie anschließend ruhig in Ihrer Rede fort.«

Kleinschmidt sammelte sich. »Meine Damen und Herren, bitte bewahren Sie Ruhe!«, sagte er. »Der Ordnungsdienst wird die Störer hinausbegleiten.« Kleinschmidt sah sich um. Müller warf ihm einen aufmunternden Blick zu. Aber warum starrten seine Vorstandskollegen bloß alle hinter sich auf die Wand? Dann schaute er wieder ins Auditorium. Die beiden Frauen schrien und wehrten sich mit aller Kraft. Müllers nächste Mitteilung erschien auf dem Monitor: »Bitte fahren Sie in Ihrer Rede fort! Ignorieren Sie die Störer! Video-Projektion aus der Halle im Moment unterbrochen. Die IT wird das Problem in wenigen Augenblicken beseitigen. Bitte fahren Sie fort! BM.« Doch solange die ihm auf der Nase herumtanzten, hatte es keinen Sinn, weiterzumachen. Er sah die Schlagzeilen schon vor sich: »Tumulte überschatten Hauptversammlung«. Das wäre ein Fiasko. Er würde zum Gespött der Konkurrenz. Die nächste Aufforderung »Bitte fahren Sie in Ihrer Rede fort!« ignorierte Kleinschmidt. »Bitte entfernen Sie die Störer aus der Halle!«, wiederholte er. Doch das brachte nichts. Immer mehr Aktionäre standen auf und brüllten lauthals Parolen. Es kam zu Tumulten. Kleinschmidt verlor endgültig die Fassung. »Raus!«, brüllte er ins Mikrofon. In dem Moment stellte

Müller ihm ein Glas Wasser auf das Pult und legte ihm ihre Hand auf die Schulter.

»Lassen Sie sich nicht irritieren und fahren Sie einfach fort. Ihr Vortrag ist brillant und übertönt die Zwischenrufe«, erklärte sie. Er fasste wieder Mut, fand die Stelle, wo er eben unterbrochen worden war, und las weiter, erst stockend, dann immer sicherer. Zehn Minuten später war im Auditorium erneut Ruhe. Nur die Video-Projektion fiel immer wieder aus. Nadine schrie wie am Spieß. Der Stiernacken verdrehte ihr das Handgelenk und schob sie aus der Halle, durch einen schmalen Gang, in einen Sanitätsraum. Erst da ließ er von ihr ab. Die beiden Sanitäter verließen fluchtartig den kleinen Raum. Der Stiernacken baute sich im Türrahmen auf. Dann brachten sie Sophie.

»Was soll das hier?«, herrschte sie einen etwa vierzigjährigen Blonden an, der sie herablassend musterte und offenbar das Kommando führte. »Wir sind die Eigner des Unternehmens und haben ein Recht, an der Hauptversammlung teilzunehmen.«

Der Blonde grinste nur höhnisch. »Sie stören und haben deshalb Hausverbot«, gab er zurück.

»Und warum halten Sie uns dann hier fest?«

»Wir warten auf die Polizei. Die wird sich um Sie kümmern«, erwiderte er.

»Das ist Freiheitsberaubung!«, brüllte Nadine. »Sie haben kein Recht, uns hier festzuhalten. Außerdem verstoßen Sie gegen das Aktienrecht.« Dann schubsten sie Önder und Bernd durch die Tür. Önder hielt sich den Arm.

»Bist du verletzt?«, fragte Sophie.

»Der hat mir den Arm ausgekugelt.« Önder wies auf den Bodyguard neben sich. Auf einen Wink des Blonden verließen alle Sicherheitsleute den Raum. Dann fielen sich die vier um den Hals.

»Tut es sehr weh?«, fragte Sophie.

»Halb so schlimm.« Önder schmunzelte. »Habt ihr gesehen, dass die Projektion abgestürzt ist?«

»Super! Und –« Nadine besann sich und bedeutete den anderen mit einer stummen Geste, den Mund zu halten. Die Wände könnten Ohren haben. Dann hörten sie wieder Parolen, erst leise, dann immer lauter. Vereinzelte Schreie. Türenschlagen. Dann stießen sie Tim und Vera durch die Tür und kurz darauf auch die anderen. Trotz der Enge und der schlechten Luft herrschte ausgelassene Stimmung im Sanitätsraum.

Auf dem Platz vor der Halle hatten Umweltschützer, Anti-Atom-Aktivisten und kritische Aktionäre bereits am frühen Morgen Position bezogen, mit Büchertischen, Transparenten und Lautsprechern. Auf allen Zufahrtsstraßen, um die gesamte Halle und auf den Parkplätzen hatten Mannschaftswagen gestanden. Am Haupteingang war nur eine Tür offen, die anderen waren durch Absperrgitter blockiert gewesen. Die Besucher hatten an einer Kontrollstelle anstehen, ihre Einladungen vorzeigen und die Taschen auf ein Band legen müssen, bevor sie die Schleuse passieren konnten. Wenn es piepte, waren sie einer Leibesvisitation unterzogen worden, wie am Flughafen. Nach und nach waren immer mehr Demonstranten auf den Platz gekommen. Grit, Hendrik und ein paar Freunde aus dem Wendland hatten Faltblätter an die Aktionäre verteilt, die meisten nur kurz auf das Deckblatt geschaut. Auf den ersten Blick hatte der Flyer wie eine Broschüre des Konzerns ausgesehen. Die Schlange vor dem Eingang war immer länger geworden. Als auf dem Dach des gegenüberliegenden Hotels mehrere Kletterer aufgetaucht waren, ein Transparent entrollt und es über den Dachvorsprung geworfen hatten, war auf dem Platz ohrenbetäubender Jubel ausgebrochen. Der Spruch VORANGEHEN: ATOMSTROM ABSCHALTEN! war weithin sichtbar gewesen. Dann waren auf beiden Seiten des Banners Schnüre nach unten geflogen, die zwei Helfer unten aufgefangen und mit Sandsäcken beschwert hatten. Die beiden Kletterer hatten sich rechts und links des Spruchbands plötzlich abgeseilt, sich blitzschnell auf den Boden gleiten lassen und waren verschwunden. Dann war ein Polizeitrupp losgestürmt. »Hopp, hopp. Stopp Polizop!« hatte ein Witzbold gerufen, während drei Beamte ins Hotel geeilt waren und die übrigen sich in einer Reihe vor dem Eingang aufgebaut hatten. Auch Grit und Hendrik hatten die Szene beobachtet und sich köstlich über den gelungenen Streich amüsiert.

Holger hatte in den letzten Tagen kein Auge zugetan, auch Steffen war fix und fertig. Sie hielten sich nur mit Kaffee und Keksen auf den Beinen, starrten auf ihre Bildschirme und beantworteten unablässig Presseanfragen. Sie waren ein kleines Team, insgesamt nur zu fünft, außer ihnen ein Schweizer, eine Amerikanerin und ein Franzose. Technisch war die Sache kein Problem. Sie hatten auf eine bewährte Software zurückgreifen können. Wegen der Sicherheit machten sie sich auch keine Sorgen. Sie saßen weit ab vom Schuss in einer Berliner Büroetage. Ihre Ausstattung war super. Irgendjemand hatte Geld aufgetrieben, und so hatten sie große Flachbildschirme und einen sündhaft teuren Server gekauft. Sie waren sich ziemlich sicher, dass sie den gut bezahlten Spezialisten der WEAG immer eine Nase lang voraus sein würden. Das Überraschungsmoment war ihr strategischer Vorteil. Die WEAG würde sehr viel Zeit brauchen, um ihre Serverkapazitäten aufzustocken und auf andere Netzwerke auszuweichen. Die Konzernplattform würde abstürzen und über längere Zeit nicht erreichbar sein. Normalerweise würde das nur den Technikern auffallen und ein paar Kunden, die zufällig auf die Seite gingen. Doch heute lagen die Dinge anders. Die Aktionärsversammlung war das Ereignis im Geschäftsjahr. Alle schauten hin, die Medien, die Börsianer, die Kunden und die Konkurrenz. Wie alle anderen DAX-Konzerne präsentierte die WEAG die Aktionärsversammlung per Livestream im Netz. Stürzte die Seite für längere Zeit ab, wäre die Blamage perfekt. Schließlich warb der Stromanbieter mit sicheren Online-Angeboten für Millionen Kunden. Monatelang hatten sie den Coup vorbereitet, waren in der Weltgeschichte herumgereist, um ihr Vorhaben zu präsentieren. Das hatte viel Zeit und Kraft gekostet. Aber es würde klappen, denn alle, die in der Szene etwas auf sich hielten, machten mit. Holgers Job war es heute, unmittelbar beim Start der DDoS-Attacke die Medien zu informieren und auf dem Laufenden zu halten.

Jürgen Kleinschmidt hatte das Meeting am nächsten Tag auf elf Uhr angesetzt. Um fünf vor elf saßen alle am kleinen Konferenztisch im siebzehnten Stock der Zentrale. Die Anspannung war zu greifen. Alle erwarteten eine Standpauke. Der Vorstand war komplett anwesend, die Leiter Kommunikation und Sicherheit, IT und die Rechtsabteilung. Um fünf nach elf kam Kleinschmidt ohne zu grüßen rein, Müller hinter ihm. Er setzte sich ans Kopfende mit dem Rücken zum Park, lehnte sich in den Sessel zurück und wartete. Minutenlang.

»Meine Herren, hat es Ihnen die Spreche verschlagen? Sie wissen, warum Sie hier sind. Ich will gar nicht darum herum reden. Die HV gestern war ein Desaster, der Super-Gau, um diese Leute zu zitieren. Wir haben uns wie Amateure präsentiert. Der Vertrauensverlust wiegt schwer, gegenüber dem Aufsichtsrat, den Aktionären und den Kunden. Ich verlange eine schonungslose Analyse. Punkt eins, die Medien. Blum fangen Sie an, aber fassen Sie sich kurz.«

»Ich bin ganz Ihrer Meinung.«

»Bitte nur die Fakten, Blum.«

»Um es auf den Punkt zu bringen, die Hauptversammlung war eine mediale Katastrophe. Die Medien kennen nur ein Thema, die Störungen und die sogenannte Online-Demo. Das ist ein Triumph für den Gegner. Selbst die Wirtschaftsblätter berichten nur über die Störer. Nehmen Sie die Headline in der *Financial Times*: »Turbulenzen bei WEAG-Hauptversammlung«. Eigentlich müsste man diese Leute kaufen, zumindest ihre PR-Abteilung. Sie arbeiten in jeder Hinsicht professionell. So ging die

Pressemitteilung erst in dem Moment raus, als die DDoS-Attacke begann. Die Empfänger brauchten nur ins Netz zu gehen, und siehe da, die Seite war nicht erreichbar. Interessant ist aber nicht nur der Zeitpunkt ihrer Verbreitung. Wir haben den Text auch analysiert. Die Urheber sind absolute Profis. Sie wissen, wie man Interesse weckt, die Message verpackt, und sie verstehen etwas von Inszenierungen. Die Leute sind vom Fach, wenn Sie mich fragen.«

»Meinen Sie das ernst, Blum? Wir sollten sie kaufen?«

»Äh …« Blum sah zum Chef. »Nein, um Gottes willen.«

»Haben Sie Vorschläge, Blum?«

Der Kommunikationschef wurde blass. »Nein, so weit sind wir nicht«, antwortete er.

»Danke, Sie sind wenigstens ehrlich.«

»Kommen wir zu Ihnen, Wegemann.«

Der Sicherheitschef schwitzte.

»Na, los, das kennen Sie doch, einen präzisen Lagebericht«, sagte Kleinschmidt schneidend.

»Äh.«

»Also dann Sie, Sievers, fahren Sie bitte fort. Zu Wegemann kommen wir später.«

»Blum hat es bereits gesagt, es war eine Distributed-Denial-of-Service-Attacke. Sie begann genau um zehn Uhr einunddreißig. Eine Dreiviertelstunde später hatten wir die Lage unter Kontrolle. Die Software ist in einschlägigen Foren frei zugänglich. Die Urheber sind Netzaktivisten und zum Teil namentlich bekannt. Die Lufthansa war das erste deutsche Unternehmen, das so einen Angriff erlebt hat. Die Software wurde seitdem weiterentwickelt. Im Unterschied zum damaligen Fall wurde die Attacke gestern vorher nicht angekündigt. Im Netz gab es keinerlei Hinweise, ganz nebenbei bemerkt, auch nicht von der Konzernsicherheit. Gegen so einen Überraschungsangriff sind wir praktisch machtlos. Wir haben sofort reagiert, unsere Serverleistungen verstärkt, die Zugänge verändert und sind auf andere Netzsegmente ausgewichen. Schneller hätten wir kaum erfolgreich auf den Angriff reagieren können.«

»Danke, Sievers. Aber wenn Sie glauben, ich hätte ein schlechtes Gedächtnis, irren Sie sich. Ich erinnere mich nämlich sehr gut an unser letztes Meeting. Stand der damalige Hackerangriff nicht auch im Zusammenhang mit unserer Kernenergiesparte?«

»Ja, bei dem Hack im April 2007 wurden tatsächlich dieselben Parolen wie gestern verwandt. Es war vermutlich derselbe Täterkreis, aber das ist Wegemanns Ressort. Sonst sind das aber zwei völlig verschiedene Ereignisse.«

»Hören Sie, Sievers, technisch interessiert mich das nicht. Diese Kreise, Gegner, sagt Blum, verfügen über dieselbe Technik, das Wissen und die Erfahrung wie Sie. Was sind das für Leute?«

»Profis. Spezialisten für Software und Netzwerke. Sie sind global vernetzt, verfügen über Personal, Wissen, Erfahrung, Ressourcen, Zeit und Geld. So eine Geschichte schüttelt niemand aus dem Ärmel.«

»Vorschläge, Sievers?«

»Bisher nicht.«

»Denken Sie kreativ, Sievers!«

»Worauf wollen Sie hinaus?«

»Gibt es keine Möglichkeiten, gegen diese Leute vorzugehen?«

»Ja, vielleicht mit Hilfe des BKA und des BSI.«

»Des was bitte?«

»Des Bundesamts für die Sicherheit in der Informationstechnik. Aber das ist Sache der Konzernsicherheit.«

»Danke, Sievers. Und jetzt zu Ihnen, Wegemann.«

»Wir waren darauf nicht vorbereitet. Unsere Kräfte an der Schleuse und in der Halle hatten nichts in der Hand, keine entsprechenden Hinweise«, begann der Sicherheitschef kleinlaut.

»Warum nicht, Wegemann?«

»Wir führen keine Recherchen in diesem Umfeld durch und sind auf Hinweise vom Staatsschutz und den Diensten angewiesen.«

»Aber Sie kommen doch aus dem BKA?«

»Ja, aber die Kollegen hatten keine entsprechenden Erkenntnisse.«

»Auch nicht die Geheimdienste?«

»Nein, nicht dass ich wüsste.«

»Dann erkundigen Sie sich. Bitte! Haben Sie gestern nicht mehrere Störer festgesetzt?«

»Insgesamt zehn Personen.«

»Und wer sind diese Leute?«

»Ihre Personalien haben die Polizeikräfte festgestellt.«

»Mensch Wegemann, Sie wollen mir erzählen, Sie wissen nicht, wen Sie da am Wickel hatten?« Kleinschmidt fasste sich an den Kopf und ließ sich in seinen Sessel sinken.

»Ja, aber ich kümmere mich darum.«

»Sie sollen sich nicht kümmern, Sie sollen offizielle und inoffizielle Kontakte aufbauen.«

»Inoffizielle Kontakte haben wir.«

»Aber davon sehe ich nichts, Wegemann. Was meinen Sie, von Lahnstein, sollen wir Strafanzeige erstatten?«

Der Justiziar streckte seine Brust vor und rümpfte die Nase. »Das Verfahren, das die Lufthansa gegen einen Verantwortlichen angestrengt hatte, endete mit einem Freispruch erster Klasse, der Angriff aus dem Internet wurde als Demonstration gewertet.«

»Das glaube ich nicht!«

»Wir könnten eine Zivilklage anstrengen. Ein Erfolg wäre aber genauso ungewiss. Trotzdem sollten wir alle Möglichkeiten nutzen.«

»Meine Herren, das reicht mir alles nicht. Wir haben es hier mit Überzeugungstätern zu tun. Schauen Sie genauer hin! Ich will alles über diese Leute wissen. Liefern Sie Ergebnisse. Danke, meine Herren. Die Sitzung ist geschlossen.« Die Manager rafften ihre Unterlagen zusammen und eilten hinaus. Kleinschmidt wandte sich an Müller. »Bringen Sie mir Wegemanns Personalakte.«

12

Mai 2011

Nach dem Treffen mit Willy begann Thomas Krüdewagen noch am selben Abend, sich einen Überblick über Holgers Unterlagen zu verschaffen. Auf der CD waren zwei Dateien, eine enthielt tatsächlich Tausende von Mails der WEAG. Der Zeitraum umfasste die Jahre 2007 bis 2009. Die letzten Nachrichten waren vom 20. August 2009. Vielleicht waren die Daten an dem oder einem darauf folgenden Tag geklaut worden, überlegte er. Praktisch wäre eine Chronik von Holgers Aktivitäten. Dann könnte er die Bedeutung solcher Daten zeitlich einordnen und besser beurteilen. Er wollte Nadine und Önder darauf ansprechen. Die Dateien waren am 30. Oktober 2010, wenige Tage vor Holgers Tod, erstellt oder das letzte Mal geändert worden, der letzte Zugriff war erst vorgestern, wahrscheinlich von Willy. Dann öffnete er das Dokument. In der Tabellendatei waren fünfundneunzig Mails erfasst, mit Datum, Uhrzeit, Absender, Funktion, Empfänger, Funktion und Betreffzeile, außerdem Notizen zum Inhalt der Mails sowie Überlegungen zum Kontext der betreffenden Nachricht. Holger war schon immer systematisch an die Dinge herangegangen. Analytisches Denken war seine große Stärke. Es wunderte Thomas nicht, dass Holger sich bei der Auswahl der Mails auf drei Komplexe konzentriert hatte: zukünftige Kraftwerksprojekte, den Werkschutz und die Landschaftspflege durch die WEAG. Unter Letzterem verstand er das weite Feld von Kontakten und Einflussnahmen auf Politiker und Beamte. Warum er sich für den Werkschutz interessierte, konnte Thomas sich gut vorstellen. Holger war auf Sabotage aus und dachte langfristig. Die Unterlagen über Objekt- und Personenschutz und die Überwachung von

Mitarbeitern würde er irgendwann brauchen können. Die Rubrik enthielt aber nur eine Mail, und die deutete in eine ganz andere Richtung, nämlich auf die Ausforschung von Umweltschützern durch den Stromkonzern.

Am 25. April 2007 schrieb ein Mitarbeiter einem Beamten des LKA Nordrhein-Westfalen. Der Absender, Wolfram Lüders, berichtete in knappen Worten über eine Aktion von Umweltschützern bei der WEAG-Zentrale, bei der es einen Polizeieinsatz vor dem Verwaltungsgebäude des Konzerns gegeben hatte, ohne dass Personalien festgestellt wurden. Er bat den »Kollegen Wenzel« um ein dringendes Gespräch. Holger hatte dazu weitere Recherchen angestellt und Literaturhinweise und Links gesammelt, unter anderem eine Meldung der *Westfälische Zeitung* vom 21. April 2007 und einen Bericht aus dem *Observer* vom März 2009. Thomas überlegte nicht lange und ging ins Netz. Der *Observer* beschäftigte sich mit der Überwachung von Umweltschützern durch Kraftwerksbetreiber in Großbritannien. Die *Westfälische Zeitung* berichtete über einen Hacker-Angriff auf die WEAG-Website und eine Protestaktion bei der Konzernzentrale. Hackern war es gelungen, einen Anti-Atom-Slogan auf der Eingangsseite des Konzerns zu platzieren. Das Unternehmen begann sich deshalb für die Szene zu interessieren, und das war offensichtlich der Grund für die Anfrage beim LKA, vermutete Thomas. Und im gleichen Moment wusste er, dass er einen Fehler gemacht hatte. Willy hatte ihn gewarnt: keine Telefonate, keine Mails, kein Internet. Aber wen konnte er ins Vertrauen ziehen? Der Termin mit Willy war erst Anfang Juni. Vielleicht Önder. Holger hatte ihn bestimmt geschult, und er könnte ihm zeigen, wie man sich im Netz bewegt, ohne Spuren zu hinterlassen. Denn sollten die Unterlagen tatsächlich so brisant sein, wie Willy behauptete, müsste Thomas sich nach einer Veröffentlichung auf etwas gefasst machen. Er versuchte es auf Önders Handy, doch es meldete sich nur die Mailbox. Er hinterließ einen Gruß und bat um Rückruf.

Am nächsten Morgen ging er ins Büro. Er nahm sich wieder Holgers Dokumente vor. Beim Thema Kraftwerksbauten ging es um AKWs in Bulgarien, Rumänien, der Türkei und Finnland sowie um konventionelle Kraftwerke in Slowenien, Litauen, Brasilien, Indien und der Türkei. Die Korrespondenz zwischen der WEAG-Zentrale und der Niederlassung am Bosporus war am umfangreichsten. Die Regierung wollte die Kraftwerkskapazitäten bis 2020 verdoppeln und rechnete mit Investitionen von 130 Milliarden Dollar, über sechs Milliarden jährlich. Das Geld sollte außer in neue Kraftwerke auch ins Stromnetz fließen, berichteten Analysten des Konzerns aus der Türkei. Zwei Projekte der WEAG waren relativ weit gediehen, an einem Gaskraftwerk in der Westtürkei wurde bereits gebaut, für ein Kohlekraftwerk am Marmarameer sollte die Lizenz in den nächsten Monaten erteilt werden. Die Korrespondenz enthielt Einschätzungen von Geschäftspartnern, und es ging um Preisabsprachen, Einflussnahme auf wichtige Entscheidungsträger und handfeste Bestechung. Auch am Bau von Atomkraftwerken hatte die WEAG Interesse bekundet, für das AKW Akkuyu aber kein Angebot eingereicht. Die Russen hätten aufgrund ihrer starken Position auf dem türkischen Markt bessere Chancen bei der Regierung, so die Einschätzung in der Vorstandsetage. Die Erdbebengefahr in der Region Mersin im Südosten der Türkei spielte offensichtlich keine Rolle bei der Entscheidungsfindung. Die Ausschreibung für das geplante AKW Sinop werde bald beginnen, hieß es. Eine Delegation der WEAG war im Oktober 2007 bereits zu Sondierungen in Ankara, mit dabei waren hohe Beamte des Energieministeriums, der Atombehörde und der Aufsichtsbehörde für den Energiemarkt. Für die Konzern-Zentrale zählten vor allem Abschlüsse. Beim Thema Landschaftspflege lautete ihre unmissverständliche Devise: »Klare Kante zeigen und die Spielregeln selbst bestimmen«, wenn nötig »diskret nachhelfen«. Thomas merkte schnell, dass er mehr Zeit benötigte und weitere Recherchen notwendig waren, zur Struktur der WEAG und über die Geschäftskontakte in der Türkei. Er schloss das Dokument und versuchte es noch einmal bei Önder. Thomas sagte ihm, er benötige seine Hilfe, ohne genau zu sagen wofür. Sie vereinbarten einen Termin.

Den Nachmittag verbrachte Thomas in einem nahe gelegenen Internetcafé. Zum Hackerangriff auf die WEAG gab es zahlreiche Hinweise im Netz. Die Aktivisten verfügten sogar über eine eigene Website und warben offensiv für eine Kampagne gegen den Stromriesen. Sie setzten ganz auf Imageschädigung, propagierten vielfältige Aktionsformen und dokumentierten diese ausführlich. Von dort gelangte er zu einem kleinen Film über die Aktion am Konzern-Tower, bei der Kletterer zwei Transparente aufgehängt hatten. Einer der Aktivisten war eindeutig Önder, die anderen kannte er nicht. Der Zeitpunkt war ganz bewusst gewählt und hatte Symbolwert. Es war der Jahrestag der Katastrophe von Tschernobyl. Er könnte wetten, dass Holger die Hand im Spiel gehabt hatte, denn er besaß immer schon einen ausgeprägten Sinn für Jahrestage und Inszenierungen, ein weiterer Grund, mit den beiden jungen Aktivisten endlich Tacheles zu reden, dachte er. Anschließend kopierte er alle Informationen über die Struktur der WEAG, ihr Spitzenpersonal, die Kraftwerkssparte und das Türkeigeschäft auf eine CD.

Zwei Tage später fuhr Thomas Krüdewagen ins Wendland. Es war ein wunderschöner Frühlingstag. Das Thermometer kletterte bereits auf zwanzig Grad. Als er am späten Abend bei der Kommune ankam, war es jedoch lausig kalt. Önder hatte auf ihn gewartet, die anderen waren bereits im Bett. Sie quatschten noch ein wenig, tauschten Eindrücke von der Reise in die Türkei aus, diskutierten über die bereits wieder abflauende Protestwelle nach Fukushima und gingen spät zu Bett. Am nächsten Morgen machten sie gemeinsam mit Nadine einen Spaziergang in der Umgebung. Thomas kam gleich zur Sache.

»Wisst ihr eigentlich, dass sich die Sicherheitsabteilung der WEAG für euch interessiert?«, fragte er.

»Wie kommst du denn da drauf?« Nadine wirkte überrascht.

»Siehst du, das ist mein Problem. Ihr weicht mir aus, ergeht euch in Andeutungen, gebt mir Rätsel auf und werft mir ab und zu mal ein Häppchen hin.«

»Was soll das heißen?«

»Es gibt ein Problem zwischen uns, kein persönliches, und es ist auch keine Frage der Sympathie, sondern ein Vertrauensproblem. Holger war ein Militanter. Ihr gehört zu seinem Freundeskreis und teilt gewisse Geheimnisse, die nicht nach außen dringen dürfen. Ihr habt natürlich gute Gründe, mir gegenüber mit verdeckten Karten zu spielen. Aber so komme ich nicht weiter. Die einfachsten Fakten erfahre ich nicht von euch, sondern muss sie mir mühsam zusammensuchen. Ich glaube, dass Holgers Tod etwas mit eurer gemeinsamen politischen Arbeit zu tun hat. Dies lässt sich aber nur klären, wenn ihr bereit seid, mir gegenüber offen zu sein. Am liebsten hätte ich eine Chronik über eure gemeinsamen Aktivitäten. Ich weiß, es ist eine Zumutung, mir vertrauliche Informationen zu geben, obwohl ihr keine politische Praxis mit mir teilt. Liege ich da richtig?«

»Da ist was dran. Wer sagt uns denn, dass du nicht nur an einer geilen Story interessiert bist?«, brachte es Nadine endlich auf den Punkt.

»Verstehe.«

»Außerdem wissen wir nicht, welche Infos überhaupt von Bedeutung sein könnten«, fügte Önder hinzu.

»Alles.«

Önder lachte.

»Ja, du lachst. Ich habe vor ein paar Tagen die Unterlagen bekommen, von denen du mir in Sinop so nebenbei beim Frühstück erzählt hast«, sagte er zu Önder. »Es sind Dokumente der WEAG, Tausende von Mails. Mit dabei eine Mail eines WEAG-Mitarbeiters an das Landeskriminalamt Nordrhein-Westfalen vom 25. April 2007. Der Absender, vermutlich aus der Abteilung

Unternehmenssicherheit, berichtet über eine Aktion, bei der an der Hauptverwaltung von Unbekannten Transparente aufgehängt wurden, und bittet um ein Gespräch. Was meint ihr, was die miteinander besprochen haben?«

»Keine Ahnung«, brummte Nadine.

»Ich sage es euch: Die WEAG wollte eure Namen. Die haben dieselben Quellen gehabt wie ich. Ich bin ins Netz gegangen, habe den Spot auf YouTube gesehen.«

Nadine und Önder sahen sich an und grinsten.

»Du hast gut lachen, Önder. Ich habe dich erkannt. Ich vermute, die Bullen auch. Die kennen euch nämlich besser als ich. Die können auch eins und eins zusammenzählen, um einen Zusammenhang mit dem Hackerangriff zu erkennen. Selbst das Design war identisch. Die Sache landete vermutlich beim BKA, dem VS und der WEAG. Ich vermute mal, Holger war auch dabei. Das könnte ein wichtiges Detail sein. Er hat die Geschichte so ernst genommen, dass er weiterrecherchiert hat, bis er Material über die Bespitzelung von Umweltschützern durch Energiekonzerne gefunden hat. Hat Holger davon erzählt, Nadine?«

»Ja, aber ich habe das nicht so ernst genommen. Jetzt bekommt das natürlich ein ganz anderes Gewicht.«

»Wer außer euch beiden weiß eigentlich noch von den Dokumenten?«

»Warum fragst du?«

»Weil es eine Bedeutung haben könnte.«

»Bernd und Sophie«, räumte Önder ein.

»Warum wissen sie davon?«

»Weil wir gemeinsam überlegt haben, wie wir damit umgehen«, antwortete Nadine ausweichend.

»Gut. Mit Bernd würde ich mich auch gern unterhalten. Wisst ihr, ob er im Lande ist?«

»Er ist wahrscheinlich ziemlich im Stress. Er hat ein volles Haus und muss für Tagungsgäste kochen«, sagte Önder.

»Schade. Ich glaube, es war keine gute Idee, Önder, mir die Geschichte so nebenbei zu erzählen. Wir hatten alle unsere Handys an. Du, Aydan und ich.«

Önder verzog das Gesicht.

»Guck nicht so betreten. Ich will dir nichts. Aber ich fürchte, ihr seid im Visier der Gegenseite, und ich muss aufpassen, dass es mir nicht bald genauso geht. Dann kann ich die Nachforschungen hier vergessen, und deshalb brauche ich eure Unterstützung.«

»Inwiefern?«, fragte Nadine.

»Ich habe keine Ahnung vom Thema Netzsicherheit und von modernen Überwachungstechniken.«

»Mich darfst du da auch nicht fragen, aber Önder versteht etwas von PGP, TOR und so.«

»Ich kann dir gern eine Einführung geben, wenn du magst«, bot Önder an.

»Das hatte ich gehofft und meinen Rechner mitgebracht. Es gibt da noch etwas anderes. Ihr wisst, gegen Holger lief ein 129a-Verfahren. Er hatte immer wieder mal die Bullen drauf. Er wusste, dass er verbrannt war, und hat trotzdem Politik gemacht, unter anderem mit euch. Mich interessiert natürlich, ob die Überwachungsmaßnahmen ein Thema zwischen euch waren und was er davon erzählt hat.«

»Bevor wir uns trafen, vergewisserte er sich meistens, dass er nicht observiert wurde«, antwortete Nadine.

»Was heißt meistens? War der Kontakt offen, halb offen oder verdeckt?«

»Sowohl als auch.«

Thomas seufzte.

»Okay. Wenn er hier im Landkreis war, haben wir uns ganz offen getroffen, für Kleingruppenaktionen verdeckt«, schob Nadine nach.

»Das heißt, die Überwacher wussten von eurem engen politischen und persönlichen Kontakt?«

»Davon muss man zumindest ausgehen«, erklärte Önder. »Wir haben Holger auf einem Workshop zum Thema Netzsicherheit kennengelernt, über Bernd. Das war eine ganz offizielle Bildungsveranstaltung im Tagungshaus. Die Teilnehmer waren aber handverlesen.«

»Verstehe.«

»Von den Observationen hat Holger gelegentlich erzählt«, ergänzte Nadine.

»Hatte er eine Ahnung, wer ihm da auf den Fersen war?«

»Ich weiß nicht, er erzählte hauptsächlich Anekdoten über die Verfolger.«

»Geschichten erzählen konnte er ja. Aber an diesem 129a-Verfahren ist noch ein anderer Punkt interessant. Im April 2007, besser gesagt in der Nacht vor dem Jahrestag von Tschernobyl, verübten Unbekannte in der Nähe des AKW Grohnde einen Sprengstoffanschlag auf einen Hochspannungsmasten. Die Bombe ging hoch, wurde aber totgeschwiegen. Holger geriet in dieser Nacht in der Gegend in eine Polizeikontrolle. Er war der Fahrer. Seine Begleiter blieben unerkannt.«

»Das habe ich nicht gewusst.« Nadine wirkte bass erstaunt. »Du etwa?«

Önder schüttelte nur den Kopf.

»Zwei Dinge fallen mir dazu ein. Erstens, der Geschädigte des Anschlags war die WEAG. Sie ist Mehrheitseignerin des AKWs. Zweitens, der Zeitpunkt. Beide Aktionen, diese Bombe und euer Doppelschlag, sag ich jetzt mal, fanden am Jahrestag von Tschernobyl statt. Dies wird der Gegenseite auch nicht verborgen geblieben sein.«

»Und was folgt daraus?«, fragte Nadine.

»Auch wenn Holger nicht am Konzern-Tower war, den Hackerangriff haben sie ihm allemal zugetraut, aufgrund seiner Ausbildung und seines Jobs. Er war dabei, oder?«

»Ja, aber er hat in Düsseldorf in einem Café auf uns gewartet und die Presseerklärung rausgeschickt«, antwortete Nadine.

»Er hatte die Kontakte zu den Nerds«, ergänzte Önder.

»Wer war noch mit von der Partie, ihr beide, Holger …«

»Bernd und Sophie«, sagte Önder.

»Ist Sophie auch von hier?«

»Ja, aber sag mal, Nadine, war Hendrik nicht auch dabei?«

»Ja.«

»Wer ist Hendrik?«

»Ein niederländischer Genosse«, erklärte Önder.

»Gab es wegen der Aktion ein offizielles Ermittlungsverfahren?«

»Nein, ich glaube nicht«, antwortete Nadine nachdenklich.

»Merkwürdig, nicht wahr?«

»Wieso? Wenn es gegen Unbekannt lief, kriegt man das ja nicht mit«, bemerkte Önder.

»Glaubst du, die Bullen haben dich in dem Outfit nicht erkannt?«

Önder zuckte gleichgültig mit den Schultern.

»Ich schon.«

»Du bist ja auch kein Bulle.«

»Das will ich meinen. Aber die Bullen sind geschult. Ich denke, wir sollten hier Schluss machen. Mein Vorschlag wäre, Önder gibt mir jetzt eine Einführung zum Thema Sicherheit, und du machst die Chronik, angefangen von dem Tag, an dem ihr Holger kennengelernt habt. Morgen Vormittag treffen wir uns und tragen alles zusammen. Was meint ihr?«

»Das kannst du vergessen!«, erwiderte Nadine.

»Heißt das, du machst die Chronik nicht?«, fragte Thomas nach.

»Du hast es erfasst«, meinte sie. Ihr Blick ließ keine weiteren Fragen zu.

»Okay, und bist du morgen dabei?«

»Mal sehen.«

Önder hatte es drauf. Er verschlüsselte Thomas' Rechner, erklärte ihm die Grundzüge des Umgangs mit PGP und TOR, lud ihm die Programme runter, generierte eine Mailadresse bei einem unabhängigen Provider und gab ihm seine Mailadresse, damit sie in Zukunft verschlüsselt kommunizieren konnten. Anschließend zeigte Thomas ihm Holgers Daten. Önder erklärte sich bereit, sich alle Informationen über Institutionen, Personen und Projekte, die das Türkeigeschäft der WEAG betrafen, genau anzusehen, sie mit seinen eigenen Aufzeichnungen zu den Atomgeschäften abzugleichen und ihm die Ergebnisse zu schicken. Außerdem würde er alles, was er zum Thema Korruption und den mysteriösen Attentaten finden würde, mit Holgers Datei vergleichen. Thomas war darüber sehr erfreut. Das hatte den unschätzbaren Vorteil, dass außer deutsch- und englischsprachigen Quellen auch türkische miteinbezogen würden. Thomas wollte sich auf die Kraftwerkssparte und den Werkschutz der WEAG konzentrieren. Sie arbeiteten bis spät in die Nacht.

Am nächsten Morgen wollten sie ausschlafen. Als Thomas um halb zehn zum Frühstück kam, war Nadine nicht allein am Tisch. Neben ihr saß ein Typ, Anfang, Mitte vierzig, braun gebrannt, schwarzes Muskelshirt, schwarzes Seidentuch.

»Gut geschlafen?«, fragte Nadine. »Das ist Hendrik.«

»Hallo. Ich bin Thomas«, erwiderte er und reichte ihm die Hand.

»Guten Tag.«

»Du bist Niederländer, nicht wahr?«

Hendrik sah ihn verblüfft an. »Ja, aber woher weißt du das?«

»Man hört es. Außerdem hat Nadine es gestern erwähnt.«

»Ach so«, bemerkte er.

»Kaffee oder Tee?«, fragte sie freundlich.

»Kaffee, bitte!« Während sie die Espressokanne vom Herd holte, trat Hendrik neben sie und legte seinen Arm um ihre Hüfte.

»Was ist, sollen wir jetzt zu Grit fahren?«, fragte sie ihn, und ihr Blick sagte Thomas alles.

»Ja, ich hole nur schnell meine Sachen«, antwortete Hendrik und eilte die Treppe hoch ins Dachgeschoss.

»Du siehst, ich habe Besuch und bin gleich nicht dabei«, erklärte sie, während sie den Kaffee einschenkte.

»Schade. Ich hätte gern noch einmal mit dir gesprochen.«

»Ich weiß eh nicht, wohin das führen soll«, erwiderte sie und wandte sich Hendrik zu, der in diesem Moment die Treppe herunterkam. »Vielleicht sehen wir uns ja nachher«, fügte sie hinzu, winkte zum Abschied und verließ mit ihrem Begleiter das Haus.

Önder wäre es lieber gewesen, wenn Nadine geblieben wäre. Ihr Kontakt zu Holger sei viel enger gewesen als seiner. Den besten Draht aber habe Bernd zu Holger gehabt. Die beiden hätten sich schon seit Mitte der neunziger Jahre gekannt, als die Proteste gegen die Castor-Transporte hier losgingen. Holger sei immer zu Bernd ins Tagungshaus gegangen, wenn er im Landkreis gewesen war. Gegen Mittag reiste Thomas ab. Sie wollten sich im Juni wieder treffen, und dann wäre auch Bernd dabei.

13

Dezember 2009

Die Villa lag in bester Lage, in einem Nobelviertel am Baldeneysee. Sie war völlig unbewacht, hatte Holger begeistert erzählt. Keine Kameras, keine optischen und akustischen Alarmmelder, auch keine Bewegungsmelder. So sehr ihn die Vorstellung reizte, in das Anwesen einzudringen, so schmerzte ihn doch die Erkenntnis, dass sich der Vorstandssprecher der WEAG offensichtlich so sicher fühlte, dass er auf Sicherheitsmaßnahmen verzichtete. Das war nicht immer so gewesen. In den siebziger und achtziger Jahren wagte das Spitzenpersonal der deutschen Wirtschaft keinen Schritt allein vor die Tür. Die Angst vor der RAF saß Leuten wie Kleinschmidt im Nacken. Das einzige Hindernis wäre der kunstvoll geschmiedete Zaun, der das weitläufige Gelände von der Außenwelt abschirmte. Aber auch dafür gäbe es Lösungen. Für eine Räuberleiter war das Gitter zu hoch, aber eine Strickleiter würde es vielleicht tun. Letztlich käme es auf Schnelligkeit und eine gute Tarnung an, um die Hürde von der Straße über den Zaun zu nehmen. Wie die Aktion genau aussehen sollte, stand noch nicht fest. Sie müsste eindeutig, möglichst populär und so durchgeführt werden, dass niemand dabei verletzt würde.

Es war nicht einfach, die anderen davon zu überzeugen, sich über Weihnachten zu treffen. Holger mietete ein Ferienhaus im Bergischen. Bernd versprach, ein Wohnmobil aufzutreiben und versicherte, dass es nicht aussehen würde, als gehörte es zu einem Zirkus. Sie würden das Fahrzeug auf einem Parkstreifen schräg gegenüber der Villa abstellen und von dort das Objekt rund um die Uhr im Auge behalten, mit einer Videokamera, die sie auf den Eingang richten würden. Technisch sei das kein Problem.

Sie brauchten nur morgens und abends die Akkus und die Speicherkarten zu wechseln, und im Dunkeln fielen sie kaum auf. Die Aufzeichnungen würden sie im Ferienhaus auswerten. Außerdem hätten sie endlich mal Zeit, über alles zu reden, was im nächsten Jahr so anstand.

Bernd und Sophie reisten am Tag vor Heiligabend mit dem Camping-Bulli an, Nadine und Hendrik mit der Bahn, nur Holger fehlte. Er hatte ganz kurzfristig abgesagt, wegen einer schweren Grippe. Sophie und Bernd holten bei ihm die Kamera samt Stativ. Ja, sie würden klarkommen, auch wenn es schmerzte, wegen seiner Kochkünste, der Geschichten, die er erzählen könnte, und überhaupt. Nach Weihnachten wollten sie für ein paar Tage nach Frankreich. Sie würden dort Genossen treffen und sich nach den beiden bei der Sabotageaktion beim Castor verhafteten Anarchisten erkundigen. Auf dem Rückweg würden sie bei ihm vorbeikommen, wahrscheinlich am Tag nach Neujahr. Wenn er bis dahin wieder fit sei, könnte er sie ja für ein paar Tage ins Wendland begleiten. Man werde sehen. Holger war erleichtert, dass sie ihm sein Theater abgekauft hatten. Er hatte wegen der völlig ungeklärten Situation nach den Verhaftungen in Frankreich insgeheim entschieden, aus der Aktion auszusteigen.

Das Eingangstor öffnete und schloss automatisch, als der Porsche das Anwesen verließ. Es war Heiligabend, 18 Uhr 23. Es gab keinen Zweifel, Kleinschmidt saß selbst am Steuer. Die Frau neben ihm wirkte zwanzig Jahre jünger. Die vier waren sich deshalb nicht sicher, ob es die Ehefrau war. Fünfzehn Minuten später kam eine junge Frau aus dem Eingang. Sie hatte lange blonde Haare, schicke Klamotten, war Mitte, Ende zwanzig. Sie schloss hinter sich das Tor, sah sich auf der Straße kurz um und wartete. Wenig später kam ein silbergrauer Golf, um sie aufzunehmen. Die Blonde schien die Haushälterin oder die Putzfrau zu sein. Kleinschmidt und seine Frau kehrten erst nach Mitternacht zurück, die Haushälterin erst am Morgen um 8 Uhr 15. Abends dasselbe

Bild: Der Porsche passiert kurz vor halb sieben die Toreinfahrt, die Haushälterin ging fünfzehn Minuten später.

Am nächsten Morgen der Schock: Während Bernd im Camping-Bulli Akku und Speicherkarte auswechselte, wartete Sophie an einer Bushaltestelle in der Nähe auf ihn, als ein junges Paar auf sie zutrat.

»Allgemeine Polizeikontrolle. Ihren Personalausweis bitte!«, sagte der Zivi. Die Frau und den Typen hatte Sophie nur flüchtig wahrgenommen und nie und nimmer für Bullen gehalten. Er war Anfang dreißig, klein, drahtig und sie eine unauffällige Person im selben Alter. Sophie bekam weiche Knie, fing sich aber gleich wieder. Sie reichte ihm den Ausweis, und der Bulle trat zwei Meter zur Seite, drehte sich um und telefonierte. Die Polizistin nahm die ganze Zeit ihre Hand nicht von der Knarre und fixierte sie.

»Frau Rüschert, meine Kollegin wird Sie jetzt durchsuchen«, erklärte der Bulle, nachdem er ihre Personalien überprüft hatte.

»Wie bitte? Dazu haben Sie kein Recht!«, rief sie scharf.

»Ach was, Allgemeines Polizeigesetz Nordrhein-Westfalen. Wenn Sie sich dieser polizeilichen Anordnung widersetzen, nehmen wir Sie vorübergehend fest und Sie begleiten uns aufs Präsidium. Die Entscheidung liegt ganz bei Ihnen, Frau Rüschert.«

Sophie nahm demonstrativ die Hände hoch und stellte die Beine auseinander.

»Führen Sie Waffen mit sich?«, fragte die Polizistin, tastete sie flüchtig ab und fasste ihr auch nicht in die Taschen.

Bernd überraschten sie beim Aussteigen. »Allgemeine Verkehrskontrolle. Führerschein und Fahrzeugpapiere bitte!«, hörte er plötzlich hinter seinem Rücken. Bernd erschrak, drehte sich um und sah sich zwei Zivis gegenüber.

»Na, was ist?«, fragte der Kleinere der beiden. Der andere Beamte hatte seine rechte Hand an der Dienstwaffe. Bernd zog die Papiere aus seiner Brieftasche und hielt sie ihnen hin. Der Kleine trat einen Schritt zurück und überprüfte die Daten. Sein Kollege ließ Bernd nicht aus den Augen. Als der Polizist mit den Papieren sich wieder umgedreht hatte, sagte der Lange: »Wir werden jetzt einen Blick in das Fahrzeug werfen, Herr Schröder.«

»Tun Sie sich keinen Zwang an«, gab Bernd zurück und ließ ihn an sich vorbei ins Auto steigen. Der Zivi fotografierte den Aufbau der Kamera und fummelte daran herum. Es dauerte nicht lange, bis er wieder herauskam, die Speicherkarte zwischen den Fingern.

»Hier, das werden wir beschlagnahmen«, erklärte er triumphierend.

»Nicht ohne eine Quittung, Herr Kommissar«, erwiderte Bernd.

»Polizeihauptkommissar, wenn ich bitten darf. Bitte begleiten Sie uns zu unserem Fahrzeug. Dort bekommen Sie Ihren Beleg.« Der dunkelblaue Transporter mit Düsseldorfer Kennzeichen stand drei Parkbuchten hinter dem Wohnmobil. Der Lange ging vor, und der Kleine folgte Bernd dicht auf den Fersen. Plötzlich stieß der Bulle ihn brutal in den Rücken, drängte ihn gegen ein Auto und drückte ihm sein Knie zwischen die Beine.

»So, Freundchen, Beine auseinander und keinen Mucks!«, drohte er. Bernd war auf hundertachtzig und nahe dran auszurasten. Dann ließen die Bullen plötzlich von ihm ab.

Bernd entspannte sich. »Ist das alles, was man bei der Polizei in Nordrhein-Westfalen so lernt?«, fragte er abschätzig.

»Ach, die Quittung hätte ich fast vergessen«, gab der Bulle zurück und setzte sich in den Wagen. Es dauerte eine Weile, bis der Beamte das Formular ausgefüllt hatte und es ihm mit den übrigen Papieren in die Hand drückte.

Als Sophie um die Ecke kam, wechselten sie nur ratlose Blicke und gingen zum Wohnmobil zurück.

»Bloß weg hier«, sagte Bernd.

»Genau«, erwiderte Sophie.

Bernd setzte sich hinters Steuer. »Ich würde sagen, wir suchen uns ein Café und frühstücken erst einmal.«

»Schöne Idee, aber ich fürchte, an Weihnachten finden wir hier nichts. Vielleicht sollten wir gleich nach Düsseldorf oder Köln weiterfahren. Da ist bestimmt etwas offen.«

»Von mir aus gern.«

Sie landeten in einem Café neben dem Funkhaus Wallrafplatz. Es war Jahre her, dass Sophie zuletzt in Köln gewesen war, aber das Campi fand sie auf Anhieb wieder. Damals hatten sie kaum einen Platz bekommen, doch heute herrschte hier gähnende Leere.

»Am besten wir starten gleich ins Elsass durch«, meinte Sophie, nachdem sie bestellt hatten.

»Nur keine voreiligen Schlüsse«, entgegnete Bernd. »Lass uns erst einmal frühstücken und in Ruhe überlegen, was Sache ist.«

»Wenn das ein Zufall war, fress ich einen Besen!«, begann Bernd nach dem Frühstück. »Ich habe ein total ungutes Gefühl, es sieht so aus, als ob sie uns schon länger beobachten würden. Einer von ihnen ist in den Bulli und hat die Speicherkarte beschlagnahmt.«

Sophie wurde bleich. »Das war's dann.«

»Ich glaube nicht, dass das strafrechtlich Konsequenzen hat. Aber den Ball werden wir in Zukunft flach halten müssen«, meinte Bernd.

»Dann begnügen wir uns demnächst wieder damit, zum Sonntagsspaziergang ums Zwischenlager zu gehen.«

»Sehr witzig. Sag mal, hattest du eigentlich auch das Gefühl, dass sie bereits wussten, mit wem sie es zu tun hatten?«

Sophie ließ sich mit der Antwort Zeit und überlegte. »Ich weiß nicht, ob sie auf uns gewartet haben. Ich hatte aber den Eindruck, dass die Leibesvisitation inszeniert war.«

»Ja, das glaub ich auch. So wie die Bullen mich traktiert haben, waren sie nicht darauf aus, etwas zu finden. Sie wollten mir eine reinwürgen. Nach dem Motto: He Alter, wir wissen, wer du bist, was du hier treibst, sieh dich vor!«

»Eine handfeste Drohung?«

»Es war wie bei einer Terroristenfahndung. Die haben die Hand gar nicht mehr von der Knarre genommen.«

»Meinst du, die waren vom BKA?«

»Nee, eher LKA oder ein Mobiles Einsatzkommando.«

»Hast du dir eigentlich einen Ausweis zeigen lassen?«

»Scheiße, das habe ich voll verpeilt.«

»Und wenn es gar keine Bullen waren, sondern Kleinschmidts Sicherheitsleute?«

»Unsinn! Es waren hundertprozentig die Bullen. Der Kleinere war regelrecht beleidigt, als ich ihn mit Herr Kommissar angeredet habe.«

»Ganz schön blauäugig, zu glauben, wir könnten mal gerade so bei Kleinschmidt über den Zaun hüpfen, ihm die Villa verwüsten und weg.«

»Ehrlich gesagt, würde es mich nicht wundern, wenn Holger eine Vorahnung gehabt und sich deshalb ins Bett gelegt hat.«

»Quatsch, dann hätte er es uns gesagt.«

Bernd überlegte. »Wahrscheinlich. Aber er war ganz schön sauer, dass wir die Gründe für die Verhaftungen in Frankreich noch nicht abgeklärt haben.«

»Das hätte er auch selbst machen können.«

»Aber er hatte ja die Bullen drauf.«

»Das ist doch nichts Neues. Vielleicht hat er die Bullen mit zur Villa geschleppt, als er das erste Mal zum Checken da war.«

»Kann sein. Oder es gab doch eine Überwachungskamera und wir wurden beobachtet, als wir die Karre abgestellt oder die Akkus ausgetauscht haben.«

»Nein, das glaube ich nicht.«

»Wie dem auch sei. Wir müssen jetzt auf jeden Fall entscheiden, was wir machen, ob wir zu den beiden Schätzchen zurückfahren oder nicht.«

»Aber das haben wir ja längst entschieden, stillschweigend, sonst säßen wir jetzt nicht hier.«

»Richtig. Aber Nadine und Hendrik warten doch auf uns.«

»Ich fürchte, das lässt sich nicht ändern. Wenn wir jetzt die Bullen zu ihnen schleppen, wäre das blöd. Sie können sich ja denken, dass irgendetwas schiefgegangen ist.«

»Klar, du hast recht. Es wäre ziemlich leichtsinnig, jetzt mit den Bullen im Schlepptau zur Ferienwohnung zurückzufahren.«

»Okay, dann machen wir jetzt Weihnachtsferien und fahren ins Elsass.«

»Gute Idee. Lass uns am besten gleich losfahren.«

Holger war nicht sehr erfreut, als Bernd und Sophie acht Tage später bei ihm zu Hause aufliefen. Weil Sophie Nadines beste Freundin war, wollte er eigentlich lieber mit Bernd allein reden, aber sie ließen ihm keine Wahl. Trotz der Kontrolle an der Villa hatten sie in Frankreich Genossen getroffen.

»Ganz schönes Risiko«, meinte Holger, als sie davon erzählten.

»Aber du hast doch darauf gedrängt, endlich ein Treffen mit den Franzosen zu machen.«

»Ja, aber nicht unter diesen Umständen. Hoffentlich habt ihr die Bullen nicht draufgehabt. Die kannten diesen Kontakt nämlich bisher nicht.«

»Mach mal halblang, Holger. Wir hatten nicht das Gefühl, dass uns die Bullen ins Elsass gefolgt sind. Wir haben erst einmal zwei Tage bei Bekannten auf dem Dorf verbracht, bei absolut harmlosen Ökos. Um ein halbwegs sicheres Gefühl für die Situation zu bekommen, sind wir viel spazieren gegangen. Und erst als wir einigermaßen sicher waren, dass da niemand um uns herumgeschlichen ist, sind wir nach Straßburg gefahren«, erwiderte Bernd.

»Und den Kontakt zu den Parisern hat unser Gewerkschaftsfreund hergestellt«, fügte Sophie hinzu. »Die kennen unseren anarchistischen Genossen Pascal, und es ist nicht ungewöhnlich, ihn zu einer Silvesterparty einzuladen. Das Treffen haben wir Neujahr im Gewerkschaftshaus gemacht, in absolut entspannter Atmosphäre, mit Plätzchen und allem.«

»Das freut mich«, brummte Holger.

Bernd, der seinen Sarkasmus zur Genüge kannte, ging gar nicht darauf ein. »Die beiden haben sechs Wochen im Knast gesessen und die Zeit ganz gut verpackt«, erzählte er. »Ihre Verhaftung hat in Frankreich eine für deutsche Verhältnisse unglaubliche Solidarisierung ausgelöst. Sogar ihre Professoren haben sich mit ihnen solidarisiert und den Terrorismusvorwurf zurückgewiesen. In Deutschland wäre das undenkbar. Ob Anklage erhoben wird und wie die Sache ausgeht, ist völlig offen. Die Beweislage scheint gar nicht so eindeutig zu sein. Das Verfahren wird sich vermutlich Jahre hinziehen.«

»Politisch ist das interessant, aber kommt doch mal auf den Punkt. Was ist denn eigentlich genau passiert?«, fragte Holger.

»Ja, das ist es ja. Sie können sich auch nicht erklären, wieso die Bullen plötzlich da waren.«

»Was soll das heißen?«

»Erzähl du es ihm, du hast die Details besser im Kopf«, sagte Bernd zu Sophie.

»Gut. Sie waren an der Stelle, die wir gemeinsam ausgekundschaftet hatten, und sind auch genau so vorgegangen, wie wir es geplant hatten. Pascal sollte Schmiere stehen. Er hatte unterwegs aber an seinem Fahrrad einen Platten. Die anderen sind deshalb vorgefahren, haben ihre Räder abgestellt und sind zur Brücke gegangen. Aber es hat dann doch länger gedauert, den Schlauch zu wechseln und Pascal hat ihnen über Funk Bescheid gesagt. Sie haben in einem Gebüsch auf das Startsignal von ihm gewartet. Als er endlich so weit war und gerade seinen Posten beziehen wollte, hat er von Weitem die Wagenkolonne kommen sehen. Pascal hat daraufhin über Funk das Abbruchsignal durchgegeben und sich ins Gebüsch geschlagen. Er konnte von dort nicht sehen, dass sich auf der anderen Seite der Bahn bereits eine Polizeieinheit in Position gebracht und die Genossen an der Brücke die ganze Zeit beobachtet hatte. Die beiden Genossen sind sofort auf die Brücke gelaufen, um auf der anderen Seite der Gleise abzuhauen. Die sind den Bullen praktisch in die Arme gelaufen. Das Material und die Funkgeräte wurden später im Gebüsch gefunden. Pascal haben sie wahrscheinlich gar nicht gesehen. Er hat die Bullen an sich vorbeifahren lassen und ist ihnen entwischt.«

»Wie ist denn ihre Einschätzung? Einen zufälligen Passanten kann man nach Lage der Dinge wohl ausschließen.«

»Pascal tippt auf eine Observation beim Auschecken. Aber wenn wir das definitiv ausschließen, ist die Kacke am dampfen. Dann haben wir nämlich einen Spitzel im Vorbereitungskreis«, sagte Bernd.

Holger ließ einen tiefen Seufzer hören.

»Bist du eigentlich sicher, dass du beim Checken keine Bullen drauf hattest?«, fragte Sophie schnippisch. »Auch bei der Villa nicht?«

»Ja, ich hatte mich vorher abgesetzt.« Holger war genervt. »Wer hat eigentlich alles von der Stelle bei Metz gewusst?«, fragte er stattdessen.

»Was soll die Frage?«, empörte sich jetzt Sophie.

»Seid ihr sicher, dass alle Genossen im Vorbereitungskreis über jeden Verdacht erhaben sind? Es bleibt uns doch nicht erspart, genau zu klären, wer was gewusst hat.«

»Mit anderen Worten, du traust es allen zu?«

»Muss ich darauf antworten?«, erwiderte Holger und sah erst zu Bernd, dann zu Sophie.

»Nein«, sagte Bernd schließlich.

Holger ließ nicht locker. »Was sagt denn Pascal dazu? Kann er für alle Franzosen die Hand ins Feuer legen?«

»Es wussten nur drei von ihnen Bescheid, er und die beiden Knackis, die hops gegangen sind«, erklärte Sophie. »Sie hatten den Punkt ursprünglich ja gar nicht auf der Rechnung.«

»Und der Vorbereitungskreis war natürlich im Bilde«, fügte Bernd hinzu.

»Und wer gehörte alles zu dem Kreis?«

»Worauf willst du hinaus?«, fragte Sophie.

Holger ließ sich nicht provozieren. »Ich würde es gern wissen«, sagte er.

»Nadine, Hendrik, Pascal, Isabel und ich.«

Sie waren am Kanal spazieren gegangen und fast wieder bei Holgers Wohnung angelangt. Sophie blieb auf einer Fußgängerbrücke zurück und sah den Enten zu. Die beiden Männer gingen noch ein Stück weiter und warteten dann auf sie.

»Wir müssen mal reden«, sagte Holger, »allein.«

»Du glaubst, es ist Hendrik«, vermutete Bernd.

»Nicht unbedingt, aber man muss diese Möglichkeit in Betracht ziehen und es überprüfen, aber sag bloß Sophie nichts!«

»Nein, bist du wahnsinnig?«

»Und kein Wort gegenüber Nadine!«

»Was denkst du denn?«

»Was ist eigentlich mit Grit, hat nicht sie Hendrik angeschleppt?«

»Ja, Grit kennt ihn von Genua. Seitdem sehen sie sich ab und zu«, sagte Bernd.

»Und wie gut kennt sie ihn? Weiß sie über seine persönlichen Verhältnisse Bescheid?«

»Ich weiß nicht, du kennst Grit doch. Sie springt auf vielen Hochzeiten herum.«

»Gibt es jemanden in Holland, den man ins Vertrauen ziehen könnte?«

»Ich denke darüber nach. Ich komme nächste Woche mal vorbei, dann können wir in Ruhe reden.«

»Und, habt ihr schon jemanden im Visier?«, fragte Sophie, die zu ihnen aufgeschlossen hatte.

»Dich, wen den sonst?«

Sie konnte über Holgers Scherz absolut nicht lachen.

14

Juni 2011

Önder hatte in seiner Mail nur eine Andeutung gemacht, warum er vorbeikommen wollte: »Ich hab da was.« Vielleicht eine Spur, die sie zu Holgers Mörder führte, hoffte Thomas. Doch Önder wartete mit einer anderen Überraschung auf.

»Thomas, du wirst es nicht glauben, aber einer von den Typen, die bei den Attentaten in der Türkei ermordet wurden, unterhielt enge Geschäftskontakte zur WEAG«, sagte er, als sie hinterm Museum Ludwig die Stufen zur Rheinpromenade hinuntergingen. »Und ich sage dir, es kommt noch besser, er hat kräftig die Hand aufgehalten, wenn du verstehst, was ich meine.«

»Klar, aber mach es bitte nicht so spannend.«

»Außerdem ist da noch etwas.«

»Na, spuck es endlich aus, Mann. Wir sind hier nicht bei Günther Jauch.«

Önder lachte. »War das eine Kostprobe rheinischen Humors?«, fragte er.

»Mann, spann mich nicht auf die Folter.«

Önder grinste. »Der Chef der staatlichen Atombehörde, der in der Nähe von Sinop mit einer Autobombe getötet wurde, war von der WEAG bestochen worden.«

»Gibt es dafür Belege?«

»Was denkst du denn? Über seinen Schreibtisch gingen die Ausschreibungsunterlagen für das AKW bei Sinop. Bostancı, so hieß der Ermordete, hat den WEAG-Managern offensichtlich Versprechungen gemacht, die er später nicht einhalten konnte.«

»Inwiefern?«

»Die WEAG wollte als Investor in Sinop einsteigen und sich mit 51 Prozent an der Betreibergesellschaft beteiligen. Der Reaktortyp, den der Konzern bauen wollte, fiel im Ausschreibungsverfahren allerdings durch. Die Atomaufsicht hatte die Kriterien kurzerhand verschärft, offensichtlich ohne Absprache mit dem Konzern. Der Chef der WEAG-Niederlassung in Istanbul vermutet, dass die koreanische Konkurrenz mehr Schmiergeld gezahlt hat. Bostancı hatte für seine Dienste von der WEAG vorab einen fetten Mercedes geschenkt bekommen. Für die Vermittlung des Milliarden-Deals war das offensichtlich zu wenig.«

Thomas rieb sich die Hände. »Super. Das ist ja eine lustige Geschichte, vor allem die Sache mit dem Mercedes.«

»Ich habe dir ein kleines Dossier zusammengestellt, mit Auszügen aus dem Schriftverkehr des Konzerns und Artikeln aus türkischen Tageszeitungen und Wirtschaftsmagazinen.«

»Hast du die auch übersetzt?«

»Klar, gelernt ist gelernt.«

»Super, Önder. Wie ist das mit der Autorenschaft? Ich würde dich bei einer Veröffentlichung gern als Mitautor nennen.«

»Danke. Aber ich möchte nicht als Wasserleiche aus der Elbe gefischt werden.«

»Verstehe, aber du könntest die Geschichte aus Sicht einer Anti-AKW-Gruppe kommentieren.«

»Darüber reden wir noch. Das muss ich mit meinen Leuten absprechen.«

»Aber sei vorsichtig.«

»Ja, ich berede es nur mit Bernd und Nadine.«

»Wie du willst.«

»Meinst du, dass diese Geschichte etwas mit Holgers Tod zu tun haben könnte?«, fragte Önder.

»Das bereitet mir inzwischen wirklich Kopfschmerzen.«

»Was genau?«

»Wir sitzen jetzt auf der Bombe, und wenn es da einen Zusammenhang gibt, den wir übersehen haben, dann gnade uns Gott.«

»Beten bringt nichts.«

»Stimmt. Wir müssen einen kühlen Kopf bewahren und keinen Schnellschuss fabrizieren. So schön, wie die Geschichte ist, werde ich sie erst zur Veröffentlichung anbieten, wenn wir uns Klarheit über Holgers Tod verschafft haben.«

»Das gefällt mir, Thomas. Du bist ja ein echter Profi.«

»Ach, was. Ich möchte bloß auch nicht als Wasserleiche enden.«

Am Rheinauhafen kehrten sie um. »Übrigens, die Geschichte mit der Bombe auf den Strommasten bei Grohnde ist ja auch der Hammer«, bemerkte Önder.

»Wieso?«

»Na, dass die das hingekriegt haben, eine so fette Geschichte unterm Deckel zu halten.«

»Wenn es keine Zeugen gab, die Zugang zu Medien hatten, wundert mich das nicht. Schließlich haben weder Bullen noch Betreiber ein Interesse, dass erfolgreiche Sabotage Nachahmer findet. Vielleicht lag dem auch die Einschätzung zugrunde, dass der Verdacht gegen Holger für eine Verurteilung vor Gericht nicht reichen würde. Warum sollten sie das Risiko eines öffentlichen Prozesses dann eingehen? So hätten sie gleich 0:2 verloren.«

»Das klingt logisch. Bist du eigentlich bei deiner Recherche weitergekommen?«, fragte Önder.

»Was den Werkschutz der WEAG angeht, nicht, aber ich habe ein paar interessante Hinweise aus anderen Ländern gefunden. In Großbritannien, Skandinavien und den USA haben Energiekonzerne Umweltschützer bespitzelt und massiv unter Druck gesetzt.«

»Das ist ja widerlich!«

»Das kannst du wohl laut sagen. Die Energiekonzerne greifen offensichtlich zur Selbstjustiz, um ihre umstrittenen Kraftwerksbauten durchzusetzen.«

»Meinst du, die WEAG-Leute waren tatsächlich scharf auf unsere Namen?«

»Ja, sicher. Ihr habt doch die Transparent-Aktion bei der Hauptverwaltung selbst als Startsignal für eine längerfristige Kampagne bezeichnet, und dann war da ja auch der Hackerangriff auf die Website. Da brauchten sie doch nur eins und eins zusammenzuzählen.«

»Meinst du?«

»Die sind auch nicht blöd, und wenn es um ihr Image geht, verstehen sie absolut keinen Spaß.«

»Vielleicht hast du recht. Ich habe übrigens mit Bernd gesprochen. Er würde dich gern treffen. Ab Mitte August ist er aber zwei Wochen im Urlaub. Wie sieht es bei dir vorher aus?«

Thomas schaute in seinen Terminkalender. »Ja, ich könnte in der ersten Augustwoche.«

»Gut, ich auch. Unsere Infos tauschen wir bis dahin mit PGP aus. Kommst du damit gut zurecht?«, fragte Önder.

»Ja, danke. Du warst wirklich eine große Hilfe.« Auf der Domplatte trennten sie sich.

Willy fand das Café in der Kölner Südstadt auf Anhieb. Er war eine halbe Stunde zu früh dran, drehte noch eine Runde durchs Viertel, kaufte beim Bäcker gegenüber ein Teilchen, bestellte einen Kaffee und lehnte sich drinnen an einen Stehtisch. Von da aus hatte er alles gut im Blick. Thomas war pünktlich. Er achtete nicht darauf, was um ihn herum passierte, und verschwand im Lokal. Willy beobachtete noch eine ganze Weile die Umgebung. Weil nichts auf mögliche Verfolger hindeutete, ging er zehn Minuten später hinein. Thomas war erleichtert und stand auf, als Willy endlich kam.

»Hallo, schön dass du kommst«, begrüßte er ihn.

»Ich freue mich auch, dich zu sehen«, erwiderte Willy. »Ich war gegenüber, um zu sehen, ob du sauber bist. Seit du in der Szene herumspringst, muss man ja mit allem rechnen.«

»Du hast recht. Es gibt ein paar interessante Neuigkeiten.«

»Gut, dann schieß los!«

»Holgers Dokumente bergen tatsächlich einigen Sprengstoff. Zwei Komplexe sind besonders interessant. Der eine betrifft das Türkeigeschäft der WEAG. Das Attentat auf den Direktor der dortigen Atombehörde steht vermutlich im Zusammenhang mit einem handfesten Bestechungsskandal um den Bau des AKW Sinop. Ich hatte dir bei unserem letzten Gespräch ja von der Reise in die Türkei erzählt. Es ist nicht auszuschließen, dass die Attentäter im Auftrag der WEAG handelten. Auch wenn es dafür keinen direkten Beleg gibt, reichen die Dokumente, um einigen Staub aufzuwirbeln. Übrigens, ohne Önder, das ist der Typ aus dem Wendland, wäre die Aufarbeitung der Dokumente so schnell nicht möglich gewesen.«

»Dann hatte Holger mal wieder den richtigen Riecher?«

»Ja, das kann man wohl sagen. Der zweite Punkt ist politisch nicht so brisant, aber umso beunruhigender. Holger und seine Freunde aus dem Landkreis sind offensichtlich seit Jahren im Visier der WEAG-Security. Am Tschernobyl-Jahrestag 2007 kletterten vier Leute aus der Gruppe um Holger auf ein Vordach des Konzern-Towers, hissten ein paar Transparente und verschwanden, bevor die Polizei ihre Personalien feststellen konnte. Gleichzeitig wurde die Website des Konzerns gehackt, und sie konnten die Slogans der Kampagne auf der Eingangsseite installieren. Holger war zwar nicht vor Ort, hat aber die Presseerklärung verschickt und sich später mit der Gruppe in Düsseldorf getroffen. Die Aktion ist sehr gut dokumentiert, unter anderem auf YouTube. Önder habe ich auf dem Spot sofort erkannt. Wie dem auch sei. Unter den Dokumenten ist eine Mail der Sicherheitsabteilung der WEAG an das LKA NRW. Darin berichtet der WEAG-Mann über die Aktion und beschwert sich, dass keine Personalien festgestellt worden sind. Holger ist der Sache nachgegangen und hat ein paar Hintergrundinformationen dazu gesammelt. Die Überwachung von Umweltschützern ist international inzwischen sehr weit verbreitet. Die Bespitzelung wird von privaten Sicherheitsunternehmen im Auftrag der Konzerne durchgeführt. Es geht darum, Aktivisten zu erkennen und sie in ihrer Existenz zu bedrohen, mit Schadensersatzklagen, Mobbing, Verunglimpfung und so weiter. Ein äußerst schäbiges Mittel ist, Druck über den Arbeitgeber auszuüben, Aktivisten zu mobben und zu verunglimpfen. Dabei schrecken sie auch nicht davor zurück, Kinderpornoseiten auf die Rechner von Aktivisten zu spielen. Und es werden sogar Spitzel und Agenten eingesetzt.«

»Davon habe ich ja noch nie gehört. Gibt es außer dem Schreiben ans LKA weitere Hinweise auf Überwachungsmaßnahmen durch die WEAG?«

»Nein, aber vielleicht ist die Abteilung Konzernsicherheit einfach besser gegen Datenklau geschützt als andere. Das ist allerdings reine Spekulation.«

»Welche Schlussfolgerungen ziehst du daraus?«, fragte Willy.

»Das Material ist insgesamt politisch total brisant und schreit geradezu nach einer Veröffentlichung. Önder und ich sind uns aber einig, keine Zeile nach außen zu geben, bevor Holgers Todesumstände nicht aufgeklärt sind. Wir können ja nicht ausschließen, dass sein Tod damit etwas zu tun hat.«

»Sehr vernünftig. Und was ist im Wendland herausgekommen?«

»Nichts. Nadine mauert, bestätigt nur Fakten, die ich eh schon kenne. Sie artikuliert ihr Misstrauen mir gegenüber sehr deutlich. Bei unserem ersten Treffen hatte ich einen ganz anderen Eindruck gehabt. Da wirkte sie noch sehr offen.«

»Ich kenne sie nur vom Sehen, von den Castor-Protesten im Wendland. Aber hast du eine Erklärung dafür?«

»Überhaupt nicht, aber ich habe sie auch nur zwei oder drei Mal gesehen. Meinen Vorschlag, eine Chronik von Holgers Aktivitäten zu erstellen, fand sie regelrecht unverschämt.«

»Na, das ist ja auch ganz schön harter Tobak!«

»Hm.«

»Was sagt Bernd eigentlich dazu?«

»Den habe ich noch nicht getroffen, vielleicht klappt es Anfang August.«

»Ich könnte versuchen, ihm eine Nachricht zukommen zu lassen, damit er weiß, woran er bei dir ist. Wir kennen uns seit Langem.«

»Ob das hilft? Erikas Fürsprache hat bei Nadine überhaupt nicht gefruchtet.«

»Vermutlich hält sie dich für einen abgehalfterten Alt-Linken, dem man nicht unbedingt Vertrauen schenken kann.«

»Ja, so fühlt es sich an.«

»Hast du sonst noch irgendetwas auf dem Herzen?«

»Gibt es einen Weg, dich offen zu kontaktieren, oder sollen wir uns weiter verdeckt treffen?«

»Darüber habe ich auch nachgedacht, aber ich halte es für sinnvoller, es erst einmal bei diesem Modus zu belassen. Wir wissen einfach nicht, was abgeht.«

»Okay, aber glücklich bin ich damit nicht. Es gibt manchmal Situationen, wo eine schnellere Absprache nötig ist.«

»Ja, das kann ich verstehen. Trotzdem wäre es im Moment sehr unvernünftig. Außerdem hängen an mir noch ein paar Genossen dran.«

»Verstehe.«

15

Februar 2010

Die Razzia ließ nicht lange auf sich warten. Ein paar Tage nach Bernds Besuch bei Holger durchsuchte das niedersächsische Landeskriminalamt das Tagungshaus im Wendland. Die Polizisten beschränkten sich nicht auf Bernds Zimmer, sondern stellten alles auf den Kopf. Auch in Sophies WG durchsuchten sie jeden Winkel. Der Vorwurf: Verletzung des höchstpersönlichen Lebensbereichs, Paragraf 201a, Strafgesetzbuch. Bernd ließ vorsichtshalber ein paar Wochen verstreichen, bevor er zu Holger fuhr.

»Und was ist mit den anderen? Wurden Nadine und Hendrik nicht auch kontrolliert?«, fragte Holger verwundert, als Bernd mit seinem Bericht fertig war.

»Nein.«

»Gibt es Observationen?«

Bernd zuckte ratlos die Schultern. »Ich habe nichts bemerkt, die anderen auch nicht. Wie kommst du eigentlich darauf, dass Hendrik ein Spitzel sein könnte?«

»Wenn die Bullen nicht ganz doof sind, haben sie geschnallt, dass ich mich auf technische Überwachungsmaßnahmen eingestellt habe. Deshalb liegt es nahe, einen Spitzel in unserem Umfeld zu platzieren. Die Verhaftungen in Frankreich sind natürlich ein Alarmsignal, auch wenn ich Pascals Einschätzung, dass ein Spitzel dafür verantwortlich sein muss, nicht vorbehaltlos teile. Schließlich verliert man schnell mal den Überblick, wenn so viele Leute an einer Geschichte beteiligt sind wie im November an der Castor-Strecke. Es sind einige undichte Stellen denkbar. Vielleicht hat jemand versehentlich in einem überwachten Raum geplappert oder ein Handy angehabt, das abgehört wird.«

»Vielleicht haben die Bullen an dir drangehangen.«

»Als wir im Herbst in Frankreich an der Castor-Strecke waren, war ich sauber. Ich hatte vorher sehr genau darauf geachtet und mich abgesetzt.«

»Aber wie kommst du auf Hendrik?«

»Das Gefühl, er könnte ein Bulle sein, hatte ich bereits bei unserer ersten Begegnung. Nadine hat natürlich sofort gemerkt, dass ich ihn nicht mochte, und mir gehörig den Kopf gewaschen. Ich habe dann nicht mehr daran gedacht. Pascal hat es erst wieder aufgebracht. Wer aus dem Vorbereitungskreis kommt überhaupt als Spitzel in Frage? Isabel hat Pascals vollstes Vertrauen. Sophie und Nadine sind auch über jeden Verdacht erhaben, Pascal sowieso, bleibt nur Hendrik. Du siehst, das ist eine ganz einfache Rechnung. Was denkst du?«

»Als Pascal sagte, es muss einen Spitzel geben, habe ich auch sofort an Hendrik gedacht. Er war der Einzige, der die Gruppe kannte, die bei Metz für uns eingesprungen ist.«

»Und was ist mit Önder, wusste er nicht auch von der Sache?«

Bernd schüttelte entschieden den Kopf. »Önder kannte die Örtlichkeiten gar nicht«, sagte er. »Außerdem lege ich für ihn die Hand ins Feuer. Was Hendrik betrifft, hat mich die Sache mit der Villa misstrauisch gemacht. Es gibt keine vernünftige Erklärung dafür, warum wir da aufgeflogen sind. Kameras und Observationen gab es keine. Hätten wir die Bullen im Schlepptau gehabt, wären auch Nadine und Hendrik dran gewesen, schon am Vortag, als sie das erste Mal im Camping-Bus die Karte ausgetauscht haben. Wir müssen uns Gewissheit verschaffen und Hendrik abchecken.«

»Und was ist dein persönlicher Eindruck von ihm?«

»Ehrlich gesagt, fand ich Hendrik anfangs ganz in Ordnung. Er war zurückhaltend, zuvorkommend und freundlich. Was mir im Laufe der Zeit aber auf den Keks ging, war diese zur Schau getragene Political Correctness. Bei solchen Leuten bin ich immer auf der Hut. Seine persönliche Haltung ist für mich nicht greifbar.«

»Als ich damals in Düsseldorf gefragt habe, woher ihr ihn kennt, habt ihr ihn alle in den höchsten Tönen gelobt.«

»Das sage ich ja. Ich hatte anfangs einen sehr guten Eindruck von ihm.«

»Hast du mit Sophie darüber gesprochen?«

»Über den Spitzelverdacht, ja klar!«

»Okay, und wie weit ist dieses Thema jetzt herum?«

»Sophie hat es natürlich sofort Nadine erzählt, Nadine womöglich Hendrik.«

»Ach je, und ist sie mit Hendrik liiert?«

»Ich weiß nicht, wie Nadine ihr Verhältnis sieht, vermutlich als Affäre.«

»Na, toll. Das heißt, er wird sich wappnen und versuchen, den Spieß umzudrehen.«

»Ja, aber sein Name ist bisher nicht gefallen.«

»Bist du sicher?«

»Ja.«

»Okay, dann dürfen wir jetzt keine Zeit mehr verlieren. Wenn Hendrik für die Gegenseite arbeitet, ist er wahrscheinlich ein Bulle.«

»Wieso das denn?«

»Na ja. Grundsätzlich ist es für die Bullen ja nicht so einfach, Spitzel bei uns einzuschleusen. Unsere Netzwerke basieren auf Freundschaften und Vertrauensverhältnissen. Weil es keine offenen Plenen gibt, können neue Leute nur dazukommen, wenn sie eine Referenz haben. Tauchen ausländische Genossen auf, fragt niemand nach. Das könnte peinlich wirken und niemand möchte dumm dastehen oder unhöflich erscheinen.«

»Du glaubst doch nicht, dass die Bullen ausländische Agenten gegen uns einsetzen? Das ist doch absurd! Dafür sind wir viel zu unbedeutend.«

»Polizeistrategen denken da in größeren Zusammenhängen. Sie wissen, dass ein Funke ausreicht, um einen Steppenbrand zu entfachen. Denk nur an Seattle 1999. Die Bullen tauschen sich seitdem verstärkt international aus, analysieren Lageberichte über Demonstrationen, Organisationen und Personen, die in der Antiglobalisierungsbewegung aktiv sind, und entwickeln natürlich Gegenmaßnahmen. In ihrem Fokus sind die Unkontrollierbaren, die Clowns und Anarchisten, weniger Attac und Co.«

»Woher weißt du das?«

»Ich weiß, es ist anrüchig, aber ich lese Polizeizeitschriften wie andere die *Freundin*. Ausländische Agenten sind international gerade ein großes Thema. Sie bieten einen entscheidenden Vorteil gegenüber Spitzeln, ihre persönlichen Verhältnisse und politischen Biografien sind viel schwerer zu überprüfen und ihre Legenden narrensicher. Wir haben uns schließlich auch damit zufriedengegeben, dass Grit Hendrik kennt. Dabei gehört sie nicht einmal zu unserem direkten Kreis.«

»Du glaubst, er ist ein Bulle?«

»Sagen wir mal so, wenn er ein Bulle ist, dann ist er wohl ein Profi, gut ausgebildet, gezielt vorbereitet, mit einer Legende ausgestattet und unter falschem Namen, Beruf und politischer Biografie eingeschleust worden.«

»Heißt das, sein kompletter Lebenslauf ist gefälscht?«

»Schwer zu sagen. Angenommen er ist ein Bulle, dann müsste es Lücken und Ungereimtheiten in seiner Biografie geben. Im Prinzip sind verdeckte Ermittler deshalb leichter zu enttarnen als angeworbene Spitzel. Doch dafür braucht man möglichst viele Daten, den Namen, das Geburtsdatum, den Geburtsort, Eltern, Schule, Hochschule, Arbeitgeber, Versicherungen, Bankbelege, Mietvertrag und so weiter, kein leichtes Unterfangen.«

»Und wie kommen wir an Hendriks persönliche Daten ran?«

»Gute Frage. Wir müssen vertrauenswürdige Personen finden, die uns möglichst viele Angaben verschaffen, hier, in Holland und in Frankreich.«

»Am besten, wir ziehen Nadine ins Vertrauen.«

»Vergiss es! Sie ist in ihn verknallt, und wenn der Verdacht unbegründet ist, gnade uns Gott.«

»Aber was ist mit Önder? Er wohnt in der Kommune und könnte uns Hendriks Daten unauffällig beschaffen.«

»Wie stellst du dir das denn vor? Das würde ihn nur in Loyalitätskonflikte gegenüber Nadine bringen.«

»Ja, du hast recht.«

»Und was ist mit Pascal? Vielleicht haben die Franzosen einen guten Draht nach Amsterdam. Sprich mal mit ihm. Ich kümmere mich parallel um einen Kontakt in die Niederlande. Sobald wir Hendriks Daten haben, checke ich seine persönlichen und familiären Verhältnisse.«

»Das heißt, du würdest nach Holland fahren?«

»Ja, sicher.«

»Dann spreche ich mit Pascal. Vielleicht hat er ja noch eine andere Idee. Ich kann ihn jederzeit problemlos erreichen.«

»Und zur Not fährst du eben hin.«

»Und wie kommunizieren wir?«

»Wie gehabt. Du schreibst mir eine Mail, sobald du etwas von Pascal hörst oder etwas anderes in Erfahrung gebracht hast. Und bitte kein Sterbenswörtchen gegenüber Sophie und den anderen.«

»Okay.«

Es war, wie Holger vermutet hatte, Pascal hatte auch eins und eins zusammengezählt und auf Hendrik getippt. Isabel war daraufhin nach Amsterdam gefahren und hatte Hendriks persönliche Daten beschafft, weiß Gott, wie sie das hingekriegt hatte. Ein paar Tage später stand Bernd plötzlich bei Holger auf der Matte, stolz wie Oskar, mit einer verschlüsselten Datei von Pascal im Gepäck. Hendriks Nachname war van Campen. Er war am 23. Juni 1970 in Utrecht geboren, hatte dort Sport studiert, arbeitete als Trainer in einem Fitnessstudio und lebte allein in Amsterdam, die Adresse war Herengracht 196. Isabels Genossen kannten ihn seit Genua. Er war in der Diaz-Schule verhaftet worden. Davor hatte er an Studentenprotesten teilgenommen. Er war im Klima-Netzwerk aktiv und bei Camps und internationalen Protesten dabei gewesen. Er galt als zuverlässig, entschlossen, freundlich, gut vernetzt und pflegte Kontakte nach Belgien, Frankreich und Deutschland.

»Hat Pascal noch etwas dazu gesagt?«, wollte Holger wissen.

»Ja, er fand es auffällig, dass er keine Kontakte zur Familie hat. Der Vater sei früh gestorben, die Mutter habe wieder geheiratet und lebe in der Schweiz. Von Geschwistern sei nichts bekannt.«

»Scheiße!«, fluchte Holger.

»Was schimpfst du?«

»Der familiäre Hintergrund ist natürlich der wichtigste Bereich für die Gegenrecherche. Wenn es dazu gar keine Angaben gibt, kann man die Familienverhältnisse kaum überprüfen. In diesem Fall bleiben als Ansatzpunkte nur seine Personalien, die Uni und der Job. Ist Hendrik ein Bulle, kann man getrost davon ausgehen, dass seine Daten beim Meldeamt und in der Universitätsverwaltung manipuliert wurden.«

»Wieso?«

»Weil die Legende bei einer oberflächlichen Überprüfung sonst auffliegen würde. Das wäre unverantwortlich gegenüber einem Beamten. Aber ich werde das natürlich trotzdem abchecken. Von Kalendern, Adressbüchern und so weiter hat Pascal nichts erzählt?«

»Nein.«

»Das wäre ja auch zu schön gewesen. Aber ich werde mein Bestes geben.«

»Die bisherigen Verdachtsmomente, die Verhaftung der beiden Franzosen und die Personalienkontrolle vor der Villa sind ja eigentlich Gründe genug, ihn damit zu konfrontieren.«

»Vergiss es! Das reicht nicht einmal, um ihn zum Rückzug aus der Szene zu zwingen. Er würde nur das wiederholen, was deine Freundin Sophie auch behauptet, nämlich dass ich durch meinen leichtfertigen Umgang mit Observationen dafür verantwortlich bin.«

»Aber das ist doch Unsinn!«

»Danke, aber das, was wir bisher in der Hand haben, würde als persönliche Animosität abgetan. Dann bliebe nur das Prinzip Hoffnung, dass er einen Fehler macht und sich der Verdacht so erhärtet und ihm auch andere nicht mehr über den Weg trauen.«

»Kann man nicht einfach den Spieß umdrehen und ihn observieren?«

»Schöne Idee, aber wer soll das machen? Uns beide kennt er. Außerdem ist er ein Profi. Das wäre wahrscheinlich genauso schwierig wie ein Einbruch in seine Wohnung. Aber vielleicht fällt mir ja etwas ein.«

»Melde dich einfach, wenn du was hast.«

»Ja, vielleicht komme ich das nächste Mal zu dir ins Wendland.«

Holger kannte Lucas seit den achtziger Jahren. Auf dem Höhepunkt der Hausbesetzungen waren Kraker aus Amsterdam und Utrecht ein paar Mal zu Veranstaltungen im Zentrum gewesen. Als sich die Bewegung atomisierte, waren die Kontakte abgerissen, nur Lucas hatten sie ab und zu besucht. Er war Anwalt, hatte lange in einem Kollektiv gearbeitet und Migranten vertreten. Inzwischen war er Strafverteidiger in einer Sozietät in Den Haag. Holger hatte ihn angerufen und sich mit ihm in seiner Kanzlei verabredet. Lucas residierte in einem vornehmen Bürohaus im Zentrum und hielt ihm einen langen Vortrag über den Aufbau der niederländischen Polizei und den Einsatz verdeckter Ermittler. Bei Strafprozessen hatte er mit diesen Typen wiederholt zu tun gehabt. Lucas verabscheute sie mehr als die Königin, und das wollte für einen ehemaligen Autonomen etwas heißen. Lucas machte Holger wenig Hoffnung, bei der öffentlichen Verwaltung verlässliche Informationen über Hendrik zu bekommen. Die Daten seien mit Sicherheit manipuliert. An seiner Stelle würde er einen Privatdetektiv beauftragen. Er könne ihm gern jemanden empfehlen, einen erfolgreichen, diskreten und absolut zuverlässigen Ermittler. Holger reizte die Idee, ihn schreckte aber der

Preis. Minimum achthundert Euro pro Tag, erklärte der Anwalt. Außerdem wollte Holger selbst recherchieren. Er solle vorsichtig sein, gab Lucas ihm mit auf den Weg. Diese Typen dürfe man nicht unterschätzen, sie seien die Gesetzlosen unserer Tage und absolut skrupellos.

Von Amsterdam fuhr Holger nach Utrecht. In der Universität erkundigte er sich nach den Prüfungsunterlagen ehemaliger Studenten. Die Akten würden in den Fakultäten aufbewahrt. Holger fuhr daraufhin zur Sporthochschule, die etwas außerhalb der Stadt in einem Park lag. Im Sekretariat geriet er an eine junge Frau. Er gab sich als Personalleiter eines Düsseldorfer Fitness-Centers aus. Er sei beauftragt worden, das Diplom eines Mitarbeiters zu überprüfen, gegen den ein Disziplinarverfahren eingeleitet worden sei. Ob er sich ausweisen könne, fragte die Sekretärin. Selbstverständlich, erwiderte Holger und legte eine Visitenkarte vor, die er sich für diesen Zweck gedruckt hatte. Sie schaute flüchtig auf die Karte, notierte Hendriks Daten und fragte nach seinem Diplom. Holger bedauerte, der Mitarbeiter habe keins vorgelegt. In seinen Bewerbungsunterlagen habe er lediglich angegeben, an der hiesigen Universität ein Diplom als Sportlehrer erworben zu haben. Das Jahr des Abschlusses sei ihm leider nicht bekannt. Aufgrund seines Alters müsse es Ende der achtziger, Anfang der neunziger Jahre gewesen sein. Er solle draußen Platz nehmen und sich etwas gedulden. Sie werde nachfragen. Ein paar Minuten später sprach sie ihn wieder an. Die Unterlagen seien nicht digitalisiert, und ohne genaue Angaben über das Datum des Studienabschlusses könne sie leider nichts für ihn tun. Holger bedankte sich, ärgerte sich aber, dass er so bereitwillig seine Visitenkarte aus der Hand gegeben hatte.

Dieser Fehlschlag gab ihm zu denken. Außerdem fürchtete er, mit seiner Geschichte den Argwohn eines Verwaltungsangestellten zu wecken und dass eine Rückfrage bei der Stadt aktenkundig würde. Was, wenn er seinen Ausweis vorlegen musste? Holger brach die Recherche lieber ab. Er musste unbedingt vermeiden, dass Hendrik Wind von der Sache bekam. Wahrscheinlich hatte Bernd recht, man müsste Hendrik observieren, um endlich Gewissheit zu haben.

16

August 2011

Thomas Krüdewagen war fassungslos. Jemand hatte ihr Büro verwüstet, die Bildschirme zerschlagen, die Schreibtische abgeräumt, Schubladen und Schränke durchwühlt und das Regal umgeworfen. Bücher, DVDs, Broschüren, Ordner und Büromaterial lagen verstreut auf dem Boden. Die Computer waren weg. Selbst die Teeküche hatten die Einbrecher nicht verschont. Die Sitzecke war hinüber, die Sessel aufgeschlitzt und die Espressomaschine zerdeppert worden. Sabine Kollart, mit der er sich die Etage teilte, hatte die Polizei verständigt, nachdem sie Thomas telefonisch informiert hatte. Thomas hatte zu Hause alles stehen und liegen lassen, sich die Kamera und den Laptop gegriffen und war ins Büro geeilt. Die Spurensicherung war noch vor Ort, auch ein Mann von der Kripo.

»Das müssen Profis gewesen sein, Herr Krüdewagen. Außer dieser Schweinerei hier haben sie keine Spuren hinterlassen«, stellte der Beamte lakonisch fest. »Haben Sie eine Vermutung, wer das gewesen sein könnte? Der oder die Täter müssen ziemlich sauer auf Sie oder Ihre Kollegin sein.«

»Das sieht so aus. Aber ich habe keinen blassen Schimmer.« Sabine, die hinter dem Polizisten aufgetaucht war, schaute ihn kopfschüttelnd an. Ihr konnte er nichts vormachen. Seit er ihr die CD zugeschoben hatte, ahnte sie, dass Ärger ins Haus stand, auch wenn er keinerlei Andeutung gemacht hatte.

»Könnte es sein, dass dies hier etwas mit Ihrer Arbeit zu tun hat?«, setzte der Bulle nach.

Thomas zuckte hilflos die Schultern.

»Gut, wir tun, was wir können«, sagte der Beamte und verabschiedete sich. Als die Spurensicherung fertig war, sahen sich

Thomas und Sabine den Schlamassel genauer an. Thomas begann aufzuräumen.

»Komm, gehen wir Kaffee trinken. Putzen kannst du später.«

»Warte, ich mache nur noch ein paar Fotos für die Versicherung«, erwiderte er.

»An praktischen Ideen mangelt es dir ja nicht«, gab sie zurück und wartete in der Tür, bis er die Bilder gemacht hatte. Sabine war Filmkritikerin, Mitte vierzig, fast zehn Jahre jünger und zwei Köpfe kleiner als er. Sie trug kurze Haare, liebte hautenge, grelle T-Shirts, Jeans, schlief gern bis in die Puppen und erschien meistens erst nachmittags im Büro. Thomas hatte sie bei einer Weiterbildung kennengelernt. Sie arbeitete damals bei einer Stadtzeitung und wollte etwas anderes machen. Sie waren sich gleich sympathisch gewesen, hatten sich gelegentlich getroffen, und so kamen sie auf die Idee mit der Bürogemeinschaft.

»Na, dann los«, sagte er und schloss die Tür.

»Der Bulle hat schon recht, das sieht tatsächlich aus, als hätte jemand eine Stinkwut gehabt«, meinte Sabine.

»Ja, aber was ist mit dir? Hast du deine Daten gesichert?«, fragte er.

»Keine Sorge, ich habe alles im Griff. Ich speichere meine Texte täglich auf meinem zweiten Laptop.«

»Puh!«, stieß Thomas hervor. »Da bin ich aber erleichtert. Den Schaden im Büro wird wahrscheinlich die Versicherung übernehmen. Ich rufe gleich den Makler an.«

»Gut. Die Sofas sind ja wohl hin. Ich kenne da ein paar Leute, die im Büro klar Schiff machen und den Sperrmüll auf die Kippe fahren würden. Ich kümmere mich nachher darum. Sag mal, könnte es etwas mit dem Päckchen zu tun haben, das ich für dich aufbewahre?«

»Ich fürchte, ja.«

»Willst du darüber reden?«

»Sicher. Aber da muss ich etwas ausholen.« Thomas vertraute Sabine und berichtete von Holger, den Dokumenten und dem

Schlamassel, in den er geraten war. Warum sollte er es ihr nicht erzählen? Schließlich hatte sie ein Recht darauf zu erfahren, warum ihr gemeinsames Büro verwüstet worden war. Willy ließ er außen vor.

»Und hast du eine Idee, mit wem du es da zu tun hast?«, fragte sie.

»Nein, wenn ich das nur wüsste«, meinte er nachdenklich.

»Fühlst du dich in deiner Wohnung überhaupt noch sicher?«, fragte Sabine besorgt.

»Ich weiß nicht. Aber je länger ich darüber nachdenke, desto eher glaube ich, dass sie da längst drin gewesen sind. Als ich am Sonntagabend nach Hause kam, hatte ich das ungute Gefühl, dass sich jemand in der Wohnung zu schaffen gemacht hatte. Zuerst hakte das Wohnungsschloss, dann war die Balkontür nur einmal abgeschlossen, obwohl ich mir sicher bin, dass ich den Schlüssel zweimal umgedreht hatte. Ich habe den Gedanken aber abgetan. Erst als du angerufen hast, wurde mir klar, dass ich nicht unter Paranoia leide.«

»Das heißt, sie haben zuerst bei dir zu Hause gesucht und als sie nichts gefunden haben, bei uns im Büro?«

»Ja, wahrscheinlich.«

»Das heißt aber auch, dass sie bei dir die Unterlagen vermuten.«

»Ja, es sieht so aus, und das ist wirklich beunruhigend.«

»Ach du meine Güte! Und hast du jemanden, bei dem du übernachten kannst?«, fragte Sabine noch einmal nach.

»Ich gehe heute Nacht ins Hotel und bin dann für ein paar Tage weg. Danach muss ich weitersehen.«

»Und willst du die Recherche nicht dem Sender anbieten?«

»Sicher, aber erst muss ich Holgers Mörder finden.«

»Pass bloß auf dich auf!«, sagte Sabine, als sie sich trennten.

»Keine Sorge.«

Tatsächlich war Thomas im ersten Moment das Herz in die Hose gerutscht. Dabei war er eigentlich kein Angsthase, im Gegenteil.

Er war immer ganz ungezwungen an die Dinge herangegangen. Jetzt quälten ihn Kopfschmerzen und die bange Frage, wo die undichte Stelle war, die ihm das eingebrockt hatte. Wer wusste alles von seinen Recherchen? Erika natürlich, Önder, Nadine und Bernd. Aber wer weiß, wem sie das noch alles auf die Nase gebunden hatten. Er musste auf der Hut sein und selbst mit Observationen rechnen.

Holger wüsste jetzt, wie er sich unkontrolliert bewegen könnte, dachte er, als er am nächsten Tag ins Wendland aufbrach. Jetzt saß er auf der Autobahn fest. Es war Ferienzeit, und es ging nur im Schneckentempo voran. Bis Rynern brauchte er drei Stunden. In der Raststätte rissen sich gestresste Urlauber um die Tabletts und drängelten an der Theke. Thomas hatte Glück, ergatterte an der Kaffeebar einen freien Stuhl, bestellte einen Espresso und einen Muffin. Ihn könnte eine ganze Polizeieinheit beschatten, ohne dass er es merkte, dachte er, als er sich die Leute ringsherum anschaute. Er hatte noch nie einen Riecher für Schnüffler gehabt. Die Einbrecher hatten sich offensichtlich für Holgers Dokumente interessiert. Warum sollte sonst jemand sein Büro auf den Kopf stellen und seine Wohnung durchsuchen. Aber wo war die undichte Stelle? Willy konnte er ausschließen. Entweder Önder und Co. wurden rund um die Uhr abgehört, oder es gab einen Spitzel, überlegte Thomas. Wer war so dreist, bei ihm einzubrechen und nach den Dokumenten zu suchen? Die Message der Einbrecher war offensichtlich: Wir kriegen dich, wenn du die Sache an die große Glocke hängst! Doch da kannten sie ihn schlecht, denn einschüchtern ließ Thomas Krüdewagen sich nicht. Vor seiner Abreise hatte er sich mit einem Politikredakteur des Senders getroffen, ihm die WEAG-Story schmackhaft gemacht und ihm vorsorglich die CD und das Notebook zur Aufbewahrung gegeben, eine Art Rückversicherung. Man konnte ja nie wissen. Sabine wollte er damit jetzt nicht mehr belasten. Ihr hatte er eingeschärft, mit niemandem darüber zu reden.

Die Verabredung mit Önder war nur vage gewesen. Thomas war das recht. Zuerst steuerte er das Tagungshaus an, um sich mit Bernd zu verabreden. Er hatte Glück, Bernd kam gerade aus der Küche und bot ihm ein Zimmer im Haus an.

»Im Sommer herrscht hier Flaute, und wir freuen uns immer über zahlende Gäste«, sagte er freundlich. »Ich hab jetzt noch eine halbe Stunde zu tun. Danach können wir ein Bierchen trinken, wenn du magst. Es ist zwar schon spät, aber wenn du etwas essen willst, es ist noch Quiche da.«

»Schön. Ich habe den ganzen Tag im Auto gesessen und bin total ausgehungert.«

»Dann kann dir geholfen werden«, antwortete Bernd lachend. »Es dauert nur ein paar Minuten. Ich zeige dir kurz dein Zimmer, anschließend kannst du dich draußen auf die Terrasse setzen. Trinkst du Bier oder Wein?«

»Eine Apfelschorle, wenn du eine hast. Danach sehen wir weiter.«

»Kein Problem.« Bernd führte ihn ins Dachgeschoss, zeigte ihm den Waschraum, die Toiletten und das Zimmer. In den Fluren hingen überall Anti-AKW-Plakate, viele aus den siebziger Jahren.

»In diesem Raum hat Holger oft gewohnt«, erklärte er. »Wie lange willst du bleiben?«

»Ich weiß es noch nicht genau, ein, zwei Tage.«

»Nun denn«, meinte Bernd und huschte auch schon wieder aus dem Zimmer. Thomas warf sich aufs Bett. Er hatte Kopfschmerzen, war hundemüde und wäre am liebsten sofort eingenickt, aber er quälte sich wieder hoch, warf eine Tablette ein und setzte sich nach draußen. Es war bereits dunkel, lediglich eine Lichterkette und ein paar bunte Lampions beleuchteten die Terrasse. Das Essen stand auf dem Tisch. Es war ein lauer Sommerabend, nur das Rattern der Geschirrspülmaschine störte die Ruhe. Bernd brachte das Getränk und setzte sich mit einem Bier zu ihm.

»Guten Appetit«, wünschte er.

»Danke, ich liebe Quiche, besonders mit Lauch.«

»Das freut mich.«

Thomas probierte. »Sie ist ausgezeichnet.«

»Danke.« Bernd sah ihm beim Essen zu und schüttete das Bier ins sich hinein.

»Bin ich der einzige Gast hier?«

»Nein, aber donnerstags ist Kneipentag im Nachbardorf.«

»Und du musst hier die Stellung halten.«

»Eigentlich nicht, ich war gerade auf dem Sprung dahin, als du plötzlich vor der Tür standest.«

»Oh, da habe ich aber Glück gehabt.«

»Ja, sonst hätten wir uns womöglich wieder verpasst.«

»Was meinst du, können wir hier offen reden?«

»Hier draußen ja, drinnen ist man nie sicher vor Wanzen. Die kann man schließlich überall verstecken. Übrigens, die Nachricht von Willy ist angekommen. Sie war ziemlich kryptisch und ich bin nicht ganz schlau daraus geworden. Aber ich wollte ja längst mal mit dir reden.«

»Gut. Die Ereignisse überschlagen sich gerade. Deshalb weiß ich nicht, wo ich anfangen soll. Ich hatte Willy erzählt, dass ich hier nicht durchdringe und dass man mir misstraut, vor allem Nadine. Gut, das ist in gewisser Weise nachvollziehbar. Ich tauche hier auf, stelle merkwürdige Fragen, und ihr sollt mir vertrauen, weil ich mit Holger befreundet war und die Umstände seines Todes aufklären will.«

»Ich fürchte, da ist tatsächlich einiges schiefgelaufen«, gab Bernd zu.

»Ja, aber lass uns später darüber reden. Es gibt nämlich ein anderes Problem, das damit eventuell zu tun hat. Ich fürchte, es gibt einen Spitzel unter euch.«

Bernd fiel alles aus dem Gesicht, er sagte aber nichts.

»Und ich glaube, er arbeitet auch für die WEAG. Ich weiß nicht, wie weit du auf dem Laufenden bist, aber ich bin im Besitz

»Ja, zu einem Anwalt in Den Haag. Er kannte ihn von den Häuserkämpfen. Soviel ich weiß, heißt er Lucas.«

»Von dem habe ich schon gehört. Hast du seine Adresse?«

»Nein, das hat Holger alles klargemacht.«

»Du hast gesagt, ihr hieltet ihn für einen Agent provocateur. Was verstehst du darunter?«

»Holger meinte, er sei wahrscheinlich ein Bulle, ein verdeckter Ermittler, der mit einer wasserdichten Legende in die Szene eingeschleust wurde. Er ist seit Jahren in internationalen Zusammenhängen politisch aktiv.«

»Ach Gott! Und in welchen Ländern ist er schon aufgetaucht?«

»Französische Genossen hatten ihn auch auf dem Kieker. Sie haben aber nichts herausfinden können.«

»Kannst du mir einen Kontakt nach Frankreich vermitteln?«

»Ja, aber da muss ich die Genossen erst fragen, ob ihnen das recht ist.«

»Klar. Und warum sind die Recherchen im Sande verlaufen?«

»Holger erzählte, dass die Bullen die Daten von verdeckten Ermittlern bei den Verwaltungsbehörden frisieren, damit sie einer Überprüfung standhalten. Man hätte Hendrik regelrecht observieren müssen, um ihm auf die Schliche zu kommen. Nur so hätte man mitbekommen, wenn er sich mit anderen Bullen trifft. Weil er uns kennt, konnten wir ihn nicht selbst beschatten. Holger wollte am liebsten einen Privatermittler beauftragen. Er hatte Schiss, mit eigenen Nachforschungen aufzufallen.«

»Und dann habt ihr die Sache einfach auf sich beruhen lassen?«

»Du bist gut. Was hätten wir denn machen sollen?«

»Die persönlichen Verhältnisse überprüfen, Familie, Freunde, Schule, was weiß ich.«

»Dafür hätte man an seine Freunde herantreten müssen.«

»Und wo liegt das Problem?«

»Was glaubst du denn, was da los gewesen wäre, wenn ich zum Beispiel Nadine damit konfrontiert hätte?«

»Aber es gibt doch begründete Verdachtsmomente. Die habt ihr euch doch nicht aus den Fingern gesogen.«

»Ja, aber da spielten auch andere Dinge mit hinein.«

»Nämlich?«

»Holger konnte Hendrik von Anfang an nicht ausstehen. Ich glaube, er war ein bisschen eifersüchtig. Nachdem der Niederländer aufgetaucht war, ging Holger auf Distanz zu Nadine, und sie sahen sich kaum noch.«

»Und was ist mit Önder? Hättet ihr ihn nicht ins Vertrauen ziehen können?«

»Wir haben Önder da rausgehalten, um ihn nicht in einen unnötigen Loyalitätskonflikt zu bringen.«

»Schon gut, aber was ist mit Nadine? Meinst du, sie mauert mir gegenüber, um Hendrik zu schützen?«

»Quatsch! Sie hat keine Ahnung, was da gespielt wird.«

»Bist du sicher? Vielleicht läuft so etwas intuitiv. Warum sollte sie sich sonst so verhalten? Anfangs kam sie sehr aufgeschlossen rüber.«

»Ich habe mit ihr nicht darüber gesprochen, aber vielleicht erinnerst du sie an Holger.«

»Vielen Dank. Aber eine Sache muss ich noch wissen. Hast du dich nie gefragt, ob Hendrik Holger auf dem Gewissen haben könnte?«

»Doch, aber solange man nicht sicher ist, ob er tatsächlich ein Bulle ist, verbietet sich dieser Gedanke.«

»Aber irgendwie traust du ihm doch nicht über den Weg?«

»Ich weiß nicht, was ich von ihm halten soll«, antwortete Bernd achselzuckend. »Ich kann ihn nicht greifen. Er ist wie ein Fisch, der dir aus den Händen flutscht.«

»Aber das ist doch das ideale Anforderungsprofil für einen verdeckten Ermittler. Ich verstehe das nicht. Da schmeißt sich so ein Bulle an euch ran, knüpft Freundschaften, ihr vertraut ihm, dreht dicke Dinger zusammen, und er ruft seinen Chef an und lässt euch hochgehen.«

»Ja, aber welches Motiv sollte er gehabt haben, Holger zu töten?«

»Das weiß ich doch nicht! Ich denke nur laut nach.«

»Bleibt die Frage, was in der Göhrde genau passiert ist«, gab Bernd zu bedenken.

»Stimmt. Und wenn wir ihn als Bullen enttarnen, können wir vielleicht auch das Rätsel lösen«, meinte Thomas. »Aber lass uns morgen weiterreden. Ich bin todmüde.«

»Einverstanden, nach dem Frühstück gegen zehn hätte ich eine Stunde Zeit. Triffst du dich morgen eigentlich mit Önder?«

»Ich weiß nicht, wie ich es machen soll. Ich möchte Hendrik nicht zufällig in der Kommune über den Weg laufen.«

»Verstehe. Ich könnte Önder anrufen und fragen, ob er mir mittags aushilft.«

»Gute Idee.«

»Zu dumm, aber jetzt habe ich dich die ganze Zeit auf dem Trockenen sitzen lassen«, entschuldigte sich Bernd, als er den Tisch abräumte.«

»Das macht nichts«, meinte Thomas lachend und ging zu Bett.

»Wir müssen Önder reinen Wein einschenken«, sagte Thomas am nächsten Morgen zu Bernd. »Er hat eine Kopie von Holgers Dokumenten, und ich bin mir nicht sicher, ob er das für sich behalten kann. Das ist das eine. Außerdem recherchiert er über die Machenschaften der WEAG in der Türkei.«

»Ich weiß«, entgegnete Bernd.

»Heißt das, er hat mit dir darüber geredet?«

»Ja, sicher. Er hat mich gefragt, ob er bei der Geschichte als Autor in Erscheinung treten soll. Ich hatte ganz am Anfang mal mit Holger überlegt, ob wir Önder nicht einweihen sollten, um an Hendriks Daten ranzukommen. Aber das hatte sich dann erübrigt.«

»Wieso?«

»Weil Pascal an Hendriks Personalien herangekommen ist.«

»Ach so.«

»Und wie geht es jetzt weiter?«, fragte Bernd.

»Ich sehe Willy demnächst. Mir gefällt die Idee mit dem Privatdetektiv ganz gut. Mal sehen, was Holgers Alter Ego dazu sagt. Am besten, du gibst mir alles mit, was du über Hendrik hast.«

Önder fiel aus allen Wolken, als Thomas ihm von dem Verdacht gegen Hendrik erzählte. Die Verdachtsmomente überzeugten ihn aber. Den Einbruch und die Verwüstung von Thomas' Büro nahm er relativ gelassen auf. Ihn beunruhigte jedoch, dass er unfreiwillig die undichte Stelle gewesen sein könnte. Er hatte mit Nadine über die Frage der Autorenschaft gesprochen, weil er von ihr zuerst von Holgers Unterlagen erfahren hatte. Auch wenn er Hendrik stets außen vor gelassen hatte, konnte er nicht garantieren, dass der Niederländer das nicht mitgeschnitten hatte.

»Es führt absolut kein Weg daran vorbei, Nadine einzuweihen«, betonte Önder.

»Ja, zweifellos. Trotzdem stellt sich Frage, wann man ihr das sagt. Allein der Verdacht wird eine emotionale Krise auslösen, und wir müssen unbedingt verhindern, dass Hendrik davon Wind bekommt.«

»Okay, aber wir müssen auch dafür sorgen, dass Nadine nicht weiter als Informationsquelle abgeschöpft wird.«

»Ja, aber den Widerspruch können wir nicht auflösen. Wir haben jedenfalls keine Zeit zu verlieren. Und was hältst du von Hendrik?«

»Er kommt mir nicht wie ein Schnüffler vor. Ich empfinde ihn auch nicht als neugierig, eher als zurückhaltend. Aber was mich jetzt stutzig macht, wenn du mich so fragst, ist, dass er immer sehr gut informiert ist, was die Szene betrifft.«

»Geht er damit hausieren?«

»Nein, aber er ist so ein politisch Korrekter, und er lässt auffallend gern durchblicken, wen er alles kennt, vor allem wichtige

Leute. Er ist so ein typischer Netzwerker, ein Checker und überall dabei.«

»Hat er Freunde?«

»Keine Ahnung. Auf mich wirkt er immer wie ein lonesome Cowboy. Zu uns ist er bisher nie mit Freunden gekommen. Außerdem fällt mir gerade ein, dass er sich öfter mal für eine Stunde unser Auto leiht, ohne zu sagen wofür.«

»Das ist interessant. Wenn er ein Bulle ist, hat er täglich Kontakt mit seinem Führungsoffizier, entweder direkt oder telefonisch. Vielleicht benutzt er ein zweites Handy. Das wäre zum Beispiel ein wichtiges Indiz.«

»Warum kann man Hendrik nicht einfach mit dem Verdacht konfrontieren?«

»Darauf wird es hinauslaufen. Aber dafür sollte der Verdacht so erdrückend sein, dass Lügen zwecklos ist.«

»Und wie willst du das Material zusammenkriegen?«

»Okay, bisher kennen wir nur Hendriks angeblichen Nachnamen van Campen, geboren 23. Juni 1970 in Utrecht. Er hat dort Sport studiert und wohnt Herengracht 196 in Amsterdam. Er arbeitet angeblich als Trainer in einem Fitnessstudio.«

»Das ist nicht viel.«

»Du sagst es, und da kommst du ins Spiel. Du wirst ihn im Auge behalten und fleißig Informationen sammeln.«

»Ich? Ich mache mir ja schon bei der Vorstellung in die Hose.«

»Das verstehe ich. Es ist trotzdem wichtig, dass du das machst. Aber sei auf der Hut und geh kein Risiko ein. Der Typ ist gefährlich!«

»Na gut. Aber welche Art Infos?«

»Eltern, Geschwister, Freunde, Arbeit, Konto. Je mehr wir wissen, desto größer die Chance, seine Legende zu knacken. Um die Lücke zu finden, müssen wir nur alle Infos überprüfen.«

»Aber wie willst du das anstellen?«

»Durch Recherchen und Observationen. Ich überlege, einen Privatdetektiv zu engagieren.«

»Das gefällt mir, Thomas.«

»Es wäre gut, du schickst mir alles, was du in Erfahrung bringen kannst, per PGP oder kommst persönlich vorbei. Das musst du entscheiden. Ich füttere die Leute, die ihn beschatten und die Infos gegenchecken.«

»Und glaubst du, er ist Holgers Mörder?«

»Schwer zu sagen. Je schneller du etwas rausbekommst, desto eher kriegen wir ihn.«

17

November 2010

Holger war nach der Pfefferspray-Attacke schnell wieder zu Kräften gekommen und entfernte sich immer weiter von der Schiene. Am Waldrand zog er seinen Plan hervor, orientierte sich und schlug den Weg Richtung Westen ein. Hendrik war ein Euro-Cop. Er wusste auch nicht warum, aber dieser Gedanke war ihm in dem Moment in den Kopf geschossen, als die französische Polizistin plötzlich vor ihm gestanden hatte. Es war ein Déjà-vu. Die Wut über den Tod des Demonstranten in Malville war wieder hochgekommen und richtete sich gegen diesen Typen, der sich an seine Genossen heranmachte, um sie ans Messer zu liefern. Kalter Hass trieb Holger vorwärts. Er kannte das Quartier in Pommoissel, in dem die niederländischen Genossen normalerweise untergebracht waren. Dort würde er notfalls die ganze Nacht auf Hendrik warten.

Kurz vor Tangsehl beobachtete er von einer Anhöhe aus eine große Polizeikolonne, die sich mit hoher Geschwindigkeit auf der Straße parallel zum Bach dem Wald näherte. Vor sich vernahm er jetzt Rufe von Demonstranten. Er verließ den Wald und lief aufs freie Feld. Keine zweihundert Meter vor ihm sammelten sich in der Nähe des Viadukts gerade ein paar Hundert Castor-Gegner, viele in weißen Overalls. Plötzlich rannten die ersten los und versuchten, unter lautem Gejohle den Bahndamm zu stürmen. Holger unterdrückte den Impuls, sich anzuschließen, und schaute zu. Es war nicht einfach, den steilen Damm zu erklimmen. Oben auf der Schiene angelangt, wurden sie von Polizisten geschlagen und mit Pfefferspray bespritzt. Die Beamten schreckten auch nicht davor zurück, sie die Böschung hinunterzustoßen, doch es waren zu viele. Immer mehr erklommen den Damm, und die Uniformierten mussten sich unter dem höhnischen Jubel der Demonstranten zurückziehen. Doch die Freude über den kleinen Sieg währte nur kurz. Denn in diesem Moment kam eine Hundertschaft im Laufschritt angerannt. Die Polizisten trieben alle, die am Fuße der Böschung standen und nach oben drängten, zurück aufs Feld und setzten den Aktivisten nach, prügelten mit Schlagstöcken auf sie ein und traktierten sie mit Gas. Auch oben auf dem Damm rückten jetzt Polizeieinheiten vor und vertrieben die Castor-Gegner von der Schiene, viele stürzten die Böschung hinab, einige blieben unten liegen. Holger brachte sich aus der Gefahrenzone.

Er hatte den richtigen Riecher gehabt. Den Autokennzeichen nach zu urteilen, übernachteten die Niederländer wieder in dem Bildungswerk. Die ersten Demonstranten zogen sich langsam aus dem Wald zurück, und mit etwas Glück würde auch Hendrik bald mit seiner Gruppe dort auftauchen. Soweit Holger das von der Straße aus beurteilen konnte, waren die Niederländer noch nicht zurück. Er schlug sich in das gegenüberliegende Waldstück und versteckte sich in einem Buschwerk. Von da aus hatte er den Eingang im Blick. Ohne einen konkreten Plan zu verfolgen, wartete er auf Hendrik. Die Idee, ihn vor versammelter Mannschaft zur Rede zu stellen und ihm einen Denkzettel zu verpassen, verwarf er. Das Warten wurde zur Qual. Anfangs strömten noch viele Leute aus dem Wald, nach und nach wurden es immer weniger. Auch die Polizeihubschrauber dröhnten immer seltener über ihn hinweg. Bald darauf verließen auch die Mannschaftswagen den Wald, Stoßstange an Stoßstange, wie eine Armada.

Als es dämmerte und Holger bereits aufgeben wollte, hielt ein Bulli vor dem Haus, ließ drei ganz in Schwarz gekleidete Männer aussteigen, drehte und fuhr wieder weg. Die Typen redeten sehr laut miteinander und lachten. Es waren die Niederländer. Holger hörte es ganz deutlich, war sich aber nicht sicher, ob Hendrik dabei war. Er wartete weiter ab. Eine Dreiviertelstunde später, es war schon dunkel, stand Hendrik plötzlich draußen unter der Lampe, schaute rechts und links über die Schulter und ging langsam in Richtung Wald. Holger erkannte ihn an seinem federnden Gang, verließ vorsichtig sein Versteck und folgte ihm mit gebührendem Abstand. Was hatte Hendrik vor? Klar, er telefonierte, vermutlich der tägliche Rapport an den Vorgesetzten. Das Display seines Handys schien ab und zu auf, sonst hätte Holger ihn in der Dunkelheit aus den Augen verloren. Er versuchte, zu ihm aufzuschließen, um etwas von dem Gespräch mitzubekommen. Aber das war unmöglich. Hendrik blieb immer wieder wild gestikulierend stehen und sah sich um. An der Wassermühle verschwand er plötzlich aus seinem Sichtfeld. Die Straße machte einen leichten Bogen um das Gebäude und endete vor einem Biohof. Dort zweigte ein Schotterweg ab, der um den Mühlenteich herum zum Viadukt und von dort zurück nach Pommoissel führte. Vorsichtig versuchte er, wieder an Hendrik heranzukommen. Als er die Mühle passierte, stand er plötzlich vor ihm. Er lehnte an dem Geländer der Brücke über den Mühlenbach. Hendrik sprach Niederländisch. Holger verstand kein Wort und trat auf ihn zu.

»Hey, telefonierst du mit dem Polizeichef?«, fragte er provozierend. Hendrik sah ihn entgeistert an und brauchte einen Moment, bis er ihn im schwachen Schein der Laterne erkannte.

»Was willst du?«, gab er zurück und steckte sein Handy ein.

»Reden.«

»Okay, dann lass uns ein Stück gehen«, erwiderte Hendrik ruhig, ging ein paar Schritte vor und wartete dann auf ihn. Holger war unschlüssig, ob er ihm folgen oder lieber umkehren sollte, und schloss zögernd zu ihm auf. Schweigend schlugen sie den Weg hinter dem Teich ein. Als sie das Viadukt fast erreicht hatten, fragte Hendrik: »Warum bist du mir gefolgt?« Holger hatte auf diese Frage gewartet.

»Wer bist du wirklich und für wen arbeitest du?«, fragte er. Dann ging alles blitzschnell. Bevor Holger überhaupt verstand, was passierte, überwältigte Hendrik ihn und versetzte ihm einen

Stromschlag. Holger sackte ohnmächtig zusammen. Hendrik zog ihn hoch und schleifte ihn durch das Dickicht zum Teich hinunter.

Diese verdammte Kälte. Holger roch den modrigen Geruch des Waldbodens. Ihm dröhnte der Schädel, und er merkte, dass ihm etwas im Mund steckte. Er versuchte es auszuspucken, aber irgendetwas hinderte ihn daran. Er öffnete die Augen und horchte. Es war stockdunkel und absolut still. Dann drehte er ganz leicht den Kopf, versuchte, den Arm zu bewegen, spürte höllische Schmerzen im Nacken und in der Schulter und begriff, dass er an Händen und Füßen fixiert und geknebelt war. Dann erinnerte er sich wieder an Hendrik. Was war passiert? Er wusste es nicht. Als er versuchte sich umzudrehen, drückte ihm jemand etwas ins Kreuz.

»Du meinst, du bist ein ganz Schlauer. Aber unterschätze niemals deinen Gegner«, hörte er Hendrik reden. Das saß. Holger kam sich tatsächlich wie ein Idiot vor, und er verstand auch nicht gleich, was Hendrik meinte, als er weiterredete: »Ich will von dir nur eins wissen: Wo sind die WEAG-Dokumente?«

Erst als er die WEAG erwähnte, verstand Holger, dass Hendrik offensichtlich nicht nur ein Bulle war, sondern auch für den Konzern arbeitete. Aber den Triumph gönnte er ihm nicht. »Rede endlich!«, brüllte Hendrik und riss ihm den Knebel aus dem Mund. Holger sog die Luft tief in sich ein und schwieg. Er wunderte sich selbst, dass er nicht in Panik geriet.

»Mach den Mund auf!«, fauchte Hendrik und kam so bedrohlich nah an ihn heran, dass Holger seinen Atem spürte. Kurz darauf versetzte er ihm erneut einen Stromschlag, schleifte ihn fort, bis er selbst im Wasser stand, und warf Holgers leblosen Körper hinein.

18

September 2011

Lucas war erschüttert, als Thomas ihm am Telefon sagte, dass Holger tot sei. Selbstverständlich würde er sich mit ihm treffen. Sie verabredeten sich für den übernächsten Tag in Den Haag. Lucas hatte kurze graue Haare, trug eine dicke schwarze Hornbrille, Maßanzug und italienische Schuhe. Thomas erzählte ausführlich von seinen Recherchen im Wendland, Holgers geklauten Dokumenten, dem Einbruch und der Verwüstung seines Büros. Lucas fragte genau nach, wenn er irgendetwas nicht verstand, schilderte ihm seine Eindrücke von Holgers letztem Besuch und berichtete, was er über den Einsatz verdeckter Ermittler wusste. Grenzüberschreitende Einsätze wurden in einer speziellen Arbeitsgruppe, der European Cooperation Group on Undercover Activities, koordiniert. Die Erfahrungen hatten gezeigt, dass ausländische verdeckte Ermittler leichter in kriminelle Vereinigungen eingeschleust werden konnten. Lucas versprach ihm jede erdenkliche Unterstützung, um Hendriks Identität zu überprüfen, und empfahl ihm dringend, einen Privatdetektiv einzuschalten. Holger habe dieses Angebot leider ausgeschlagen.

»Holger machte immer, was er wollte«, entgegnete Thomas. »Jetzt ist es wichtig, van Campen endlich das Handwerk zu legen und ihn zur Verantwortung zu ziehen, wenn er etwas mit Holgers Tod zu tun hat.«

»Aber du glaubst doch selbst nicht, dass der Typ sich jemals vor einem Gericht verantworten muss«, erwiderte Lucas.

»Wo denkst du hin? Aber van Campen wird sich unangenehme Fragen gefallen lassen müssen. Denn er spielt offensichtlich ein doppeltes Spiel, als verdeckter Ermittler für europäische

Polizeibehörden und als Privatermittler der WEAG. Wenn er auffliegt, steht für ihn deshalb viel auf dem Spiel, sein Job als Bulle und sein äußerst lukrativer Nebenverdienst als privater Schnüffler.«

»Das wird auch seinen Vorgesetzten bei der Polizei nicht gefallen«, stimmte der Anwalt zu.

»Außerdem gibt es noch Holgers Dokumente. Eine Veröffentlichung wird viel Staub aufwirbeln.«

»Dafür könnten sich auch die holländischen Medien interessieren. Die WEAG ist hier bei uns genauso dick im Geschäft, und es gibt einige Proteste gegen Kohlekraftwerke des Konzerns. Was hältst du davon, einen Privatdetektiv zu engagieren?«, fragte Lucas. »Es ist viel zu gefährlich für dich, hier selbst zu ermitteln.«

»Ehrlich gesagt, ist das der eigentliche Grund, warum ich hergekommen bin. Mir wächst die Sache nämlich langsam über den Kopf. Außerdem möchte ich nicht denselben Fehler wie Holger machen. Kennst du jemanden?«

»Ja, ich arbeite gelegentlich mit einem Detektiv zusammen. Er ist sehr diskret und absolut zuverlässig. Ich könnte ihn gleich anrufen.«

»Warte mal, ich habe eine Bitte. Mir wäre es sehr lieb, du hältst den Kontakt zu dem Ermittler und lässt mich ganz außen vor. Ich kann nämlich nicht ausschließen, dass ich überwacht werde.«

»Ja, du hast recht. Ich mache das gern.«

»Gut, aber das geht auf meine Rechnung.«

»Einverstanden, aber mach dir über das Honorar keine Gedanken.«

»Darüber sprechen wir noch. Ich kann natürlich nicht ständig hierherfahren und würde Informationen gern verschlüsselt per Mail austauschen.«

»Aber in Holland werden Strafverteidiger und Journalisten nicht abgehört.«

»Das würden die meisten deutschen Kollegen auch behaupten, aber ich habe da persönlich andere Erfahrungen machen müssen. Technisch ist es kein Problem, verschlüsselt zu kommunizieren.«

»Okay, aber wie geht das?«

»Mit Pretty-Good-Privacy, PGP.«

»Aha, davon hat mir mein Sohn mal erzählt.«

»Gut, dann frag ihn, ob er dir die Software installiert.«

»Okay, ich rufe Finn an.«

»Es wäre gut, wenn er es heute schafft, dir das Programm auf den Rechner zu spielen, dann könnten wir uns morgen treffen und die Mailadressen austauschen.«

»Heißt das, du bleibst über Nacht?«

»Ja, das war der Plan.«

»Dann wohnst du bei mir.«

»Ein andermal gern, aber das ist mir im Moment zu heiß.«

»Ist das nicht ein wenig übertrieben?«

»Vorsicht ist die Mutter der Porzellankiste.«

Lucas lachte. »Schöne Vorstellung, aber solltest du überwacht werden, kennen die unseren Kontakt jetzt sowieso. Wenn du bei mir übernachtest, können wir mit Finn nachher das Programm installieren, und du brauchst morgen nicht mehr hierherkommen.«

»Okay, überredet. Dann lass uns bitte klären, was der Detektiv genau machen soll«, schlug Thomas vor.

»Hendriks familiäre und finanzielle Verhältnisse überprüfen, nehme ich an.«

»Ja, genau. Verwandte, Mitschüler, Schule, Jugendfreunde, Uni, Arbeitgeber, Einkommen, Familie, Geliebte, Freunde. Ein paar Daten, die der Detektiv braucht, gebe ich dir gleich. Ich hoffe, in den nächsten Tagen noch mehr Informationen zu bekommen. Ich werde sie dir verschlüsselt schicken, und du leitest sie an den Detektiv weiter. Es gibt ein paar Fragen, die nur durch eine Observation zu klären sind, zum Beispiel: Trifft er einen

Führungsoffizier oder andere Polizisten? Geht er tatsächlich arbeiten, und wie verdient er sein Geld?«

Lucas schrieb sich alle Fragen und Daten auf. Dann rief er Finn an und vereinbarte anschließend einen Termin mit dem Detektiv. Finn hatte es natürlich drauf und installierte Lucas die Verschlüsselungssoftware.

Thomas war froh, dass er ein paar Tage darauf mit Willy in der Kölner Südstadt verabredet war. Inzwischen versuchte er, im Alltag mehr darauf zu achten, was in seiner Umgebung passierte. Als er die Bonner Straße überquerte, entdeckte er Willy tatsächlich in der Bäckerei gegenüber der Eckkneipe. Auch dieses Mal behielt er die Gegend sicherheitshalber noch eine Weile im Auge, bevor er Thomas in das Lokal folgte.

»Hallo, da ist ja unser rasender Reporter«, sagte Willy zur Begrüßung.

»Schön, dich zu sehen«, erwiderte Thomas. »Wie ich sehe, bist du guter Dinge, dann klebt die Schmier ja nicht an mir.«

»Wie bitte?«

»Die Schmier is Kölsch und bedeutet Bullen.«

Willy lachte lauthals. »Das ist gut, richtig gut. Ich wusste gar nicht, dass die Rheinländer sich so präzise ausdrücken können.«

»Köln ist eben mehr als der Dom und Karneval.«

»Spaß beiseite, gibt es Anzeichen, dass du die Bullen drauf hast?«, fragte Willy.

»Ich habe nichts bemerkt. Aber wenn ich ehrlich bin, die Angst sitzt mir gelegentlich schon im Nacken.«

»Ist was passiert? Wir haben uns verdammt lange nicht gesehen.«

»Das kann man wohl sagen. Unser Büro ist kürzlich verwüstet worden, und ich glaube, dass meine Wohnung ein paar Tage vorher durchsucht wurde.«

»Verflucht noch mal! Das hört sich nicht gut an. Und was sagt uns das?«, fragte Willy angespannt.

»Da hat jemand eine Stinkwut, hat meine Kollegin im Büro gesagt. Es sah tatsächlich so aus, als ob jemand sehr gezielt nach etwas gesucht hätte und richtig sauer war, weil er es nicht fand.«

»Die haben die WEAG-Unterlagen gesucht, habe ich recht?«

»Ja, das ist naheliegend. Außer dir wussten nur Önder, Bernd und meine Kollegin Sabine, dass ich im Besitz der Dokumente bin. Inzwischen deutet einiges darauf hin, dass Nadine als Infoquelle von der Gegenseite angezapft wurde, wahrscheinlich von einem Bullen, der auch für die WEAG arbeitet.«

»Bist du sicher?«

»Ich habe Bernd kürzlich getroffen. Er war sehr offen, nicht zuletzt aufgrund deiner Intervention.«

Willy winkte ab.

»Wir haben unsere gesamten Infos ausgetauscht. Es sieht so aus, dass ein Typ aus Amsterdam der Bulle sein könnte. Er heißt Hendrik van Campen, ist schon seit Jahren in politischen Zusammenhängen, nicht nur in Holland, sondern auch in Deutschland und Frankreich. Er bewegt sich in denselben internationalen politischen Netzwerken, in denen auch Holger aktiv war, und er ist eng mit Nadine befreundet, genauer gesagt, er ist ihr Lover. Holger kam der Typ von Anfang an unsauber vor. Im November 2008 gab es in Frankreich zwei unerklärliche Verhaftungen während einer Sabotageaktion an der Castor-Strecke. Bernd und Holger machten Hendrik dafür verantwortlich, sind dem Verdacht auch nachgegangen, konnten den Holländer aber nicht festnageln. Er springt weiterhin munter in der Szene herum, unter anderem im Wendland.«

»Ach, du Scheiße!«

»Ja. Holger hat sogar in den Niederlanden recherchiert, scheint aber nicht sehr weit gekommen zu sein. Ich war vor ein paar Tagen bei Lucas in Den Haag. Er ist Anwalt. Holger kannte ihn gut und hat ihn letztes Jahr wegen der Geschichte aufgesucht. Lucas hatte ihm geraten, einen Privatdetektiv zu engagieren, doch Holger wollte die Sache selbst in die Hand nehmen.«

Willy grinste. »Das wundert mich jetzt aber«, meinte er. »Er war doch sonst immer für unkonventionelle Ideen zu begeistern.«

»Wie dem auch sei. Wir haben den Privatermittler jetzt tatsächlich auf Hendrik van Campen angesetzt.«

Willy lachte.

»Du lachst, hast du eine bessere Idee?«, fragte Thomas.

»Nein, aber der Witz ist gut.« Willi kriegte sich gar nicht wieder ein. »Treffen sich zwei Ex-Autonome bei einem Privatdetektiv …«

»Gut, dass dir nur der Schalk im Nacken sitzt«, bemerkte Thomas.

»Aber mal im Ernst, ist das nicht ein bisschen blauäugig, so einen Privatdetektiv zu beauftragen?«

»Keine Sorge. Lucas arbeitet schon lange mit ihm zusammen. Ich trete dabei gar nicht in Erscheinung. Das läuft alles über Lucas. Ich füttere ihn nur mit Informationen, und er leitet sie an den Typen weiter und sagt mir Bescheid, wenn der irgendetwas herausgefunden hat. Außerdem ist er ein Profi und verfügt über Kenntnisse, Erfahrungen und Kontakte, die ich nicht habe. Oder willst du van Campen beschatten?«

Willy schnalzte mit der Zunge. »Nein, ich hatte nie ein besonders Gespür für Schnüffler und wüsste auch nicht, wie man den Spieß umdreht. Was denkst du denn, was uns die Chose kostet und wie lange der Typ braucht, um Ergebnisse zu liefern?«

»Über Geld sollen wir uns keine Gedanken machen, sagt Lucas. Ich habe das erst einmal so hingenommen und werde mich selbstverständlich finanziell beteiligen. Ich kenne die Tagessätze in dem Metier nicht.«

»Ja, das sehe ich genauso. Sag einfach, wie viel du brauchst, wenn du die Rechnung kriegst.«

»Ich habe gestern erst die Bestätigung bekommen, dass der Typ es macht. Wir haben jetzt außer dem Namen, der Adresse in Amsterdam, der Sporthochschule Utrecht auch eine

Handynummer und eine Mailadresse. Ich habe Önder ins Vertrauen gezogen. Wie sollen wir sonst die undichte Stelle im Wendland stopfen?«

»Der junge Mann soll bloß aufpassen, dass er nicht selbst in Hendriks Fadenkreuz gerät.«

»Ich weiß, ich habe ihm das auch eingeschärft. Auch wenn er relativ unerfahren ist, wirkt er einigermaßen besonnen, richtig cool.«

»Wenn wir Glück haben, findet der Detektiv stichhaltige Beweise, dass Hendrik ein Bulle ist und womöglich ein doppeltes Spiel treibt. Und dann? Wenn es Beweise für einen Mord an Holger gab, werden die Bullen sie vernichtet haben. Tatzeugen gibt es nicht.«

»Gerechtigkeit ist keine Sache der Justiz«, meinte Thomas trocken.

»Wohl wahr, aber gehen wir noch einmal einen Schritt zurück. Wie ich Holger kannte, hat er die Sache bestimmt nicht auf sich beruhen lassen. Vielleicht wollte er Hendrik mit dem Verdacht konfrontieren?«

»Alleine?«, fragte Thomas ungläubig.

»Holger hatte durchaus solche Züge. Er war ein ausgesprochener Individualist.«

»Individualisten sind wir alle, trotzdem behaupten die Zeugen übereinstimmend, Holger sei nie ohne dich losgezogen.«

»Das ist eine Legende. Zwei gute alte Freunde und so. Holger war nicht der, für den man ihn hielt. Er war ein Kämpfer, der sein eigenes Ding durchzog.«

»Zum Glück hatte er mehr als diese kämpferische Facette drauf.«

»Aber zurück zu unserer Ausgangsfrage. Angenommen, er wollte Hendrik konfrontieren, dann hätte er ihn aufsuchen müssen. Vielleicht wusste er ja, wo er übernachtete. Die Szene ist bekanntlich klein, unsere Unterkunft kannten auch viele Leute.«

»Herrgott noch mal! Darauf bin ich noch gar nicht gekommen«, stöhnte Thomas auf.

»Das lässt sich schnell klären. Frag mal Bernd oder Önder. Die wissen bestimmt, wo Hendrik untergebracht war. Aber was ist, wenn er gar nicht mit Genossen, sondern mit anderen Bullen unterwegs war?«

»Das ist gar nicht so unwahrscheinlich.«

»Übrigens, die Verwüstung deines Büros sieht auch nicht nach einem individuellen Racheakt aus. Bullen kommen selten allein und sichern ihr Terrain, um unliebsame Überraschungen zu vermeiden. Das lernen die schon auf der Polizeiakademie.«

»Hattest du auch ein Faible für Polizeipublikationen, oder woher weißt du das?«

»Holger war nicht der Einzige, der so etwas mit Interesse las. Außerdem gucke ich sonntags regelmäßig Tatort«, lachte Willy, wurde aber schnell wieder ernst. »Wir machen es so: Du bittest Önder, Hendriks Schlafplatz zu recherchieren. Bernd und er könnten die Nachbarn in der Umgebung des Quartiers abklappern, ihnen Fotos von Holger und Hendrik zeigen und sie fragen, ob ihnen damals etwas aufgefallen ist. Vielleicht haben wir ja Glück.«

»Es ist zwar unwahrscheinlich, dass dabei etwas herauskommt, aber die Idee ist gut. Sie sollen allerdings erst in Aktion treten, wenn Hendrik definitiv enttarnt ist und die Sache öffentlich ist.«

»Einverstanden. Aber was machen wir, wenn sich der Verdacht bestätigt? Stellen wir ihn zur Rede oder hauen wir ihm gleich was aufs Maul?«

»Das wird man sehen, wenn wir mehr wissen. Gut wäre natürlich, in seiner Wohnung eine Razzia zu veranstalten, aber Vorsicht, der Typ ist misstrauisch und gefährlich.«

»Weiß er, dass er unter Verdacht steht?«, fragte Willy.

»Bernd behauptet, nein. Angeblich weiß Hendrik bisher nur, dass es einen unspezifischen Spitzelverdacht in ihren Reihen gibt. Sein Name sei definitiv nicht gefallen.«

»Und was ist mit Holgers Ermittlungen in den Niederlanden? Könnte er da aufgefallen sein?«

»Das weiß ich doch nicht.«

»Okay, falsche Frage. Aber die Idee mit der Wohnung ist gut. Die schaue ich mir mal an.«

Thomas hatte die Adresse inzwischen im Kopf und schrieb sie Willy auf einen Kölschdeckel.

»Am besten, wir treffen uns nächste Woche wieder. Vielleicht gibt es bis dahin Neuigkeiten von unserem Privatermittler.«

»Ja, das wollte ich auch gerade vorschlagen.«

»Und pass auf dich auf!«, meinte Willy, als sie sich verabschiedeten.

Lucas' Privatdetektiv war tatsächlich ein Profi. Zehn Tage brauchte er, um Hendrik zu enttarnen. Thomas Krüdewagen fuhr sofort nach Den Haag, um das Dossier persönlich abzuholen. Als besonders hilfreich hatte sich ein Foto erwiesen, das Önder bei Nadine geklaut hatte. Der Ermittler hatte Hendrik morgens vor seiner Tarnadresse in Amsterdam gesehen, war ihm in ein Fitnessstudio gefolgt, wo er eine Stunde trainierte. Er kannte zwar das Personal, gehörte aber offensichtlich nicht selbst zum Team des Studios. Eine unerschöpfliche Quelle für Informationen waren soziale Netzwerke im Web gewesen. Der Ermittler hatte gezielt auf Fotos von Absolventen der niederländischen Polizeiakademie aus den Jahren 1990 bis 93 geachtet und war tatsächlich auf Facebook fündig geworden. Gleich mehrere Kollegen der Polizeiakademie Apeldoorn und der Mobilen Einheit in Hilversum hatten Gruppenfotos ins Netz gestellt, auf denen ein junger Polizist zu sehen war, der Hendrik sehr ähnlich sah. Auffällig viele Fotos von ihm hatte eine Hilversumer Kollegin besessen. Unter einem ihrer Fotos tauchte sein tatsächlicher Name auf, Thijs de Jong. Eine Anfrage beim Gemeindeamt in Geleen bei Maastricht brachte schließlich den Erfolg. Thijs de Jong war am 15. Februar 1970 in der südniederländischen Kleinstadt geboren. Die Eltern hießen

Jesse und Lotte de Jong und wohnten in der Augustinerstraat 82. Thijs hatte in Geleen auch die Schule besucht. Von hier aus würde der Detektiv, wenn nötig, weiter ermitteln.

»Was meinst du, reicht das aus oder soll unser Mann auch die familiären Verhältnisse de Jongs genauer unter die Lupe nehmen?«, fragte Lucas.

»Klar wäre es gut, seine persönlichen Verhältnisse genau zu kennen. Man muss ja auch darüber nachdenken, wie man den Denunzianten gesellschaftlich ächtet.«

»Ja, du hast recht. Ich spreche mit dem Ermittler. Und geht ihr damit jetzt an die Öffentlichkeit?«

»Die engen politischen Freunde müssen das entscheiden. Es wird vorher eventuell versucht, mit einem Foto de Jongs im Wendland nach möglichen Tatzeugen für den Mord an Holger zu suchen. Ich fände es gut, diesen Versuch abzuwarten und dann erst Hendriks Legende öffentlich zu lüften.«

»Das ist klug.«

»Ich weiß ja nicht, wie gut deine Kontakte zur Szene in Amsterdam sind, aber ich bitte dich, die Information zurückzuhalten, bis du einen Wink von mir bekommst. Ich sorge selbst dafür, dass Holgers Freunde in Holland informiert werden.«

»Einverstanden, das ist eure Entscheidung. Was ich noch sagen wollte, ich habe mit dem Ermittler auch die Option durchgesprochen, in de Jongs Amsterdamer Wohnung einzudringen. Du glaubst gar nicht, was in Strafprozessen alles ans Licht kommt und wie akribisch niederländische Polizisten ihre Ermittlungen dokumentieren, schriftlich sowieso, oft auch in Bild und Ton.«

»Ja, das kann ich mir sogar sehr gut vorstellen. In meinem Gewerbe ist es auch üblich, die eigene Arbeit mehrfach zu verwerten. Wenn de Jong nebenberuflich für die WEAG tätig war, brauchte er über Spesenabrechnungen hinaus auch Tätigkeitsnachweise in Form von Dossiers. Ein Blick auf seinen Rechner wäre bestimmt interessant.«

»Okay, du wirst mich über das weitere Geschehen sicher auf dem Laufenden halten«, sagte der Anwalt und überreichte Thomas die Mappe mit dem Bericht des Ermittlers.

»Vielen Dank, Lucas. Tolle Arbeit.«

»Ich gebe das Kompliment gerne weiter.«

Önder nahm die Nachricht von de Jongs Enttarnung mit sehr gemischten Gefühlen auf. Er war sofort nach Köln gekommen, um sich ein vollständiges Bild zu machen und die weiteren Schritte mit Thomas abzusprechen. Er würde gleich morgen ein Treffen im Wendland arrangieren und die Genossen in den Niederlanden und Frankreich informieren, damit sie ihre Kontakte zu dem verdeckten Ermittler abbrechen konnten. Am schwersten wäre es bestimmt, Nadine die Wahrheit über Hendrik beizubringen. Den Vorschlag, in der weiteren Umgebung von Göhrde nach möglichen Zeugen zu suchen und so lange mit einer Veröffentlichung zu warten, fand er richtig. Thomas' Vermutung hatte sich als zutreffend erwiesen. Hendrik hatte während der Castor-Proteste tatsächlich mit seiner Gruppe in Pommoissel, unweit der Wassermühle Tangsehl, übernachtet. Auch auf die Gefahr hin, dass die Geschichte langsam durchsickerte, würde er sie erst dann an die große Glocke hängen, wenn de Jong definitiv als Holgers Mörder enttarnt war. Über die Publikation von Holgers Dokumenten wollten Thomas und Önder bei einem späteren Treffen entscheiden.

19

Oktober 2011

»Wie bestraft man einen Spitzel?«, fragte Markus, nachdem Willy ihm und Lisa das Dossier über de Jong vorgelegt hatte. In den letzten Monaten hatten sie sich regelmäßig zu dritt getroffen und sich über Thomas Krüdewagens Recherchen informiert.

»»Spontan würde ich sagen, indem man ihm ins Knie schießt«, antwortete Willy.

Lisa schüttelte den Kopf. »Wut ist kein guter Ratgeber für politisches Handeln.«

»Aber wer, wenn nicht wir, sollte Holgers Mörder bestrafen?«, fragte Willy.

»Ich fürchte, wir sind nicht in der gesellschaftlichen Position, dass wir für Gerechtigkeit sorgen könnten. Wir können versuchen, die Wahrheit ans Licht zu bringen. Um Hendrik den Mord an Holger nachzuweisen, reichen die Fakten hier nicht«, sagte Markus und klopfte gleichzeitig auf die Mappe. »Wir sollten den Vorschlag dieses Journalisten aufgreifen und in de Jongs Wohnung einsteigen, vielleicht finden wir da etwas.«

»Ich will deinen Tatendrang nicht bremsen, Markus«, entgegnete Lisa. »Aber wir müssen uns erst darüber verständigen, was wir wollen. Nach dem, was Willy von dem Journalisten erzählt, den er da immer trifft, gibt es die Chance, die Hintergründe von Holgers Tod an die Öffentlichkeit zu bringen.«

»Wir müssen langsam zu einer Entscheidung kommen, was wir machen wollen«, sagte Markus.

»Ich hoffe, du verfügst wenigstens noch über einen Rest krimineller Fantasie und präsentierst uns hier gleich mal einen Plan, wie wir in die Wohnung kommen«, frotzelte Willy.

Markus hatte tatsächlich einen Vorschlag. Er war drei Tage in Amsterdam gewesen und hatte sich in einem Kastenwagen vor Hendriks Wohnung in der Herengracht auf die Lauer gelegt. Seine Beobachtungen deckten sich mit denen des Privatdetektivs. De Jong verließ morgens immer gegen neun mit einer leichten Sporttasche das Haus. Er wirkte gar nicht misstrauisch, schaute sich nie um und schien auch sonst nicht besonders darauf zu achten, was um ihn herum passierte. Nach etwa zwei Stunden kam er zurück. Am ersten Tag ging de Jong kurz vor Mittag wieder aus dem Haus und kehrte nachts um halb eins zurück. Den zweiten Tag verbrachte er, bis auf den Gang zum Fitnessstudio, in der Wohnung. Abends gegen halb acht ging er aus und kam erst um halb zwei nach Hause. De Jong bewohnte das Dachgeschoss eines zweistöckigen Mietshauses am Kanal. Außer ihm lebten noch drei Mietparteien dort. Die anderen Bewohner gingen morgens bereits zwischen sieben und acht und kamen zwischen achtzehn und zwanzig Uhr wieder nach Hause. Die Wohnung hatte nach vorne zur Gracht zwei Zimmer. Soweit stimmten seine Recherchen mit denen des Privatermittlers überein. Die Küche und das Bad gingen zum Hinterhaus raus. Das hatte Markus gleich am ersten Abend bemerkt, als er durch die offene Einfahrt des Nebenhauses den Innenhof des Häuserblocks betreten und de Jong im Badzimmerfenster gesehen hatte. Bei der Gelegenheit machte er noch eine andere Entdeckung. Vom Hinterhof gab es einen Eingang zum Keller. Markus fasste sich ein Herz und drückte die Türklinke herunter. Die Tür war tatsächlich offen, auch die Verbindungstür zum Hausflur. Am nächsten Morgen wartete Markus ein paar Minuten ab, nachdem Hendrik gegangen war, und huschte durch den Kellereingang ins Haus. Er lief die Treppe hoch und begutachtete die Wohnungstür. Es gab offensichtlich nur ein Schloss, nichts Besonderes, nur ein ganz einfaches Zylinderschloss. Es war nicht einmal mit einer Manschette gesichert. Die Tür würde sich wahrscheinlich relativ leicht öffnen lassen, mit einer Kreditkarte und einem kräftigen Schulterkick gegen die Tür. Markus hatte den Trick von einem Schlüsseldienst. Er wollte es zuerst nicht glauben, aber der Handwerker hatte die Tür tatsächlich mit einer Kreditkarte geöffnet, wie im Film. Markus übte es anschließend selbst so lange, bis er es aus dem Effeff beherrschte. Die Methode funktionierte aber nur, wenn de Jong die Wohnungstür lediglich zuzog und nicht mit dem Schlüssel abschloss. Sonst würde er es auf die konventionelle Tour mit einer Rohrzange versuchen und zur Sicherheit auch einen Kuhfuß einstecken. Als Zeitpunkt bot sich de Jongs tägliche Fitness-Einheit an. Um nicht aufzufallen, würden sie sich als Handwerker ausstaffieren, mit Overalls, Rückenaufdruck und passendem Basecap. Letztlich käme es auf Schnelligkeit an.

»Ganz schön viele Unbekannte in deinem Plan, mein Lieber«, konstatierte Lisa.

»Ich weiß, der Bruch trägt nicht Holgers souveräne Handschrift. Und das meine ich jetzt nicht ironisch. Ich fürchte nur, diese Aktion funktioniert nicht nach der bewährten Devise minimales Risiko für maximale Wirkung. Wir sollten es trotzdem machen, auch wenn ich mir nicht sicher bin, ob das zu dritt überhaupt geht. Vielleicht müssen wir jemand viertes dafür anheuern.«

»Okay, das müssen wir später überlegen«, sagte Willy. »Ich sehe es wie Markus. Es gibt nur diese Möglichkeit. Wir haben vor allem nicht viel Zeit. Mit jedem Tag, der vergeht, steigt die Gefahr, dass de Jong alias van Campen merkt, dass seine Legende aufgeflogen ist, und abtaucht.«

»Ich weiß, die Alternative wäre, bei ihm zu klingeln, ihn zu überwältigen, ihm die Bude aufzuräumen und alles mitzunehmen, was nicht niet- und nagelfest ist«, meinte Lisa. »Das hätte den Vorteil, dass wir an sein Handy und alle Speichermedien kämen, die er mit sich herumträgt, und wir würden ihm außerdem einen gehörigen Schreck einjagen. Das Risiko, eine unkalkulierbare Situation heraufzubeschwören, wäre aber extrem groß. Außerdem wüsste ich gar nicht, worauf das hinausliefe. Ein

Verhör würde man in so einer Situation kaum führen können. Er würde sofort herumschreien. Ihm auf die Fresse zu hauen, ist mir zu blöd. Wir müssen damit rechnen, dass er bewaffnet ist. Wenn er uns identifiziert, haben sie uns außerdem am Arsch.«

»Ob uns das schmeckt oder nicht, es gibt keine adäquate Handlungsmöglichkeit gegen so ein Schwein«, stellte Markus fest.

»Wahrscheinlich hast du recht, aber ich wollte die Sache einfach noch mal durchgehen. Die Option, ihn an den Pranger zu stellen, bleibt uns ja erhalten. Zum Thema Sicherheit fällt mir außerdem noch ein, dass wir unbedingt herausfinden müssen, wie lange er von seinem Fitnessstudio bis zur Wohnung braucht, für den Fall dass es einen stillen Alarm geben sollte. Ich fahre in den nächsten Tagen sowieso nach Amsterdam und schaue mir den Weg an.«

»Dann check auch gleich, wie lange die Bullen vom nächsten Revier zu de Jong brauchen. Außerdem müssen wir überlegen, wonach wir genau suchen sollen. Viel Zeit haben wir da drin ja nicht«, bemerkte Willy.

»Rechner, Kamera, Aufnahmegerät, alle digitalen Speichermedien«, antwortete Markus.

»Tagebücher, Aufzeichnungen, Adressen, Zettel nicht zu vergessen«, ergänzte Lisa.

»Alles, was nach Geld und Arbeit aussieht. Am besten, wir nehmen eine zweite Werkzeugtasche mit, in der wir das alles verstauen. Wir können mit dem Rechner ja nicht einfach so aus der Haustür hinausspazieren.«

»Was meint ihr, ob er wohl ein Versteck in der Wohnung hat?«, fragte Willy. »So ein Bulle wird das Zeug ja nicht einfach auf dem Schreibtisch herumliegen lassen.«

»Gute Frage. Wo versteckst du denn deine Sachen, die nicht jeder sofort finden soll?«, erkundigte sich Lisa.

»Seitdem ich auf Rente bin, habe ich keine Geheimnisse mehr. Mir fallen nur die Klassiker ein: Hohlräume, doppelte Böden, Spiegel, Vasen, Bilderrahmen und so.«

Lisa lachte. »Sag mal, fährt der Typ eigentlich ein Auto oder ein Motorrad?«

»Keine Ahnung, aber ich kann Thomas heute noch danach fragen«, sagte Willy.

»Ich kaufe die Overalls, die Kappen, Arbeitshandschuhe und könnte auch die Firmenaufdrucke herstellen, von denen du geredet hast, Markus«, sagte Lisa.

»Und wie erkennen wir de Jong?«, fragt Markus.

»Die CD mit seinem Foto kriegst du gleich«, antwortete Willy. »Haben wir eigentlich ein Auto für die Aktion?«

»Ja, den Renault, mit dem ich bereits hier bin. Die Karre hat sogar niederländische Kennzeichen.«

»Sag bloß, du hast eine holländische Freundin«, spottete Willy.

»Ja, eine Grenzgängerin. Sie arbeitet in Deutschland und wohnt auf dem Land Richtung Maastricht.«

»Und was hast du ihr erzählt?«

»Dass ich hinter einem Bullen her bin.«

»Im Ernst?«

»Was denkst du denn? Ich schenke den Leuten immer reinen Wein ein.«

»Jungs, lasst das! Werdet mal wieder ernst.«

»Schon gut. Ich kümmere mich um das Werkzeug und kaufe die beiden Taschen. Ich habe übrigens Kleidergröße 54 beziehungsweise L. Handschuhe habe ich.«

»Ich trage auch L, Größe 52. Und was muss ich kaufen?«, wollte Willy wissen.

»Die Funkgeräte.«

»Davon habe ich keine Ahnung, aber ich kann euch Geld geben.«

»Okay, immer her damit«, lachte Lisa.

»Wie viel brauchst du?«

»So viel du willst.«

»Okay, reichen tausend?«

»Bist du wahnsinnig?«

»Wieso? Ich habe genug davon.«

»Na, wenn das so ist, gib mir fünfhundert.«

»Sei nicht so bescheiden. Ich habe eine fette Pension.«

»Schön, aber wie machen wir das jetzt?«, fragte sie.

»Was die Arbeitsteilung angeht, bin ich als passionierter Schlosser eindeutig gesetzt«, antwortete Markus.

»Dann gehe ich mit rein«, entschied Lisa. »Ich leide weder unter Sehschwäche noch unter Erinnerungslücken.«

»Du bist fies. Da raffe ich mich auf, um wieder etwas zu erleben, und muss dann Schmiere stehen.«

»Du gehst mit rein und stellst dich hinter die Haustür«, erklärte Markus. »Wenn jemand kommt, schlägst du Alarm.«

»Was haltet ihr davon, wenn wir es Mitte übernächster Woche machen?«

»Ja, das ist gut«, antwortete Lisa.

»Für mich auch, Mittwoch checken und Donnerstagmorgen reingehen.«

»Habt ihr eigentlich eine Unterkunft in Amsterdam?«, fragte Willy.

»Ich schiebe bis Mittwochabend spät Wache«, antwortete Markus.

»Ist es sinnvoll, das zu zweit zu machen?«, fragte Lisa.

Markus lachte. »Nein, Quatsch. Ich wechsele nur ab und zu die Speicherkarte. Ihr glaubt gar nicht, was Digitalkameras heute leisten können. Danach suche ich mir ein ruhiges Plätzchen, wo ich im Kastenwagen übernachten kann.«

»Ich werde Thomas bitten, mich mit Lucas bekannt zu machen und wahrscheinlich bei ihm übernachten«, sagte Willy.

»Findest du das nicht ein bisschen uncool?«, fragte Lisa.

»Wieso? Lucas hat mit der lokalen Politszene hier nichts zu tun und wohnt in Den Haag. Außerdem könnte ich die aktuellsten Infos von ihm abgreifen.«

»Und was ist mit deinem Journalistenfreund? Er könnte doch gut draußen Posten beziehen. Die Position sollten wir unbedingt besetzen. Dann haben wir zumindest eine kleine Chance abzuhauen, falls de Jong oder andere Bullen unerwartet auftauchen.«

»Thomas müssen wir da raushalten. Der Bulle kennt ihn«, erklärte Willy.

»Aber es wäre gut, wenn jemand dabei wäre, der ihn erkennt. Es kommt dabei eigentlich nur auf eine gute Maskerade an, in feinem Anzug und mit cooler Sonnenbrille.«

Willy schüttelte den Kopf. »Auf keinen Fall! Thomas ist selbst im Fadenkreuz des Ermittlers.«

»Stimmt, das war mir entfallen«, gestand Markus. »Dann machen wir es eben zu dritt. Außer uns sind Holgers Freunde ja alle verbrannt.«

»Okay«, sagte Lisa. »Aber was ist eigentlich, wenn der Vogel ausgeflogen ist und bis Mittwochabend gar nicht erscheint?«

»Ja und? Umso besser«, meinte Willy.

»Wie dem auch sei, wir machen es auf jeden Fall um kurz nach neun, oder seid ihr anderer Meinung?« Ihr breites Grinsen wertete Lisa als Einverständnis.

Markus war ein Könner. Er öffnete die Wohnungstür mit der Kreditkarte im Handumdrehen. Als er die Tür zum Bad aufmachte, stockte ihm der Atem. Hendrik lag leblos auf dem Boden. Er sah gar nicht hin, ließ die Türklinke los, drehte sich benommen um und starrte Lisa entsetzt an.

»Was ist denn? Du bist ja ganz blass!« Markus deutete mit dem Kopf auf die offene Tür hinter sich und brachte vor Schreck kein Wort heraus.

Lisa ging an ihm vorbei und schaute vorsichtig ins Bad. Als sie de Jong mit offenen Augen und verzerrtem Mund auf dem Boden liegen sah, war ihr sofort klar, dass er tot war. Jetzt hieß es, nichts wie weg. Sie wandte sich an Markus: »Geht's wieder?«

Er nickte gequält.

»Gut. Wir verschwinden auf der Stelle und fassen hier nichts an«, entschied Lisa und schob ihren Genossen zur Wohnungstür. »Hast du alles?«, fragte sie.

»Ja.«

»Okay. Wir gehen jetzt ruhig die Treppe herunter und sagen Willy erst im Auto, was los ist. Und lass bitte die Handschuhe an. Kannst du fahren?«

Markus schaute sie verstört an.

»Okay, kein Problem. Dann fährt jemand anderes.« Sie öffnete die Wohnungstür, ließ ihn an sich vorbeigehen und hinter sich die Tür ins Schloss fallen. Markus war etwas wackelig auf den Beinen, schaffte es aber. Lisa zog an ihm vorbei und eilte die Treppe hinunter.

»Du musst fahren!«, sagte sie zu Willy, der unten im Hausflur auf sie wartete.

»Hm, kann ich machen«, antwortete er verdutzt. Aus ihrem Verhalten schloss er, dass etwas passiert sein musste, und verkniff sich deshalb den Spruch, der ihm auf der Zunge lag. Sie verließen eilig das Haus und fuhren los.

»Könnt ihr mir jetzt mal sagen, was los ist?«, drängte Willy, als sie an der ersten Ampel warteten.

»Konzentrier du dich lieber auf den Verkehr. Es ist grün«, antwortete sie kurz.

»De Jong ist tot. Wir haben ihn im Bad gefunden«, berichtete Markus, der sich wieder etwas gefangen und von hinten den Arm um Lisa gelegt hatte.

»Schöne Scheiße!«, entfuhr es Willy. »Und was machen wir jetzt?« Er sah Lisa fragend an.

»Schau nach vorne und konzentrier dich aufs Fahren! Wir müssen jetzt improvisieren. Ich schlage vor, wir fahren erst einmal ein Stück und setzten uns dann zusammen und überlegen, was wir machen. Bieg an der nächsten Ampel rechts ab, dann ein Stück geradeaus.«

»Gut. Habt ihr irgendetwas mitgehen lassen?«

»Nein, was denkst du denn?«, erwiderte sie ungehalten.

»Na, ja. Das war schließlich der Plan. Aber schön. Neue Situationen verlangen neue Entscheidungen. Dann würde ich sagen, Schuhe aus, die Klamotten wechseln und möglichst vor der Grenze entsorgen. Wir könnten nach Aachen fahren und da in Ruhe reden. Was haltet ihr davon?«

»Hast du deinen Koffer nicht in Den Haag bei dem Anwalt?«, fragte Markus.

»Da steht er gut. Du glaubst doch nicht, dass ich da jetzt hinfahre. Wir müssen uns jetzt so schnell wie möglich aus dem Staub machen.«

»Gut, jetzt fährst du am besten Richtung Autobahn«, bestimmte Lisa.

»Okay. Und wie sah es aus?«

»Was meinst du?«, fragte sie.

»Mord, Selbstmord, Herzinfarkt, was weiß ich.«

»Ich bin kein Gerichtsmediziner«, antwortete Markus. »Kürzlich machte er jedenfalls noch einen ganz munteren Eindruck. Da hat wahrscheinlich jemand nachgeholfen.«

»In einer Blutlache hat er nicht gelegen, wenn du es genau wissen willst, und äußere Verletzungen habe ich auf die Schnelle auch nicht entdecken können.«

Willy ließ nicht locker. »Aber warum stirbt jemand im Bad?«, fragte er. »Doch bestimmt nicht, um sich vor dem Sterben auf dem Klo zu erleichtern.« Er begann lauthals zu lachen.

»Mann, reiß dich zusammen und konzentrier dich auf den Verkehr!«

»Ich weine ihm jedenfalls keine Träne nach. Ist das ein Problem?«

Lisa überhörte die Bemerkung geflissentlich. »Du musst da vorne auf die Autobahn Richtung Utrecht, und jetzt immer der Nase nach. – Und, wie geht's?«, fragte sie Markus, sah ihn kurz an und nahm seine Hand.

»Bestens.«

»Sag mal, du hast doch diese Filmaufnahmen. Kannst du die löschen oder muss man den Chip zerstören? Das Ding ist schließlich ein handfestes Beweisstück«, sagte Lisa. »Um ganz sicherzugehen, sollten wir die Karte kaputtmachen.«

Markus griff hinter den Sitz und holte die Kamera hervor.

»Moment«, sagte Willy. »Hast du dir die Aufnahmen eigentlich komplett angesehen und ist dir vielleicht jemand aufgefallen?«

»Wieso fragst du?«

»Mensch, Markus, überleg doch mal.«

»Du meinst, der oder die …«

»Genau das meine ich.«

»Jetzt, wo du fragst. Ja, da war jemand, gestern kurz vor Mitternacht, als ich gerade dabei war, die Kamera abzubauen, kam eine Frau aus dem Haus. Die sah ein bisschen komisch aus, wie eine …, ihr wisst schon.«

»Du meinst eine Hure«, sagte Lisa.

»Ja, ich weiß nicht, warum ich das gedacht habe.«

»Dann sieh dir den Film noch mal genau an«, sagte Willy.

»Halt auf dem nächsten Parkplatz bitte mal an. Ich muss aufs Klo«, bat Markus. Er brauchte eine ganze Weile, bis er die Sequenz fand. Willy steuerte den Renault auf einen kleinen Rastplatz.

»Hier.« Markus hielt Lisa die Kamera hin.

»Die Frau trägt eine Perücke«, bemerkte sie und erstarrte.

»Stimmt, wo du das sagst.«

»Zeig mal!« Willy, setzte seine Lesebrille auf, sah auf das Display, schaute noch einmal hin und nahm besorgt das Gestell von der Nase.

»Was ist? Kennt ihr die?«, fragte Markus.

»Ja, sicher!«, antwortete Willy.

Lisa rammte ihm ihren Ellbogen in die Seite. »Sag jetzt bloß nichts«, sagte sie streng, nahm die Speicherkarte, stieg aus und zertrat den Chip auf dem Boden.

»Was machst du da?«, fragte Markus entgeistert.

»Das siehst du doch, ich vernichte Indizien, oder willst du wegen Mittäterschaft einfahren?«

»Nein«, antwortete er und lief schnell zur Toilette.

»Du weißt, was das heißt?«, fragte Willy, als Markus außer Hörweite war.

»Ja, wir müssen sie schützen«, antwortete Lisa. »Das heißt, wir dürfen den Bullen öffentlich nicht enttarnen, sonst gerät sie womöglich in Verdacht. Die Leute, die ihn kennen, werden es sowieso erfahren und den Mund halten.«

»Bittere Geschichte, aber woher kennst du sie überhaupt?«, fragte er.

»Ich war früher oft in der Kommune im Wendland.«

Fiktion und Wahrheit

XXX. Ein Atomkraft-Krimi ist eine fiktive Geschichte. Anlass, sie zu schreiben, waren die Proteste gegen den Atommülltransport von La Hague nach Gorleben im Herbst 2010 und die Meldung über den Tod eines Castor-Gegners, der wenige Tage später im Wendland tot aufgefunden wurde. Patrick war ein erfahrener Aktivist und engagierte sich gegen Nazis, Krieg, Kohlekraftwerke, Sozialabbau, zuletzt bei »Castor Schottern«. Trotz intensiver Recherchen von Freundinnen und Freunden aus Mainz und Umgebung blieb unklar, wie er am 10. November 2010 ums Leben kam. Holger, die Hauptfigur meines Kriminalromans, ist wie Patrick in der Anti-AKW-Bewegung aktiv. Alle anderen Gemeinsamkeiten sind rein zufällig. Holger ist eine fiktive Gestalt. Ähnlichkeiten mit realen Personen sind unbeabsichtigt. Dasselbe gilt für alle anderen Figuren des Krimis, auch wenn der Stoff, die folgenschwere Geschäftspolitik der Energiekonzerne und der Widerstand gegen Atomanlagen und Großkraftwerke, sehr real ist.

Dank

Das Buch wäre ohne den Zuspruch und die tatkräftige Unterstützung von Freundinnen und Freunden nie geschrieben worden, u.a. von Barbara und Uğur Tekin, der Familie Gentner und nicht zuletzt Michaela. Danke auch an alle, die das Manuskript gelesen haben, und an Claudia Bislin, die es lektoriert hat.

Buchhinweise

»Ich schwör, dass der Thorsten Böse da gehangen hat!«, behauptet Bauer Hollenberg steif und fest. Doch von der angeblichen Leiche fehlt jede Spur, lediglich ein Strick und ein blutverschmierter Turnschuh finden sich an dem verwitterten Denkmal. Nur zur Sicherheit beginnt Kriminalobermeister Lorinser, Fragen zu stellen.

Bitteres Blut. Ein Dümmer-Krimi

Willi Voss

12,00 € • 978-3-86680-958-1

Schwarze Dame Tod

Ein Braunschweig-Krimi

Mara Laue

12,00 €

978-3-86680-755-6

Kaum aus dem Urlaub heimgekehrt, steht Kommissar Ralf Zell im heimischen Nieselregen am Schauplatz eines ungewöhnlichen Verbrechens. An einer verlassenen Bushaltestelle liegt die Leiche des Schwiegersohns des größten Baulöwen von Braunschweig. »Schwarze Dame Tod« waren seine letzten Worte. Ein Raubmord? Aber die Kugel stammt aus einer schallgedämpften Waffe. Ein Auftragsmord? In Braunschweig? Die Ermittlungen im Umfeld des Toten werfen rasch mehr Fragen auf, als sie beantworten.

SUTTON KRIMI

Buchhinweise

Zeppelin 126

Ein Krimi
aus der Weimarer Zeit

Gunnar Kunz

9,95 €
978-3-95400-166-8

Deutschland 1924. Langsam erholt sich Deutschland von der Inflation. Hendrik Lilienthal, Professor für Philosophie, und Diana, die Frau seines Bruders und Assistentin von Max Planck, nehmen an einer Probefahrt des Zeppelins LZ 126 teil, bevor dieser als Reparationsleistung an die US Navy geliefert wird. Doch die Mitreisenden entpuppen sich als schwierig, unter der Oberfläche gären mühsam verborgene Spannungen, es kommt zu Handgreiflichkeiten. Schließlich geschieht ein Mord.

SUTTON VERLAG

Weitere Krimis und Romane finden Sie unter:
www.sutton-belletristik.de